应解人间不自由

谭伯牛 著

九州出版社
JIUZHOUPRESS

图书在版编目（CIP）数据

应解人间不自由 / 谭伯牛著. --北京：九州出版社，
2023.3

ISBN 978-7-5225-1653-0

Ⅰ．①应… Ⅱ．①谭… Ⅲ．①随笔－作品集－中国－
当代 Ⅳ．①I267.1

中国国家版本馆CIP数据核字（2023）第032036号

应解人间不自由

作　　者	谭伯牛　著
责任编辑	王文湛
出版发行	九州出版社
地　　址	北京市西城区阜外大街甲35号（100037）
发行电话	（010）68992190/3/5/6
网　　址	www.jiuzhoupress.com
印　　刷	三河市中晟雅豪印务有限公司
开　　本	700毫米×970毫米　16开
印　　张	17.5
字　　数	290千字
版　　次	2023年3月第1版
印　　次	2023年3月第1次印刷
书　　号	ISBN 978-7-5225-1653-0
定　　价	48.00元

历史的八卦
——从成功学是"精神鸦片"谈起

　　拙撰《战天京》讲的是太平天国时期的一些人和事，其中的主要人物如曾国藩、李鸿章、左宗棠、洪秀全、杨秀清、李秀成等人，可能很多朋友耳熟能详，但不一定知道他们具体做过什么，只是了解个大概，比如曾国藩创建湘军，李鸿章创建淮军，两支军队联手镇压了太平天国。

　　毕竟这段史实是发生在二百年前，离我们太久远了，如果一板一眼给大家讲故事，估计没人会喜欢，因为这就像一个面无表情的诵读者，会弄得听者四肢冰凉，没有体温。所以，我尝试用八卦的方式让历史人物活过来。所谓八卦，就是一些轶事，一些趣事，一些细节。

　　比如有的人讲曾国藩，动辄就讲曾文正公在文治武功方面如何如何，在做人为官方面怎样怎样，这样就把他塑造成了一个成功学的典范。

　　举个例子，曾国藩一直强调自己这辈子取得这么大的功绩，并不是自己多厉害，主要还是靠运气。他有一个多年挚友郭嵩焘，年纪比他小，但二人交情深厚。曾国藩曾对郭嵩焘说："将来我肯定会死在你前面，我死了之后，墓志铭要让你来写，那么我现在就拜托你。你怎么写我不会去干涉，但有一句话你一定要写进去，那就是'不信书，信运气'。"

最后，郭嵩焘果然给他写了墓志铭，里面就有这句话："不信书，信运气；公之言，告万世。"这不是很奇怪吗？像曾国藩取得这么大成就的一个人，最后给自己的一生做总结，说自己这辈子主要是运气好。估计这就给了那些"成功学教授"狠狠一记耳光。

成功学的含义就是：你只要照我说的做，一二三四，二二三四，再来一次，就能成功。但曾国藩认为，没有哪条道路是必然能成功的，也就是说成功都有一定的偶然性。他曾经写过这么一副对联："莫问收获，只问耕耘。"你不要管有没有成果，先埋头去做，有成果就是运气好，没有取得成功就是运气不好。不管有没有运气，你得先去做。我觉得这样朴实的观念，如今很难被大家接受。

如果世间只有这样一条朴实的道理，很多人会觉得活着没有希望，所以成功学这种东西活脱脱就是一种精神鸦片，跟保险公司每天早上喊口号是一个道理。当然，从心理学上来说，这也是很重要的一种激励方式，只是最终效果如何，其实大家都不知道。

如上所说，《战天京》里面还有很多类似的故事。当然，我奢望自己能够以小见大，通过讲一些细节引出深层次的政治、经济、文化、制度上的一些东西，因此，每次要讲一个比较大的事件时，我都会自觉地用一些小故事来做引子，这些故事就是我前面提到的"八卦"。

我也以林徽因为主角讲过不少八卦。其实有很多名家都讲过她，因为大家对林徽因本身是比较感兴趣的。只是我讲她的初衷，是希望读者在听这些八卦的时候，一定要意识到林徽因之所以为林徽因，以及其他一切在历史上有名字的人之所以成为那个人，绝不仅仅是因为他（她）有这些八卦，他（她）才那么著名，那么成功。而是因为他（她）已经成为那样的名人，我们才会对他（她）的八卦感兴趣。

有一句诗叫："白头宫女在，闲坐说玄宗。"这位宫女肯定不会讲唐玄宗一生的文治武功，她讲的肯定是宫中生活的一些细节，唐玄宗的个性如何，服饰偏好怎么样，喜欢吃什么东西，喜欢什么颜色。这些东西并不是没有意义，它们就像一扇为我们打开的窗口，我们可以通过它看到一个前所未知的历史世界。而且，通过这个窗户，我们还能看到更多别的东西，甚至洞悉人性。如果有这样的效果，那么"八卦"就有意义；否则就只是嚼舌根，可以扔到垃圾桶了。

说到讲八卦、讲历史人物的逸闻，还有一点要注意，就是我们和这些八卦的关系是怎样的。平时我们读书、看电影、听音乐，有时候不自觉地会有一种代入感，把自己代入进去——我要是在当时当地应当如何，我要是怎么样，其中的某某某又会怎么样。这种所谓的"代入感"，不能说有多好，也不能说有多坏，它是跟生理欲望一样的东西，是一种很好的体验。

很多时候，我们做历史研究也好，去叙述八卦也好，总是有各种各样的说法，我们想秉持客观的写作态度，去探寻历史的真相。但其实历史没有真相，因为历史是在时间长河中发生的事情，这一秒走过就不存在了。对于我们来说，那一秒我们怎么能记得住，就像在海边沙滩上画画写字一样，海浪很快就把它冲走，我们很难留住那一刻。所以，"历史的真相"确实是一个谜，更多的真相应该是我们所认可、所相信、所感受的真相，这样的真相对我们才有意义。

我以前在《南方都市报》《东方早报》各开过一个专栏，写的都是考证类型的文章，但考证的很多事情都非常琐碎。举个例子，比如考证近代历史上那些天阉的名人。天阉就是天生器质性的生殖器损伤，比如光绪皇帝就是天阉，后来的溥仪也是这样的人。听起来，这好像是一个不怎么上台面的八卦，但我们有没有想过，清代的皇帝像康熙、雍正、乾隆、嘉庆、道光的子嗣都很多，到了咸丰，只生了一个儿子，咸丰的儿子同治没有儿子，接下来的光绪也没有子嗣，过继给光绪的溥仪还是没有子嗣。这里面是不是有什么规律？

譬如古代开创帝业的那一辈帝王，精力确实要旺盛一点，接下来继位的儿孙，因为生于深宫之中，长于妇人之手，身体精力是不是会越来越弱，而弱到最后都没法传宗接代。这在历史学上是不是有独特的意义？我觉得这样的八卦讲出来，可以借此去琢磨一点更宏大、更重要的事情，尽管表面上它只是一个生理疾病。

我希望讲的这些八卦能够成为各位可以用来窥探历史的一扇窗户。当然，我对自己的要求是，固然是讲八卦，但也要求无一字无来历。我不会捏造任何东西，如果我知道的材料不能够形成因果逻辑的联系，就绝不会强行把它捏合成一个故事，而要尽量做到有一说一。

目　录

[第三章]

马嵬风雨葬花魁——郁达夫

[第四章]

只爱过一个正当最好年龄的人——沈从文

[第五章]

半生尽遭白眼冷遇——萧红

[第六章]

军衔最高的间谍——唐生明

[第七章]

民国第一外交家——顾维钧

花影零乱四月天

——林徽因

第一章

"民国第一美人林徽因" 的黑历史

钱锺书先生写过一部小说《猫》，是一部影射小说，为什么要影射呢？因为要说人家的坏话。

要是说好话、赞美人的话，直呼其名，点名表扬就可以了。但说人家的坏话，而这些人往往是自己的朋友、熟人、同事，或有过交往的、社会上的名人，直呼其名，说一些阴暗的东西就不太好。那么就给他们每个人安排一个角色，把他们对号入座放到小说里。

当然，也有可能，几个人都是他的原型，不止一个，但重要的特征都会保留。

影射小说在晚清民国很发达，最著名的是《孽海花》。经过考证，大家发现有 200 多个当时的名人被写进了这部小说。钱锺书最著名的带有影射性质的小说，就是《围城》。里面除了他的同事、朋友被他调侃，甚至他的父亲，也作为一个原型被写了进去。他还有另外一部小说叫《灵感》，赤裸裸地影射了鲁迅。

《猫》这部小说，影射的是梁思成、林徽因夫妇和他们的朋友们，林徽因在里面的名字叫李爱默，梁思成在里面的名字叫李建侯。接下来我会逐一介绍这里面有关影射的一些情节，引用的会比较多，但幸好钱先生写的这部小说非常风趣，换句话也可以说刻薄，尽管会引用很多章节，但各位一定不会觉得烦。

先看看他怎么说小说的主人李爱默李太太的。文中写道："在一切有名的太太里，她长相最好看，她为人最风流豪爽，她客厅的陈设最讲究，她请客的次数最多，请客的菜和茶点最精致丰富，她的交游最广。并且，她的丈夫最驯良，最不碍事。假使我们在这些才具之外，更申明她住在战前的北平，你马上获得结论：她是全世界文明顶古的国家里第一位高雅华贵的太太。"

说这一段就直接影射了林徽因，还有点疑似之间。但是小说里还具体描述了这位李太太的相貌。钱锺书是这样写的："李太太从小对自己的面貌有两点不满意，皮肤不是很白，眼皮不双……李先生向她求婚，她提出许多条件，第十八条就是蜜月旅行到日本。一到日本，她进医院去修改眼皮，附带把左颊的酒靥加深。"

当然，钱锺书在小说里面也讲，李太太并不在意自己的皮肤不够白，反而黑一点点有种黑美人的味道。这部小说的名字叫《猫》，猫的小名就叫小黑，英文名叫 Darkie，就是 dark lady（黑美人）的缩写，所以皮肤黑不是毛病。

除了主人，小说里面的沙龙还有几位重要的客人。有一位叫赵玉山，大家一般认为是影射胡适。以前曾经有人认为影射的是赵元任，尤其是有两个最重要的证据。我们先看看小说的原文：

西装而头发剃光的是什么学术机关的主任赵玉山。这机关里雇用许多大学毕业生在编辑精博的研究报告。其中最有名的一种，《印刷术发明以来中国书刊中误字统计》，就是赵玉山定的题目。据说这题目一辈子做不完，最足以培养学术探讨的耐久精神。他常宣称："发现一个误字的价值并不亚于哥伦布的发现新大陆。"哥伦布是否也认为发现新大陆并不亚于发现一个误字,听者无法问到本人,只好点头和赵玉山同意。①

为什么说赵玉山这两点特别能跟胡适联系起来呢?因为胡适在民国十七年(1928年)倡导发动了著名的整理国故运动,在运动中有一项是要为古书编造引得。引得就是英文 index 的音译,我们现在一般叫索引。当时组织了很多年轻学者,编了很多引得,有的学校和机关都成立了各种编撰处。还有,那句名言可以直接指向胡适:"发现一个误字的价值并不亚于哥伦布的发现新大陆。"胡适说过一句话,叫"学问是平等的,发明一个字的古意,与发现一颗恒星都是一大功绩。"显然,小说里的话化用了他现实中说过的这句话。

小说里还有一个人,叫袁友春,一般认为这个人影射的是林语堂。里面有一段对袁友春的履历和主要创作的介绍,稍微熟悉林语堂的人,一看就知道这应该八九不离十指的就是林语堂。小说里是这样描述袁友春的:

他自小给外国传教士带了出洋。跟着这些迂腐的洋人,传染上洋气里最土气的教会和青年会气。承他情瞧得起祖国文化,回国以后,就向那方面花工夫。他认为中国旧文明的代表,就是小玩意、小聪明、帮闲凑趣的清客……他最近发表了许多讲中国民族心理的文章,把人类公共的本能都认为是中国人的特质。他的烟斗是有名的,文章里时常提起它,说自己的灵感全靠抽烟,好比李太白的诗篇都从酒里来。有人说他抽的怕不是板烟,而是鸦

---

① 钱锺书.人·兽·鬼 [M].北京:生活.读书.新知三联书店,2019.下同。

片，所以看到他的文章，就像鸦片瘾来，直打呵欠，又像服了麻醉剂似的，只想瞌睡。

林语堂本来就出生于牧师家庭，后来在国外读书，参加了YMCA，也就是小说里的基督教青年会。"他认为中国旧文明的代表……"这一段话，说的就是林语堂主编的《语丝》，推崇晚明的小品文，讲究作文要风趣幽默，有中国人的特质；讲中国民族心理这段，说的是林语堂的《吾国与吾民》；讲传统文化的有《孔子的智慧》；关于抽烟斗，林语堂曾经讲过，学问怎么来？英国牛津大学的导师拿着烟斗，一边抽一边给学生讲课，学问都是烟熏出来的。所以林语堂也有这个习气，喜欢抽烟斗。钱锺书就借他这个烟斗，把他讽刺了一番。

接下来还有一个人叫陆伯麟，影射的是周作人。这个影射就非常直白，第一句话就是"那个留一小撮日本胡子的老头儿"。"除掉向日葵以外，天下怕没有像陆伯麟那样亲日的人或东西。"周作人对日本的态度大家都知道，他非常同情和欣赏日本文化，后来也确实因为汉奸罪坐了监，虽然非常刻薄，简直到了辱骂的程度，但跟事实也相距不远。

小说里还有一段，借别人的口骂周作人，借的是另外一个人物陈侠君，他就说"平时的'日本通'一到战事发生，好些该把名称倒过来，变成'通日本'"。他是对陆伯麟说的。他说"伯老，得罪得罪，冒犯了你，我们湖南人讲话粗鲁，不知忌讳的"。这个小说的时代背景是日军侵华以前的北平，当时的气氛已经比较紧张，所以大家在沙龙里有时会讨论未来的时局，很多人讨厌、反感日本人，只有陆伯麟对日本有好感，因此引发别人对他的批评。

除了政治上、外交上的态度，这里面还有一段专门说周作人的。

　　中国人抱了偏见，瞧不起模仿西洋的近代日本，他就提倡模仿中国的古代日本。日本文明学西洋像了，人家说它欠缺创造力；学中国没有像，他偏说这别有风味，自成风格，值得中国人学习，好比说酸酒兼有醨醋之妙一样。更进一步，他竟把醋作为标准酒。中国文物不带盆景、俳句、茶道气息的，都给他骂得一文不值。他主张作人作文都该有风趣。可惜他写的又像中文又像日文的"大东亚文"，达不出他的风趣来，因此有名地"耐人寻味"。袁友春（也就是林语堂——作者注）在背后曾说，读他（陆柏麟，也就是周作人——作者注）的东西，只觉得他千方百计要有风趣，可是风趣出不来，好比割去了尾巴的狗，把尾巴骨乱转乱动，办不到摇尾巴讨好……

可能确实由于周作人后来因为汉奸卖国被判刑，所以小说里对周作人的讽刺格外用力，刻薄程度可以说是最高的。

林徽因、志摩不为人知的情感纠葛

在钱锺书的小说《猫》里，除了前面讲的胡适、林语堂、周作人，还有沈从文、萧乾、罗隆基、傅斯年、金岳霖、梁宗岱、常书鸿，这些人可能都被影射到了。

沈从文是梁家客厅另一位重要的人物，在小说里他的名字叫曹世昌。钱锺书说：

这位温文的书生爱在作品里给读者以野蛮的印象，仿佛自己兼有原始人的直率和超人的威猛。他过去的生活笼罩着神秘气氛，假使他说的是老实话，那末他什么事都干过。他在本乡落草做过土匪，后来又吃粮当兵，到上海做流氓小兄弟，也曾登台唱戏，在大饭店里充侍者，还有其他富于浪漫性的流浪经验，讲来都能使只在家庭和学校里生活的青年摇头伸大拇指说："真想不到！""真没得说！"他写自己干这些营生好像比真去干它们有利，所以不再改行了。论理有那么多奇趣横生的回忆，他该写本自传，一股脑儿放进去。可是他只东鳞西爪，写了些带自传性的小说；也许因为真写起自传来，三十多岁的生命里，安插不下他形形色色的经历，也许因为自传写成之后，一了百了，不便随时对往事作新补充。他现在名满文坛，可是还忘不掉小时候没好好进过学校，还觉得那些"正途出身"的人瞧不起自己，随时随地提防人家损伤自己的尊严。①

沈从文当然是一位伟大的作家，但如果仅从个性或青中年时期的个性来说，钱锺书的这个观察不是没有道理。而且他在里面的举例，几乎都是沈从文的真实经历。比如"在作品里给读者以野蛮的印象"。沈从文写湘西的生活，除了写一般民众的爱情和日常生活，也有很多让一般人觉得很刺激的东西。我印象最深的是，他写过亲眼看到几百人被人用刺刀一一处死，而那些人坦然受死。他说这是他一生中很重要、很恐怖的体验。同理，对读者来说，这也是非常恐怖和出人意料的一种体验，让人印象深刻。

他写过偷情的人，偷老大的女人，最后被判处死刑。那死刑是从很高的架子上往下跳，架子下面有一个坑，坑里全是向上的尖刀。到了架子上，男人反而有些退缩，倒是女人更加决绝地跳下来。像这些情节都写得非常精彩，真像钱锺书说的，给读者以"野蛮的印象"。

但在本质上，沈从文又是一个温文的书生，对他生平履历有所了解的人都知道。

沈从文虽然是某个湘军老大的孙子，但到他那一代家里已经破落，所以他早年当过兵，做过土匪的书记，到上海混社会，这些经历都是真实的。他虽然名满文坛，但确实没有受过高等教育，而他又在大学里担任教授。在民国很多教授都有留洋的经历，不管是东洋还是西洋，没有留洋的经历就很容易受到排挤，所以他"老觉得那些'正途出身'者不甚瞧得起自己，随时随地防人家挑衅开罪"。钱锺书把这个既自傲又自卑的沈从文描述得非常妥当，虽然好像跟我们看到、想到的伟大作家不太一致，但可

---

① 钱锺书.人·兽·鬼[M].北京：生活.读书.新知三联书店,2019.

能更符合人性。

另一个很重要的人物，就是大家纷纷传说与林徽因有一段感情的著名诗人、新月派先锋干将徐志摩。不过在《猫》这部小说里，徐志摩倒没有成为被重点影射的对象。一般认为，在最开始的时候给猫取名的那个，被称作"一个爱慕李太太的诗人"的角色原型就是徐志摩，但他在后面并没有出现。这个人说了一句什么话呢？在给李太太的猫小黑取名字的时候，他先说了这么一句话："在西洋文艺复兴的时候，标准美人都要生得黑，我们读莎士比亚和法国七星派诗人的十四行诗，就知道使他们颠倒的都是些黑美人。我个人也觉得黑比白来得神秘，富于含蓄和诱惑。一向中国人喜欢女人皮肤白，那是幼稚的审美观念，好比小孩只爱吃奶，没资格喝咖啡。"

显然，这是为林徽因的黑皮肤做审美上的辩护，引经据典加以赞美。但他就说了这么一段，然后给小黑取个英文名 Darkie。

徐志摩跟林徽因到底是怎么回事？我从徐志摩和林徽因的年谱，还有一些别人的回忆录，包括当代一些学者的研究中判断，可以引用三件史料，大致能判断他们之间应该还是有某种关系。

首先，他们俩应该是在伦敦认识的，那时林徽因跟家人在英国，徐志摩到那边去念书，估计就有机会见面。大约在20世纪20年代，那时候林徽因才16岁，徐志摩的年纪要比她大。徐志摩从英国一回国，就立即跟他的夫人张幼仪离婚。张幼仪并不愿离婚，是被徐志摩逼着离的。建筑史专家陈从周和梁思成是同行，他曾为徐志摩做年谱，讲到林徽因在英国就有与徐志摩谈婚论嫁的意思。林徽因说，你一定得先跟你老婆离婚，我们才可能开始这段感情。徐志摩回国后就做出了离婚的决定。

后来，徐、林两人又因误会暂告不欢。那时候林徽因去了美国，梁思成跟她一起在美国待了四年。加上林徽因的父亲逝世，家里又很困顿，她留美的学费几乎都是梁启超赞助的，因为林徽因的父亲林长民和梁启超也是好友，所以在这种情况下，徐志摩也不会有什么机会。

这暂时算是孤证。那么 1920 年在英国，林徽因跟徐志摩真的有这么一段故事吗？现在我们可以看到的是，1920 年底，林长民给徐志摩写了一封信。而在此之前，徐志摩写了一封长信给林徽因，并不是写给林长民。林徽因把这封信给她父亲看了，然后不知道什么原因，不便答复，便让她父亲出面给徐志摩一个说法。

这封信"用情之烈，令人感悚，徽亦惶恐不知何以为答"。徽是指林徽因，也就是告诉他，我作为父亲代替女儿给你一个答复。你写这样一封长信让林徽因很尴尬，但她还是很尊重你的情感，并无丝毫嘲笑你的意思。林长民回这封信给徐志摩，实际上就是婉拒了徐志摩的表白。

所以《徐志摩年谱》中这两则材料透露出的实际情况是：两人有一段感情，甚至逼得徐志摩回国离了婚。但至少两人在英国时，林徽因乃至林家是拒绝了徐志摩的。

在徐志摩、林徽因逝世后，李欧梵曾说，美国著名学者费正清可能也像徐志摩、金岳霖一样，曾经拜倒在林徽因的石榴裙下[①]。费慰梅是费正清的夫人，也是林徽因的好朋友。

费慰梅回忆她的朋友时就讲过：

> 我常常暗想，她为什么在生活的这一时刻如此热情地接纳了我这个朋友？这可能同她失去了那不可替代的挚友徐志摩有点关系。在此前十年中，徐志摩在引导她认识英国文学和英语的精妙方面，曾对她有过很深的影响。我不知道我们彼此间滔滔不绝的英语交谈

---

① 李欧梵. 我的哈佛岁月 [M]. 杭州：浙江大学出版社,2016.

是不是曾多少弥补过一些她生活中的这一空缺。①

　　这也是很含蓄的笔法，但既然说徐志摩在空难逝世后成为林徽因生活中的空缺，那反过来讲，他曾经就是她生命中不可或缺的一个人物，说明徐志摩对林徽因是很重要的。

　　其实，我们还可以看到一些资料证据，尤其是徐志摩的那首《偶然》，还有林徽因写的《那一夜》。这些诗大家当然各有各的解读，但看上去就好像是两个人的一问一答、互相应和，尤其里面有一个关键字叫"方向"，大家感兴趣可以读一读。

偶然（徐志摩）

我是天空里的一片云，

偶尔投影在你的波心——

你不必讶异，

更无须欢喜——

在转瞬间消灭了踪影。

你我相逢在黑夜的海上，

你有你的，我有我的，方向；

你记得也好，

最好你忘掉，

在这交会时互放的光亮！

---

① 节选自《回忆林徽因》。费慰梅于 1986 年 7 月写于美国新罕布什尔州富兰克林县的家中。

那一晚（林徽因）

那一晚我的船推出了河心，
澄蓝的天上托着密密的星。
那一晚你的手牵着我的手，
迷惘的星夜封锁起重愁。
那一晚你和我分定了方向，
两人各认取个生活的模样。

到如今我的船仍然在海面飘，
细弱的桅杆常在风涛里摇。
到如今太阳只在我背后徘徊，
层层的阴影留守在我周围。
到如今我还记着那一晚的天，
星光、眼泪、白茫茫的江边！
到如今我还想念你岸上的耕种：
红花儿黄花儿朵朵的生动。

那一天我希望要走到了顶层，
蜜一般酿出那记忆的滋润。
那一天我要跨上带羽翼的箭，
望着你花园里射一个满弦。
那一天你要听到鸟般的歌唱，
那便是我静候着你的赞赏。
那一天你要看到零乱的花影，
那便是我私闯入当年的边境！

金岳霖对林徽因
痴情的真相

————

1928 年左右，林徽因和梁思成回到中国，先去了东北大学。当时的东北大学校长是张学良。同时，在学校任教的有一位教授叫萧公权，是现代著名的学者。萧公权在回忆录里讲到，开学不久，张学良就设宴款待新到的教授，约请各院长、系主任和一部分老教授作陪。

这是一个场面不小的宴会，张学良和夫人于凤至都出席了。据萧公权的观察，从张学良的言谈举止来看，张少帅不是一个具有特殊才智或崇高理想的人。他与鸦片吗啡结下了不解之缘是公开的秘密。后来，成为上海黑道老大的杜月笙就曾苦劝张学良，才让他戒掉了鸦片。

萧公权说，张学良承袭着张作霖的余荫，遇到时势造英雄的机会，成了东北的风云人物，其实他本质上是一个纨绔子，也是一个浑小子，这从他若干人所周知的行为可以推断出来，如情史混乱、到处惹事等。但萧公权讲的这件事却很少有人知道，那就是在东北大学的时候，少帅见了林徽因后为之十分倾倒，数次向她致意，还托了一个中间人邀请她到少帅府做家庭教师。当然，这只是一个借口，林徽因并不是中文系或英文系的老师，让她去教建筑史、教孩子，显然不靠谱。林徽因婉言谢绝，只在东北大学待了一个学期，就同丈夫离开了东北。

林徽因有一个比较重要的男性朋友，叫金岳霖。汪曾祺写过一篇《金岳霖先生》，曾经入选高中语文教材。这篇文章整体是说金岳霖的个性品德以及简述他的一生，但里面有一段也讲到了他对爱情的执着。文章是这样写的："五十年代后期，他突然把老朋友都请到一起吃饭，也没讲什么理由，饭吃到一半，他站起来说，今天是徽因多少多少岁冥诞，要和大家一起纪念。在座的一些人看看这位终身不娶的老先生，偷偷地掉了眼泪。而此时梁思成已经再娶了。"

从文笔来说，这一段话抒情很好，平淡的叙事里蕴藏了很深的情感，也带着一些讽刺。林徽因已经逝世一周年了，金岳霖作为她的老情人也好，老朋友也好，突然请自己的朋友吃饭来纪念徽因，而她的丈夫梁思成竟然这么快就再婚了。这里面的深情与薄情，大家都能分清楚，尤其是他用了"终身不娶"四个字来形容金岳霖。

文章固然写得感人，但事实是怎么样的呢？事实上，金岳霖的终身未娶，严格来说跟林徽因关系不大。林徽因在世的时候，金岳霖曾与她同在美国，后来在国内又在同一所大学任教。在这段时间，金岳霖一直和他的美国女友丽莲·泰勒（Lilian Taylor）保持着同居关系。他们俩没有结婚，但是一直同居，而且生了一个女儿①。

泰勒是金岳霖在哥伦比亚大学读书时的同学，当时他们就已经开始试婚并同居。试婚是 20 世纪 30 年代前卫男女反抗旧的婚姻制度的一种形式。后来泰勒随金岳霖来中国定居了很长一段时间。泰勒本人也是一位著名的教授，曾在山东大学教书，著名的现代史学家何炳棣先生就是她的学生。

为什么金岳霖跟林徽因不能在一起呢？根据现有的各种资料分析，他

---

① 何炳棣．读史阅世六十年 [M]．北京：中华书局,2016:51.
　"她在 20 年代卜居北平，和清华哲学系教授金岳霖同居生女而不婚。"

们俩在美国的时候，关系处得不错。一位叫白鹇的网友曾写了一篇文章，分析得很好，说林徽因的父亲逝世后，徽因去美国念书，几乎所有的费用都由梁家负担。因为梁启超和林长民是好友，而且两家缔结了婚姻。梁启超给梁思成写过一封信，里面讲道："我和林叔叔的关系，她（林徽因）是知道的，林叔叔的女儿，就是我的女儿，何况更加以你们两个的关系……徽因留学总要以和你同时归国为度，学费不成问题，只算我多一个女儿在外留学便了，你们更不必因此着急。"

林徽因赴美留学，并没有考取官费，一切费用自理，所以1925年后的所有开销，都由梁启超承担，直到1928年。

一边是好友金岳霖，另一边是恩重如山的未来公公梁启超和志同道合的未婚夫梁思成，我想只要林徽因的脑子没进水，在两者之间做出选择都不难。也就是说，不管金岳霖到底跟她是什么关系，反正在这个最重要的阶段，林徽因是不可能选择与金岳霖共度人生的。

把原本多情放浪的金岳霖先生包装得专一而痴情，说得他好像除了林徽因，一辈子就没和其他女人交往过，这其实是近十年各种小说以及不严谨的史学著作共同渲染的结果。套用顾颉刚《古史辨》的著名说法，这是层累造成的金岳霖。

汪曾祺在关于金岳霖的文章里写上那么一段话去渲染，去煽情。而事实的反转，对我们这些爱听八卦的读者来说，则是需要注意的一个地方。对于历史人物或事件来说，我们总想寻找一些传奇和不平常的东西。但对于古人或逝者，他们的生活如果你真去挖掘的话，可能会比我们想象的更精彩，甚至更真实，而所谓的真实，就是那些真正的人性——深层的情感、狂野的欲望、节制的原则等合力形成的一些事件，这些事件其实比虚构的东西要精彩有趣得多。

如果我们能寻找到真正的八卦，未尝不是好事。但很多时候我们去找、去说、去传的八卦，更像是一种自我的心理投射，从而降低了八卦的格调，一旦我们不注意，就会像钱锺书在《猫》里面讲的那样："一切调情、偷情，在本人无不自以为缠绵浪漫、大胆风流，而到局外人嘴里不过又是一个暧昧、滑稽的话柄，只照例博得猥亵的一笑。"这句话尽管非常刻薄，但又非常现实且有道理。

调情、偷情对当事人来说，不管有多么地动山摇、惊心动魄，有多么决绝和犹豫，多少深情与烦恼，如果只把它当八卦看待的话，确实只能赢得猥亵的一笑。哪怕是到了今天，除了猥亵的一笑，还要被很多人用渣男、小三、出轨等各式各样的恶毒词汇来形容。

我这样说，并不是想去突破法律或道德的边界，对于人类来说，社会一定要有规范人行为的准则，从而让这个世界更和谐。但在法律与道德之外，每个人心里都有不可压抑的情感，不能消灭的欲望。这些情感和欲望，不要说在与人恋爱的阶段是正常的，即使在婚姻之内，也是真切存在的。那些与人暧昧的时刻，有些最终改变了现状，有些则没有。这是生活的现实，不是一种理论，也不是一种评判标准，我们不能否认它的存在。

另一个嫉妒林徽因
的名女人

———

继续讲"李爱默太太"（林徽因）的沙龙。林徽因作为沙龙的女主人，她的角色很多，其中有一个角色就是作为一位知心大姐姐，或者说是一个非常好的倾听者，为朋友们解决各种困难，尤其是感情上的困扰。

1934 年的一天，林徽因就在家中接待了沈从文。沈从文来找她，是要倾诉一件非常困扰自己的事。当时的沈从文新婚不久，是前一年重阳节结的婚，而且小说出版之后，也受到市场与读者的热烈追捧，按理说事业、爱情都很如意，怎么会有困扰呢？

沈从文向林徽因坦白了——自己受到了一场婚外恋的困扰。两个人当天的谈话是在私密环境里进行的，按理今天的我们不可能知道。但林徽因写信把这件事告诉了费慰梅，也就是美国学者费正清的夫人。

林徽因在信中讲：

　　不管你接不接受，这就是事实。而恰恰又是他，这个安静、善解人意、"多情"而又"坚毅"的人，一位小说家，又是如此一个天才。他使自己陷入这样一种感情纠葛，像任何一个初出茅庐的小青年一样，对这种事陷于绝望。他的诗人气质造了他自己的反，使他对生活和其中的冲突茫然不知所措，这使我想到雪莱，也回想起志摩与他世俗苦痛的拼搏。可我又禁不住觉得好玩。他那天早上竟是那么的迷人和讨人喜欢！而我坐在那里，又老又疲惫地跟他谈、骂他、劝他，和他讨论生活及其曲折，人类的天性、其动人之处及其中的悲剧、理想和现实！①

虽然没有直接点出"婚外恋"三个字，但敏感的善于阅读文学作品的读者都能看出来，沈从文咨询的应该就是这种事情。唯一有点儿奇怪的是，林徽因说"我坐在那里又老又疲惫地跟他谈"。林徽因比沈从文小两岁，她反而觉得自己要更老。这其实是她在情感世界里应对这种事比沈从文要更加成熟的一种自我感觉。

沈从文当时如此受困扰，主要是因为他当时与一位笔名高青子的同乡女诗人、小说家发生了婚外恋。严格来说，这场婚外恋从1933年持续到了四十年代初，分分合合纠葛了很长一段时间。这时候他的畅销小说《边城》，其实就是描写这段婚外恋的。

沈从文几年之后回忆关于《边城》的创作时，他的总结是，"将我某种受压抑的梦写在纸上"。他自己解释什么叫"受压抑的梦"：

情感上积压下来的一点东西，家庭生活并不能完全中和它、消耗它，我需要一点传奇，一种出于不巧的痛苦经验，一分从我"过去"负责所必然发生的悲剧。换言之，即完美爱情生活并不能调整我的生命，还要用一种温柔的笔调来写爱情，写那种和我目前生活完全相反，然而与我过去情感又十分相近的牧歌，方可望使生命得到平衡……这是一个胆小而知足且善逃避现实者最大

---

① 林徽因.林徽因散文精选[M].武汉：长江文艺出版社,2013.

的成就。将热情注入故事中，使他人得到满足，而自己得到安全，并从一种友谊的回声中证实生命的意义。[①]

这是沈从文关于《边城》的创作谈。很明显，这种解释具有弗洛伊德精神分析学的意味。他自己确实也承认，这是他在现实中受到婚外恋的引诱，而又最终逃避的结果。他如果不跟林徽因讲这件事，林徽因可能永远都不会知道，甚至很难想象，新婚不到一年他就面临这么严重的情感上的困扰。

从这件事我们就知道，林徽因在当时以沈从文为代表的沙龙客人里的重要地位。因为像沈从文这样的人，这样的苦恼，除了林徽因，无处可以诉说，他只能跟这位善良、可爱、美丽、温柔的女主人讲一讲。所以，林徽因的地位不仅仅是社交性的，更能关乎友谊、关乎人的安身立命。

然而在当时的北平，并不是只有林徽因这一个"山头"。同时期有一位成名更久，也具有相当影响力，和很多学者、作家、诗人关系不错的女作家，她就是冰心。从今天的角度可以说她们处在一种相互竞争的关系，在公开的场合，她们也互相承认是朋友，但双方的友谊几乎是破裂了。因为冰心在 20 世纪 30 年代写过一首诗和一篇小说，小说叫《我们太太的客厅》，诗的名字叫《我劝你》，全文如下：

> 只有女人知道女人的心，
> 虽然我晓得
> 只有女人的话，你不爱听。
> 我只想到上帝创造你

---

① 沈从文. 水云：沈从文散文 [M]. 南昌：江西人民出版社,2018.

曾费过一番沉吟。

单看你那副身段，那双眼睛，

（只有女人知道那是不容易）

还有你那水晶似的剔透的心灵。

你莫相信诗人的话语：

他洒下满天的花雨，

他对你诉尽他灵魂上的飘零，

他为你长作了天涯的羁旅。

你是女神，他是信徒；

你是王后，他是奚奴；

他说：妄想是他的罪过，

他为你甘心伏受天诛。

你爱听这个，我知道！

这些都投合你的爱好，

你的骄傲。

其实只要你自己不恼，

那美丽的名词随他去创造。

这些都只是剧意、诗情，

别忘了他是个浪漫的诗人。

不过还有一个好人，你的丈夫……

不说了！你又笑我对你讲圣书。

我只愿你想象他心中闷火般的痛苦，

一个人哪能永远糊涂！

一个人哪能永远糊涂，

有一天，他喊出了他的绝叫，哀呼。

他挣出他胡涂的罗网，

你停留在浪漫的中途。

最软的是女人的心，

你也莫调弄着剧意诗情！

在诗人，这只是庄严的游戏，

你却逗露着游戏的真诚。

你逗露了你的真诚，

你丢失了你的好人，

诗人在他无穷的游戏里，

又寻到了一双眼睛！

嘘！侧过耳朵来，

我告诉你一个秘密：

"只有永远的冷淡，

是永远的亲密！"①

　　这首诗是 1931 年写的，显然是在影射，而且读到的人也都知道，影射的是林徽因和徐志摩的关系。徐志摩空难逝世是在 1931 年，而这首诗正是在徐志摩失事之后写的。同年，冰心给梁实秋写信，也提到了徐志摩：人死了，说什么话都太晚，他生前，我对着他没有说过一句好话，我和他从来就不是朋友，如今倒怜惜他了，他真辜负了他的一股子劲！谈到女人，究竟是"女人误他？""他误女人？"也很难说。志摩是蝴蝶，而不是蜜蜂，女人的好处就得不着，女人的坏处就使他牺牲了。

　　信的大意是说，上天生一个天才太不容易，但像志摩这样的人，糟蹋

---

① 冰心. 冰心诗歌散文 [M]. 长春：时代文艺出版社,2009.

自己的天赋，看了使人心疼。

这些话都讲得很直白，不需要过多地解读。但那篇小说《我们太太的客厅》，对它的解读就很有意思了。尤其冰心在晚年时曾说，这篇小说写的并不是林徽因的客厅，而是陆小曼的。她为什么要讽刺陆小曼？看她给梁实秋的信，她对徐志摩又是一种什么样的复杂观感？这些都是有趣的材料，都是需要我们解读的地方。

冰心、林徽因结怨之始
——一篇小说换得一坛醋

————

冰心写完《我劝你》后，沈从文找她约稿，冰心就把诗寄给了他。收到稿子后，沈从文觉得诗有点儿问题，因为显然是在攻击他的朋友林徽因。但既然是自己约的稿，含泪也要发表，不过在这之后，沈从文又在1938 年做了一个委婉的批评：

冰心女士是白话文学运动初期人所熟知的一个女诗人。……直到她搁笔那一年，写了一篇长诗给另一个女人，告那人说："唯有女人知道女人的心。""诗人的话是一天花雨，不可信。"那首诗写成后，似因忌讳，业已撕碎。当那破碎原稿被另一个好事者从字篓中找出重抄，送给我这个好事编辑时，我曾听她念过几句。……那首诗是这个女诗人给另一个女诗人，用一种说教方式告给她不宜同另一个男诗人继续一种友谊。诗人的话既是一天花雨，女诗人说的当然也不再例外，这劝告末了不免成为"好事"。现在说来，已成为文坛掌故了。[①]

————

① 沈从文. 沈从文全集 17 卷 [M]. 太原：北岳文艺出版社,2002:243-244.

　　这番话很含蓄，说《我劝你》这首诗是"这个女诗人"给"另一个女诗人"，"这个女诗人"是冰心，"另一个女诗人"是林徽因；"用一种说教方式"，就是说从文学的内容和形式来说，《我劝你》其实很一般，更像一种直白的说教，而诗歌就其文学性而言不能用来说教的；不宜同"另一个男诗人"继续友谊，另一个男诗人当然是徐志摩。所以，尽管沈从文发表了这首诗，但他对这首诗所表达的意思，还是有所保留的。

　　冰心在文坛成名要比林徽因早。曾经有读者误会，说冰心批评或攻击林徽因，是因为土鳖对海归的嫉妒。这纯属是不明真相的吃瓜群众瞎猜。冰心可不是土鳖，她也是海归，毕业于美国马萨诸塞州韦尔斯利女子大学，和宋美龄是校友。所以，这跟海归、土鳖之争没关系，可能更多的跟性情、价值观、世界观，以及各自在社会、文学界的地位有关。

　　其实，冰心的小说《我们太太的客厅》写在诗作《我劝你》之前，这里也发生过一段轶事。当时名望不小的青年文学批评家李健吾回忆：冰心写的那篇小说《我们太太的客厅》，讽刺的是林徽因，因为那时节的每周六下午，便有很多朋友以林徽因为中心，谈论时代应有的种种现象和问题。有一次，林徽因恰好随丈夫梁思成由山西调查庙宇回到北平，带了一坛又陈又香的山西醋，一看到冰心发表了这篇小说，立马叫人把醋送给冰心吃用。

　　送醋这个段子，以前大家一直以为是编造的，但因李健吾也是林徽因客厅里的常客，他既然明白地说出来有这么一件事，可见这事就不像是段子，更像是真事。从山西回来，带回来山西的特产——醋，送给朋友，是一件正常的事情。因为她们俩既是朋友，也是仇敌。

　　接着，冰心写了那首诗，在里面讲"只有女人能了解女人，女人能听懂女人"，"女人才能去劝告另一位女人做出正确的选择"，说明她们之间也不完全是敌对的关系。有一点可以肯定，冰心这个人的性情不像林徽因那样平易近人，有那么大的亲和力。冰心跟人打交道确实有些问题，有一件事或许很能说明问题：梁实秋曾到美国留学，在去美国的轮船上首次与冰心见面。这些人去美国留学前，都已经在国内有一定名气，二人在轮船上经人介绍认识后，就开始聊天。梁实秋问："谢女士，你到美国是学什么？"冰心回答："我去学文学。"冰心又问梁实秋："梁先生，您去美国是学什么？"梁实秋说："我是学文学批评。"接下来两人的谈话就继续不下去了。

当然，梁实秋后来跟冰心还是成了好朋友，他们在重庆再度见面，一起度过了很长的岁月，关系都不错，两家人的关系也很好，后来误听到冰心的死讯，梁实秋在台湾还专门写了怀念文章，但像梁实秋这样的朋友，冰心其实很少。

至于林徽因对冰心写小说讽刺她的态度，她也曾表过态，那是在 1936 年，林徽因为《大公报》文艺副刊编小说选，按道理她应该选冰心的作品，但她没有，不但没选，还在编完小说选后写了一段跋文，借文学来表示对冰心这篇小说的批评。

林徽因说："前一时代在流畅文字的烟幕下，刻薄的以讽刺个人、博取流行幽默的小说，现已无形地摈出努力创造者的门外，衰灭下去几至绝迹。这个情形实在也是值得我们作者和读者额手称庆的好现象。"等于她把冰心的《太太的客厅》直接贬低为专门讽刺个人以博取流行的貌似幽默，其实格调很低的作品。

三年后，冰心与林徽因之间又发生了一件事，这件事是林徽因私下讲的，可见她对冰心写小说攻击自己，耿耿于怀。

1940 年底，冰心应邀出任新生活运动妇女指导委员会下面的文化事业组组长。当时，这个妇女指导委员会的主任是宋美龄。大家知道，冰心与国民党、共产党都保持着良好的关系，而当时的知识分子，尤其是左翼知识分子，对国民党多是不看好的。跟国民党走得近的，会遭受冷眼。但前文提过，宋美龄与冰心是美国留学时的校友，也算是冰心的学长，现在又是委员长夫人，碍于这样一层情面和关系，冰心不得不接过这个烫手山芋。

其实，宋美龄对冰心还是非常礼遇的，除了安排专机把她接到重庆，还专门派了一辆卡车把冰心在北平的家具、书籍一路运到重庆。要知道战争期间，能源紧张，汽油非常宝贵，很多时候，进行正常交通运输的客货汽车会因为没油而在路上抛锚，所以能派一辆车从北平开到重庆，这需要特批，也只有宋美龄能做到。

当时，冰心担任文化事业组组长，主要是负责"蒋夫人文学奖"的征文以及评奖工作，受到这么高规格的待遇，虽然后方比较艰苦，但直接接触到政治权力中心和文化中心，这简直是一种莫大的荣耀。但另一方面，冰心的朋友对此就有了看法，林徽因就是其中之一，当时她就写信给费慰梅：

> 我的朋友"Icy Heart"却将飞往重庆去做官（再没有比这更无聊和更无用的事了），她全家将乘飞机，家当将由一辆靠拉关系弄来的注册卡车全部运走，而时下成百上千有真正重要职务的人，却因为汽油受限，而不得旅行，她对我们国家一定是太有价值了。很抱歉告诉你们这么一条没劲的消息！这里的事情各不相同，有非常坚毅的，也有让人十分扫兴和无聊的，这也是生活。①

---

① 转引自桑农 . 林徽因与冰心 [J]. 书屋 ,2006,(9).

她令钱锺书与冰心
都难掩嫉妒

为什么林徽因对冰心写的小说《我们太太的客厅》这么敏感呢？这里还要从头讲起

首先说书名，为什么叫"我们太太"？因为作者用的是一个女仆的口气，叫 Daisy，用她的口吻来刻画，这种写法和钱锺书的《猫》有点儿相似。冰心写这本书，当然没有和钱锺书串通起来，但在中心思想上，两部小说有相同的地方，即给客厅、沙龙、女主人定的调非常像。且看冰心写的：

> 我们的太太自己以为，她的客人们也以为她是当时当地的一个"沙龙"的主人，当时当地的艺术家，诗人，以及一切人等，每逢清闲的下午，想喝一杯浓茶，或咖啡，想抽几根好烟，想坐坐温软的沙发，想见见朋友，想有一个明眸皓齿能说会道的人儿，陪着他们谈笑，便不须思索的拿起帽子和手杖，走路或坐车，把自己送到我们太太的客厅里来。在这里，各人都能够得到她们所想望的一切。①

---

① 冰心. 冰心精选集（小说卷）[M]. 武汉：长江文艺出版社,2018. 下同。

钱锺书在小说《猫》里面，写得更细致一些，他借用的是小说人物齐颐谷的视角，以貌取人，觉得沙龙里这些追求真善美的名人，本身也应该具备真善美的品质，结果大失所望，想不到他们都那样平平无奇：

> 他们的名气跟他们的仪表成为使人失望的对照……颐谷私下奇怪，何以来的都是年近四十岁、久已成名的人。他不了解这些有身家名望的中年人到李太太家来，是他们现在唯一经济保险的浪漫关系，不会出乱子，不会闹笑话，不要花钱，而获得精神上的休假，有了逃避家庭的俱乐部。建侯（男主人）并不对他们猜忌，可是他们彼此吃醋得厉害，只肯在一点上通力合作：李太太对某一个新相识感兴趣，他们就异口同声讲些巧妙而中听的坏话，他们对外卖弄和李家的交情，同时不许任何外人轻易进李家的交情圈子。这样，李太太愈可望而不可即了。

而对于李太太这位主人，齐颐谷感觉她：

> 她并不是卖弄才情的女人，只爱操纵这许多朋友，好像变戏法的人，有本领或抛或接，两手同时分顾到七八个在空中的碟子……事实上，他们并不是李太太的朋友，只能算李太太的习惯，相与了五六年，知己知彼，互换得动，掌握得住，她也懒得费心机再培养新习惯。

冰心和钱锺书写了一个共同之处，就是客人对这个沙龙的要求，以及女主人对宾客的观感。这里面既有相和的地方，也有不一致的地方，但双方不管是有意或者无意，忽视了这个差异，装作看不见，然后把这样的关系保持下来，让彼此在这样一种暧昧而微妙的关系中，都能得到最大的享受。

从个人来说，钱锺书所写"事实上他们并不是李太太的朋友，只能算李太太的习惯"，这句话非常让人警醒，可以让我们从一个以前大家不怎么注意的角度去审视，不仅仅是审视林徽因在北京的家庭沙龙，也可以审视像冰心这样的女作家，因为当时北京并不是只有林家这么一个沙龙，男的像胡适，女的像凌叔华，都是爱热闹的人，在他们家经常有这种聚会，甚至冰心本人，也有她自己的星期五叙餐会。

冰心虽然是一个看上去冷冰冰的、很容易把人拒之千里的女作家，但她也有自己的社交需求，而这些尤以女主人为主的沙龙，女主人与宾客之间的关系，可能就本质来说，还真像钱锺书所说的那样，（女主人）并不是卖弄才情，或者卖弄其他别的什么的女人，她只是要操纵着许多朋友，并通过这种操纵得到自己的乐趣和愉悦，并不是要操纵这些人去干一件什么具体的事情。因为只要能够调动人的情绪，能够让一个组织内部因为这些情绪的波动产生一些话题和言论，作为一个操纵者来说，也能获得快感。

至于"这些人并不真正是朋友"，也需要重新定义，什么叫朋友？因为大多数的"朋友"，其实就是"操纵与被操纵"的关系，女主人林徽因，可能操纵别人，宾客里面是不是也有人企图操纵女主人、操纵其他宾客呢？这也是有可能的。

此外，两部小说还有一个相同之处。

在《猫》里面，年轻的助理发现一个奇怪的现象，那就是在李太太的沙龙里面，她的宾客只有男性，没有女性，偶尔有，也是某位男性宾客的夫人。

在冰心的小说里，这位女主人只有一个女朋友——袁小姐，也是沙龙里唯一的女客人。为什么这样呢？

第一种是因为我们的太太说一个女人没有女朋友,究竟不是健全的心理现象。而且在游园赴宴之间,只在男人丛里谈笑风生,远远看见别的女人们在交头耳语,年轻时虽以之自傲,而近年来却觉得不很舒服。第二是因为物以相衬而益彰,我们的太太和袁小姐是互相衬托的,两个人站在一起,袁小姐的臃肿,显得我们的太太越苗条;我们太太的莹白,显得袁小姐越黧黑。这在"沙龙"客人的眼中,自然很丰富的含着艺术的意味。

那么袁小姐在冰心笔下,是怎样一个人呢?

袁小姐挺着胸,黑旋风似的扑进门来,气吁吁的坐下,把灰了的乔其纱颈巾往沙发上一摔,一面从袖子里掏出黄了的白手绢来,拭着额汗。她穿着灰色哔叽的长夹衣,长才过膝,橙黄色的丝袜,豆腐皮似的旋卷在两截胖腿上,下面是平底圆头的黄皮鞋。头发剪得短短的一直往后拢,扁鼻子上架着一副厚如酒盅的近视眼镜。浑身上下,最带着艺术家象征的,是她那对永远如在梦中的迷茫的眼光。

这样一个形象与我们太太的那种大美人的形象,确实就相映成趣。

从林徽因的客厅移驾到
陆小曼的客厅

————

　　《我们太太的客厅》除了影射林徽因没有太多的女性朋友，以及损了一通那位身为画家的袁小姐，还有另外两个女性角色值得一提。往深里琢磨，冰心安排这两个女性配角，颇具象征意义：一个这样的女人，她只会有什么样的女性朋友？而且她还会有什么样的女性对手？

　　其中的一位是女主人的丫鬟菊花，英文名叫 Daisy，是陪嫁过来的。

　　　　Daisy 是我们太太赠嫁的丫鬟。我们的太太虽然很喜欢谈女权，痛骂人口的买卖，而对于"菊花"的赠嫁，并不曾表示拒绝。菊花是 Daisy 的原名，太太嫌它俗气，便改口叫 Daisy，而 Daisy 自改了今名之后，也渐渐的会说几句英语，有新到北平的欧美艺术家，来拜访或用电话来约会我们的太太的时候，Daisy 也会极其温恭的清脆的问："Mrs. is in bed, can I take any message？"①

　　　　土名换洋名，带有一种绝佳的讽刺意味。就像作者写的那样，太太们虽然喜欢谈女权、痛骂人口买卖，但对于自己嫁过来时家里给配的带有一

————

① 　冰心.冰心精选集（小说卷）[M].武汉：长江文艺出版社,2018.下同。

定人身依附关系的丫头，却不曾表示拒绝，就有点儿自扇耳光了。

民国初年，中国社会发生剧变，新思想与旧传统并存，比如民国禁止纳妾，但若在前清娶了二房，也不会非得遣送回家，而清朝遗留下来的类似带有人身依附的主仆关系，除了发生严重的刑事侵犯导致人权被践踏而必须解除关系外，正常的太太和仆人，还是允许存在的。

回到小说，除了丫鬟，还有一位女性角色很是夺目，这就是一位来自美国的女人露西。说起来，她也是太太的一位敌人。

> （露西）一个美国的所谓艺术家，一个风流寡妇，前年和她丈夫来到中国，舍不得走，便自己耽搁下来了。去年冬天她丈夫在美国死了，她才回去，不想这么几天，她又回来了。我真怕她，麻雀似的，整天喊喊喳喳的说个不完！我常说，她丈夫是大糖商，想垄断一切的糖业，她呢，也到处想垄断一切的听众。

这算是太太对露西一个不好的评价。接下来又发生了一件事，即她与我们的太太从交好到交恶的一件事：

> 前年露西到北平的第二天，文学教授便带她来拜访我们的太太，谈得很投机。事后我们的太太对人说露西聪明有礼；露西对人说一个外国人到北平，若不见见我们的太太，是个缺憾。于是在种种的集会之中，她们总是形影相随，过了有好几个月，以后却渐渐的冷淡了下去。有人说也许是因为有一次我们太太客厅中的人物，在某剧场公演《威尼斯商人》，我们的太太饰小姐，露西饰丫鬟。剧后我们的太太看到报上有人批评，说露西发音，表情，身段，无一不佳，在剧中简直是"喧婢夺主"。我们的太太

当时并不曾表示什么，而在此后请客的知单上，便常常略去了露西的名字。

可以看出，露西之所以最后被"我们的太太"排挤出圈子，就跟袁小姐为什么能进入这个圈子的道理一样。异性尽可以有他的才华，他的学问，他的魅力，在这个客厅里，可以各自大力来展现。但同性之间一定不能盖过"我们太太"的光芒，其实这都是人之常情，同样很多男性也会嫉贤妒能露西因为才华太高，或者太美丽，让"我们太太"感受到一种威胁。但像袁小姐这种，虽然也在文艺圈滚打，但至少在才华、外貌这方面对"我们太太"的威胁相对要小得多，而且她在边上还有一个好处，就是尤能衬托出太太的美丽、魅力、才华。

所以，露西慢慢退出这个圈子，也是正常的，社交圈、客厅、沙龙，有时正如江湖一般，一山不容二虎，一旦出现这样的趋势，定会引来或明或暗的决斗，总要有一方离开，或者两败俱伤，让场子最后散掉，这都是所谓社交上的常态。

冰心的小说与钱锺书的《猫》还有一点不一样。《猫》的主角之一李太太的先生，在文中也出场了很多次，而且最终也搞了婚外恋，包养了一个女学生，但在《我们太太的客厅》里，就没有出现这一档子事，"我们太太"始终是主角，"我们先生"始终不见人影。不过，冰心还是通过一个细节交代了一下"我们先生"：

> 墙上疏疏落落的挂着几个镜框子，大多数的倒都是我们太太自己的画像和照片……书架旁边还有我们的太太同她小女儿的一张画像，四只大小的玉臂互相抱着颈项，一样的笑靥，一样的眼神，也会使人想起一幅欧洲名画。此外还有戏装的、新娘装的种

种照片，都是太太一个人的——我们的太太是很少同先生一块儿
照相，至少是我们没有看见。我们的先生自然不能同太太摆在
一起，他在客人的眼中，至少是猥琐，是市俗。谁能看见我们
的太太不叹一口惊慕的气，谁又能看见我们的先生，不抽一口
厌烦的气？

古人讲金屋藏娇，但对做惯了"社交女主人"角色的人来说，也喜欢
搞一个黑屋子，把老公藏在里面，才比较好。但冰心在晚年提到小说里的
这一段时，表示关于镜框的描写，不是写的林徽因，而是陆小曼家的布
置，那么也就暗示，她这小说写的不是林徽因，而是陆小曼。或是老人健
忘，这部小说不仅镜框，其他细节都可指证写的"太太"就是林徽因，譬
如小说里说太太的小女儿叫冰冰，林徽因的女儿就叫"梁再冰"，而陆小
曼则没有女儿。

《我们太太的客厅》分析完了，有趣的是，从林徽因身上又引出了陆
小曼，这又是一个可以展开的话题。

2000 年左右，有一本叫《万象》的杂志非常火，其实它早在 1949 年
前就已在上海存在，从那时起，杂志里会经常刊登一些很有看点的文章，
到 2000 年的时候，它就连载过一部笔记——《安持人物琐忆》，作者是陈
巨来。

陈巨来年纪跟林徽因、陆小曼、徐志摩等人差不多，尤其与陆小曼关
系最好，虽然在"文革"时互相揭发翻了脸，但到晚年也恢复了。在这部
日记里，专门有一个章节叫《陆小曼》，笔记出来后，非常轰动，很多人
都追着看。

有人说，最不可信的文字，一是宣传标语，二就是回忆录，原因在于
既然是记忆上的事，就难免失真；再者，写回忆录的人，主观上总有一种

想去掩饰的想法，只愿意留下那些想留下的东西，所以对回忆录，我们既要保持兴趣，也要保持警惕。

陈巨来在《安持人物琐忆》里写的陆小曼，里面就真真假假掺在一起，既引人入胜，有时又让人觉得匪夷所思。

其中讲到，陆小曼嫁给徐志摩之后，很快就得了一种病，总是犯晕，于是家里就请了一位推拿名医，叫翁瑞午，来治疗。只要发病，翁瑞午做一个按摩，陆小曼就能苏醒过来，所以徐陆夫妇非常感激翁瑞午，跟他也成了好朋友，经常聚会玩耍。有一次他们（包括陈巨来）自娱自乐扮相演戏，演的是京剧《玉堂春》中的一出《会审》，翁瑞午出演王景隆，陆小曼演苏三。根据剧情，把判了死刑的苏三带上来后，王景隆一见到老情人就要犯头晕病，不能审理案件，这时候就会让一个哑巴医生上来，为她治病，按理哑巴是不能开口说台词的。但当时演哑巴医生的人叫张光宇，这人是个画家，新中国成立以后还是动画片《大闹天宫》的美术设计，当时供职在英美烟草公司广告部，他见自己演哑巴，有些不甘心，就问陈巨来这个角色有没有办法出个彩，言下之意就是要抢戏。陈巨来使了个坏："有！我教你一句，你只要给王景隆看完病之后，就对另外两个配角说，'您这个病我看不来，要请推拿医生来看。'要知道配角之一就是徐志摩演的，是一个协同王景隆审案的官员。

结果张光宇果真这样说了，那些熟悉徐家事情的观众，当场就哄堂大笑，包括陆小曼、徐志摩、翁瑞午本人，在台上也忍俊不禁。当然，关于陆小曼的事后文还会提到，在这里主要是借这段说明陈巨来《安持人物琐忆》的日记内容的确很有意思。

陆小曼眼中的
林徽因

按《安持人物琐忆》中的说法，陆小曼曾告诉陈巨来一个关于林徽因的故事。虽然外界风传陆小曼品行不是太好，但在陈巨来眼里，她并非那么不堪，而且认为陆小曼还有一个优点，那就是从不在背后说人长短。

但在陈巨来的笔记里，陆小曼分明就讲了不少有关林徽因的事，这又该如何解释呢？其实，这也很容易讲得通。陆小曼的丈夫是徐志摩，而徐志摩婚前婚后都一直在追求林徽因。徐志摩在国外的日记曾交给另外一位女作家凌叔华保管，凌叔华后来把日记交给陆小曼的时候，其中一些内容没有了。后人猜测，那部分消失的内容很可能涉及徐志摩与林徽因的关系。陆小曼因为徐志摩与林徽因间的传闻，在丈夫去世后向好朋友倾诉一下，也是可以理解的。

关于林徽因，陆小曼总的评价是：林徽因的相貌非常美，做派也很大方，在当时北京的圈子里，堪称第一美女。除此之外，其他方面并没有过多评价。

有一次，林徽因尚在美国的时候，突然给徐志摩发了一个电报，大意是："我现在独处国外，生活苦闷，希望你能发一封电报，写一封信，来好好地安慰一下。"徐志摩得了这封电报，非常高兴，立即写了一封长信，情意绵绵，第二天一早，就到电报局去发电。

哪知电报局的工作人员一看地址就笑了："先生，我今天同时收到发给这位女士的电报已经有四份了，你是第五个。"

徐志摩很不高兴地说："这位女士只有我这一个朋友啊。"

谁知这个电报局的收发员非常八卦，他立即把前四个人的电报给他看，徐志摩一看才知这都是留美的四个老同学，其中有一人叫张歆海。徐志摩当即就去质询这位张先生。这位张先生还以为徐志摩在故意诈他，坚决不承认。徐志摩拿出林徽因的电报跟他对峙，张先生惊呆了，随即也拿出自己的那份"女神电报"，好嘛，原来是一稿多投！

二人不甘心，又去另外两人那里打听。果然，林徽因给他们发了一封"电报通稿"，让他们每个人都写封长信来安慰她。这可让五个人十分生气，自此之后，徐志摩就决定与林徽因绝交，一心一意追求陆小曼，直至成为夫妇。

另外，这件事还有其他的旁证。徐志摩于 1926 年 6 月 3 日在《城报》副刊发表了一首诗，叫《拿回吧，劳驾，先生》，说的就是发电报这件事：

> 啊，果然有今天，就不算如愿，
> 她这"我求你"也就够可怜！
> "我求你"，她信上说，"我的朋友，给我一个快电，
> 单说你平安，多少也叫我心宽。"叫她心宽！
> 扯来她忘不了的还是我——我，
> 虽则她的傲气从不肯认服；
> 害得我多苦，这几年叫痛苦
> 带住了我，像磨面似的尽磨！
> 还不快发电去，傻子，说太显——

或许不便，但也不妨占一点颜色，

叫她明白我不曾改变，

咳，何止，这炉火更旺似从前！

我已经靠在发电处的窗前，

震震的手写来震震的情电，

递给收电的那位先生，问这该多少钱，

但他看了看电文，又看我一眼，

迟疑的说："先生，您没重打吧？

方才半点钟前，有一位年轻先生也来发电，

那地址，那人名，全跟这一样，

还有那电文，我记得对，我想，

也是这……先生，你明白，反正意思相像，就这签名不一样！"

"嗯！是吗？噢，可不是，我真是昏！

发了又重发，拿回吧！劳驾，先生。"

　　这件事有徐志摩的诗和陈巨来的笔记为证，当代作家闫红女士也从徐志摩的其他传记里找出了相关旁证。

　　同样，在陆小曼的日记里，也记了这件事。她说，有一天她的朋友张歆海突然质问她，为什么要把林徽因群发信件的事到处讲？原来陆小曼听说了这件事，就告诉了凌叔华，凌叔华又告诉了丈夫陈西滢，陈西滢再跟别人一讲，圈子内几乎所有的朋友就知道了。

　　另外，陆小曼还讲了另一件轶闻。说林徽因回国后住在北京西山，有一天一帮粉丝来看望她，她心血来潮似的跟许多追求者说："你们都说如何爱我，那我要考考你们，我现在想吃东安市场一个水果店里的一种烟台苹果，你们不许坐汽车，自己走路去买，谁第一个买到送到，他就是真心对我爱我的。"

女神一声令下，一帮呆子就开始行动，纷纷跑下西山，其中就有梁思成。不过他还算聪明，借了一辆自行车代步。拼命赶到东安市场买了苹果，又蹬回西山，不小心在路上就被汽车撞骨折了，最后还留下终身的残疾，微微有些瘸。大约是林徽因感到他的诚意，从此就跟他结婚了。

梁思成被汽车撞，确有其事，但不是为了买苹果，而是1923年他带弟弟梁思永参加北京大学生举办的一个国耻日的纪念活动，当时他骑的是摩托车，带着弟弟，结果出了车祸。另据梁思成的续弦林洙女士的回忆录称，梁思成因这次车祸住了整整两个月医院，林徽因每天都来探望，梁思成有时热得只穿一件背心，林徽因也不避嫌，去了就坐在他边上，还亲手为他拧毛巾擦汗。这一举动，无疑让未来的公公梁启超，以及保守的未来婆婆李惠仙深感震惊。

以上的几段轶闻，真真假假，难以定论，但对思维正常的人而言，一听就知道这些故事有损林徽因的形象。但不管外界的评论多么离奇，她活在大部分人心目中的形象，依旧是那个喜爱人间四月天的奇女子。

第二章

的人影——胡适①

山风吹不散我心头

"完人"胡适也有
吃醋的时候

在陈巨来的笔记《安持人物琐忆》里，也提到过胡适与陆小曼的关系，说有一天陆小曼主动向他坦白，说自己跟胡适有一段关系。

陈巨来写道："胡适对陆小曼颇有野心，因为她是徐志摩的朋友，又无从下手，于是他极力促成徐志摩从上海到北京去安慰林徽因，存心搞成梁林离婚，让徐志摩与小曼分手，然后胡适自己可以遗弃糟糠之妻去追求小曼。"

徐志摩死后，胡适就安慰小曼"你不用靠徐家那每月 300 元来生活，以后你的一切，我可以负全责"，但那时候陆小曼正在痛恨胡适无端让徐志摩和林徽因死灰复燃，又加上翁瑞午正小心翼翼地爱护自己，所以陆小曼对胡适的表态没有回应。正因为如此，胡适偶尔到陆小曼家里，从来对翁瑞午不搭理。

抗战之后，胡适回到南京，给陆小曼写了一封信，希望她戒掉不良嗜好，不要再抽鸦片；同时要求她与翁某某分开，因为这时翁陆已经公开同

---

① 胡适于 1923 年 4 月到杭州休养，表妹曹诚英随之而来。在这里，二人的感情迅速升温，也是胡适一生中最为缠绵热烈的一段恋情。全诗如下：依旧是月圆时 / 依旧是空山 / 静夜 / 我独自月下归来 / 这凄凉如何能解 / 翠微山上的一阵松涛 / 惊破了空山的寂静 / 山风吹乱的窗纸上的松痕 / 吹不散我心头的人影

居了。胡适表示，如果陆小曼可以做到这两点，那么就可以来南京，由胡适给她安排新的生活。

按陈巨来的说法，陆小曼对此的态度是："翁瑞午虽然贫困至极，但他曾无微不至地照顾我 20 多年，我怎么能把他赶走呢？"因为抗战期间翁瑞午任过伪职，严格来说有汉奸罪，虽然没有判刑，但再谋公职就很困难。胡适对这封信没有再回应。

2000 年初的时候，陈巨来的《安持人物琐忆》刊登在了《万象》杂志上，不少民国轶闻引发了轰动，读者想不到胡适和陆小曼竟还有这么一段关系。胡适与徐志摩是好朋友，这是众所周知的事情，他又与梁思成、林徽因夫妇在学术、生活上有很深的交情，而且作为当时的学界领袖，文化界名气最大的人，其一贯以非常正面的形象示人，正如蒋介石称赞的那样，是"新文化运动中旧道德的楷模，旧伦理中新思想的师表"。盛名之下，没想到胡适先生竟然也会有婚外恋，而且婚外恋的对象还是朋友的妻子。说起来，对他的形象破坏是很严重的。

陈巨来的笔记出来后，不出意外，有人写文章或网上发帖指责他胡说八道。只是陈巨来当时已经逝世，不可能为自己辩白。但我们又从另一位研究胡适的学者那里完整地发现了这段情缘，这位学者就是出生于中国台湾、现在美国德堡大学担任历史系教授的江勇振。江教授写过两部著作，都是胡适的传记，目前才写到 20 世纪 30 年代，还在更多的精彩在后面。尽管如此，其中的观点和分析都已经在学界非常引人注目了。

2006 年的时候，江勇振另写过一本小书，专门讨论胡适的感情生活，书名叫《星星·月亮·太阳》，日、月、星是在暗示与胡适有过感情纠葛的女士。在增订版序里，江勇振讲到：

我从来没想过要写胡适的情感生活，虽然我从一开始就非常

不喜欢 1980 年代后期开始风行的胡适爱情生活的文章。我在 1990
年代末期开始去北京看"胡适档案"的时候，一心想作的是胡适
的传记研究。由于档案不能复印，只能手抄，而胡适所留下来的
材料又非常多，中文材料就有两千卷，英文材料有五百卷。我就
决定先从也许可以看得完的英文档案看起。就这样我发现了许多
情书，多到了我觉得可以写一本书的地步。

　　由于我非常不喜欢从前写胡适爱情生活的文章，我在这本书
里的写作策略是特意要挑战——既向胡适挑战，也向那些窥淫胡
适的作者挑战。因此，我的叙事手法是露骨、不含蓄的。但这是
有意的，是我在写作本书的策略上所作的选择。①

所谓露骨不含蓄，就是江勇振在书里把关于胡适情感生活的有关证
据，都列举得清清楚楚，而且在很多地方，对史料进行诠释的时候，都没
有"为尊者讳，为逝者讳"。他认为胡适在过往的大众形象，比较刻板，
并不是他所了解和理解的胡适，所以他向胡适挑战，就是要向在公众心中
的那个胡适的形象去挑战。同时他又坚决反对那些有"窥淫癖"的人。关
于"窥淫癖"，江勇振在书中有一个定义，即：有些人，在发掘出胡适的
婚外故事后，就开始不断扩大化，几乎把所有跟胡适有过往来的女性，有
过通信的女性，都意淫为胡适的恋爱对象。

　　最匪夷所思的例子是，著名学者、教育家，也是胡适朋友的任鸿隽，
他的妻子陈衡哲作为当时一位很著名的女作家，也不幸躺枪。有人曾认
为，胡适跟陈衡哲有过关系，但后来因为敌不过自己原配老婆江冬秀的压
力，才把陈衡哲让给了任鸿隽。像这种非常过分的言辞，是江勇振不愿接

---

① 江勇振.星星·月亮·太阳 [M].北京：新星出版社,2012.

受的。

同样的例子还有，胡适一度在美国认识了一位在教会工作的女士，只因胡适给她写的英文书信里有些诸如"最近你是不是感到快乐，我还是非常怀念以前我们俩的谈话"的话，以及在书信里很常见的问候语"亲爱的"，包括称对方为"我的圣女"。其实胡适在信里不过是和对方谈论宗教生活和教会工作，既然从事教会工作，称呼其为"圣女"也并非不妥。就因为这样的信，有人也把对方意淫为胡适的女友，这让治学严谨的江勇振非常反感。

再说《星星·月亮·太阳》一书，除了谈到陆小曼，胡适还跟几位女子有过感情故事，比如曹诚英，同时他的夫人江冬秀已经发觉了他的婚外恋，对他的监控突然加大，而那时候胡适自己在工作上也不是很得意，没有干劲儿，整天喝酒，我们可以形容其"沉湎酒色"。

他的朋友汤尔和在送给胡适照片的时候题了两首诗，第一首是："蔷花绿柳竞欢迎，一例倾心仰大名。若与随园生并世，不知多少女门生。"这首诗是拿胡适跟清代著名大才子、大诗人袁枚相提并论，"若与随园生并世"提到袁枚的一大轶闻，就是向他学诗的女弟子众多。作为一个文坛老者，年岁颇高，收很多大家闺秀做弟子，也不是特别犯忌讳。可袁枚的这段花边传到严谨的道学者那里，就比较尴尬了。湖南岳麓书院曾有一任山长叫罗典，据说曾参加过一个聚会，但发现袁枚也是座上宾后，于是愤而离席。人家问他为什么，罗先生回答："我不见江南老嫖客。"可见，因为罗典在岳麓书院代表的是一种尊礼的气质，对于袁枚的行为自然是嗤之以鼻。

如此，胡适的这位朋友汤尔和，把他与袁枚比较，当然不全是贬义，只是形容一种现象，毕竟当时已进入新文化运动时期，社会对男女关系、婚姻、爱情的看法，跟前清已经完全不同了。胡适特别受女学生欢迎，这很正常。当然，女学生不一定是他在大学里教的，像陆小曼给他写信，也称他为"先生"。

再看汤尔和写的第二首诗："缠头拼掷卖书钱，偶向人间作散仙。不料飞笺成铁证，两廊猪肉定无缘。"最后一句是说胡适与猪肉无缘，这里面包含一个典故。在传统中国的士大夫阶层，其最高成就就是死后能够入祀孔庙。孔庙里面的贡品，最珍贵的就是民间传说的冷猪肉。清代诗人朱彝尊，学问很高，平时人品口碑也不错，但就因为给小姨子写了所谓《风怀二百韵》这样的情诗，导致"吃不上冷猪肉"——死后不能入祀孔庙，所以汤尔和就拿这个来调侃胡适，他给出的理由是：胡适手里有很多女性给他写的情书，这些女性那里估计也有他写给人家的情书，这是"铁证如山"。

胡适与史沫特莱

　　大概是忍受不了夹在几个女人中的踌躇纠结，胡适终于决定从终日无所事事、借酒浇愁的状态中走出来，1926 年，他出发去了欧洲，然后再到美国。

　　树挪死人挪活，胡先生在大洋彼岸终于爆发了自己的小宇宙，学术、工作方面取得了突飞猛进的成绩，很快成为驰名欧美的人物。就这样在外面待了差不多一年，回到中国的胡适与之前简直判若两人。用一位学者的话讲："他已经成为一个在国际舞台上摘星弄月的高松。"初一听，以为"摘星弄月"是个很厉害的形容，以为适之先生果真在学术上取得了巨大的成就。但稍知内情的人就明白，"摘星弄月"其实是说他在男女情感方面已修炼成了一个高手。"高"到什么地步呢？他居然与来自美国的著名记者史沫特莱有过一段情，这确实有点儿颠覆三观。

　　史沫特莱是美国人，比胡适小一岁，出身贫困，自力更生，后来到旧金山与她的第一任丈夫结婚，逐渐成为一个女权主义者，一个社会主义者，同时她又对印度独立充满了热情，她的很多工作，都与女权、印度革命有关。

　　1928 年，她经过前苏联的西伯利亚地区进入中国的东北。那时，她的公开身份是一家报社的特派员，实际却在为共产国际做事。根据史沫特莱传记作者的说法，她先是在北平认识徐志摩，再由徐把她介绍给了上海的胡适。这样一推测，两人相见的时间大概在 1929 年 1 月。当时梁启超刚逝世，而对胡适来说，梁启超是一个很重要的人，既帮助过他，也在学术上对他有过提携。而另一边，梁启超则是徐志摩的老师，同时也是他与陆小曼的证婚人，所以胡适和徐志摩的关系很近，相互介绍朋友很正常。

在北平的这段时间，徐志摩带着史沫特莱到处游玩。史沫特莱当时 37 岁，比徐志摩大 5 岁，在写给朋友的信里，史沫特莱说，她跟徐志摩并没有发展出长期的交情，因为徐志摩曾经毫不遮掩地告诉她，他更喜欢年轻漂亮的女性，那么如史沫特莱这样的大龄女子，就不是徐志摩的"菜"，不过这并不妨碍两人的相处。史沫特莱说，徐志摩把她当闺蜜，她则向徐志摩介绍一些她觉得漂亮的女孩子。徐志摩曾对史沫特莱说："可惜你不是男的，否则可以帮你介绍一些在北平的交际花。"

这里面所有的内容，都来自史沫特莱留下的书信，以及人物传记。这本传记是一个美国人写的，2005 年曾经出版过。不过，这些内容也仅是一面之词。

与徐志摩认识后不久，史沫特莱于 1929 年 5 月到达上海。除了胡适，她还认识了宋庆龄、陈翰笙。

1930 年，史沫特莱给在美国的一个女性朋友写信，介绍自己在上海的生活，用词非常大胆，她列举了很多在上海跟她发生过关系的人，其中有法国的军火走私商，有德国破落的皇室贵族，还有一位中国高官，据说是一位国民党左派人士。在史沫特莱的笔下，胡适也不能幸免，她形容胡适"有强烈的生物冲动"，也就是说她眼中的胡适是一个性欲极其旺盛的人，同时又超级风流。史沫特莱对朋友说："告诉你一个秘密，如果我想要的话，我可以把他搞得家庭破碎。"当然，这只是玩笑话。

很快，史沫特莱与胡适的关系结束了，至于是谁先提出的分手，个中情由就不太明白了。很快，史沫特莱又回过头来，倒撩徐志摩，据说颇有斩获。

现在，我们来分析胡适与史沫特莱分手的原因，除了出身、长相、风度、性情等方面的不一致，二人最大的不同是：史沫特莱是一个左派，一个共产国际分子，一个社会主义的支持者，而且还是一个开明的实干家；胡适则是一个孤独的保守主义者，他们俩的意识形态有着很深的冲突。若胡适真能跟一个看上去与自己完全不合拍的女性发生这样一段关系，这当然是一个很有趣的话题，而从出版的《史沫特莱传记》看，我们感觉这件事的确并非捏造。

在这本书里，史沫特莱通过很多书信和对话，透露了不少重要的异性名字，包括徐志摩、胡适、陈翰笙在内，还有其他几位，都是新月派的重要人员。

不过正如前面提到的，史沫特莱不可能把胡适搞得家庭破碎。正如江勇振说过的一句调侃的话："胡适不但是一个在公私领域都要求自己能紧守理性法制有序的人，而且还是一个经过感情的风浪，而能掌握船舵，不使船沉没的过来人。"言下之意，就是形容胡适在男女关系上是一位老手高手，纵然是史沫特莱这样的"过江龙"，也没有能力一定将胡适搞垮搞臭。

大约从20世纪30年开始，胡适和史沫特莱的关系几乎就结束了。在这一年的春天，史沫特莱曾经写过一封信，邀请胡适和蔡元培一同去拜访一位印度教授。在这封邀请信的后半段，话锋一转，成了一封控诉信，她调侃胡适作为中国的圣人，说他"往来的都是王公贵妇和一堆社会上的垃圾，你为什么要跟这些人来往？大概就是你做'中国圣人'所必须付出的代价"。接着，她又攻击胡适乃至整个中国的上流社会："我注意到你们这个时代的圣人，成天吃喝，吃喝会影响体型，体型会影响脑袋，脑满肠肥的圣人，对中国一点儿用处也没有；艳瘾不断的'圣人'请注意，我一点儿都不觉得你是'圣人'。你的气息一点儿都感动不了我，我把你留在我这里的上衣穿起来，发现那颈圈是超大号的！"

这也许是史沫特莱恼羞成怒的一个讽刺的说法，可谓挖苦到极致。也就是这封信，让二人的关系降到了冰点。到了1942年，胡适被中国民权保障同盟开除，因为史沫特莱和胡适都是这个同盟的成员，胡适是北平分会的主席，史沫特莱是上海总会的负责人，把胡适开除，也就标志着他们所有关系的结束。

我的朋友胡适之

在民国时期，有一句成语叫"我的朋友胡适之"，相当受欢迎。

为什么这么说呢？因为大家都爱用这个词来形容自己与胡适的关系，一方面表示胡适非常受欢迎，受尊重；另一方面表示胡适有非常广阔的胸怀和社交情商。当然，这个所谓的"情商"在今天看来，或许都是浮于表面的，至少在处理男女关系上，胡先生未必高明。

前文提到过，在胡适与陆小曼发生暧昧前，他已经有了另外一个恋人——表妹曹诚英，而他本来还是已婚人士，原配叫江冬秀，早在他去美国留学之前，就已经订好的婚事。按照最初的计划，等他留学归来，两人就完婚。

不过，胡适到了美国后，就与一位美国女士（美国纽约康奈尔大学一位教授的女儿韦莲司）有了关系，用当时的话讲，达到了灵与肉的统一。是的，西半球的灵与肉统一了，东半球还有一个未婚妻，眼看归国的日期将近，回来就要结婚，该怎么办呢？胡适灵机一动，以庆贺婚礼为名写了四首诗。这也算比较奇葩了，自己给自己写贺诗。

其中第一首，就透露了自己移情别恋的信息：

十三年没见面的相思，于今完结。

把一桩桩伤心旧事，从头细说。

你莫说你对不住我，我也不说我对不住你

且牢牢记取这十二月三十夜的中天明月。

诗里透露的重要信息就是"你莫说你对不起我，我也不说我对不住你"这句，严格来说，江冬秀在安徽老家等他回来完婚，应该没做什么对不住他的事，特别是在当时那么一个刻板封建的世俗礼仪体系下。那么，胡适就很含蓄地承认了自己在美国做了对不起未婚妻的事情。但为什么非要写一句"你对不住我"呢？也许只能理解为：胡适觉得江冬秀在学识、见识等方面跟自己不太匹配，相当于让人来陪绑，有点儿不地道。

所以，后来不少人评价胡适对婚姻的态度时，都在指责胡适找借口，这种行为当然是错误的。但这种对胡适的指责和说法，又显得不那么科学，有点儿意气用事。

首先，民国的法律并没有规定人不能离婚或悔婚。其次，从胡适本身来说，他也并非对这段婚姻不满。50年代，胡适的学生唐德刚在纽约曾对胡适和江冬秀的关系做出一个评价："江冬秀是中国传统的农业社会里，'三从四德'的婚姻制度中，最后的一位'福人'。但这份福，来得并不容易。"[①]

这一评价与蒋介石表扬胡适是"旧道德里的一个典范、一个楷模"是一脉相承的。在民国时期，很多情感丰富的名人都经历过这种煎熬，陆小曼、徐志摩、钱锺书、沈从文……无一例外，每个人都要受到新旧制度转换过程中造成的各种煎熬，即便胡适身为"圣人"又如何？所以今天回过头再看这些事情就更好理解了。这就是为什么今天我们讲民国，会觉得既

---

① 唐德刚. 胡适杂记 [M]. 桂林；广西师范大学出版社，2005.

亲切又陌生的原因，或许人性能找到共同点，可在制度、文化和风俗方面，处在新旧转型期的民国，与今天相比，实在不太一样。

说了这么多应该理解胡适的话，不妨再来看一看他和自己那位可以说爱得惊天动地的表妹曹诚英间的往事。

说起来，曹诚英比胡适小十多岁，是胡适三嫂的妹妹，所以论姻亲，是可以以表兄妹相称的。而胡适归国后，终究还是与江冬秀结婚，当时，曹诚英还是伴娘。曹诚英本人也算颇有见识，先在杭州读书，后来30年代的时候到美国留学，正好也是去的胡适的母校康奈尔大学。这些后话暂且不提，只说她在国内的生活。

1921年的夏天，在杭州读书的曹诚英带着侄子胡思永，以及当时一位很著名的诗人汪静之，还有其他八位女士，一起同游西湖。当时，汪静之与胡思永都差不多20岁，想找女朋友谈恋爱，曹诚英就充当了一个"红娘"的角色。后来在汪静之的回忆录里，八位美女中的符竹因就成了他的夫人。这都不重要，重要的是在这次游览西湖的过程中，汪静之的主要目标其实是曹诚英！

那么这就尴尬了。证据在哪里？大约六十年后，汪静之临终前将之前写就的诗体恋爱史编成一本《六美缘》发表。所谓"六美"，就是六位女性，其中就隐约指向了曹诚英。在这里，还要简单介绍一下汪静之。作为著名的湖畔诗社发起人，他的成名作是《蕙的风》，很多人都知道，其风格是对爱情、性爱的大胆讴歌，当时在社会上引起了很大震动，评论两极。朱自清称赞他："汪静之这样写，是向旧社会的道德投了一颗猛烈无比的炸弹！"抨击他的人就反问，"你这是有意挑拨人们的肉欲呢，还是只是表现自己兽性的冲动？"以现在的眼光来看这些诗，可能见怪不怪；但在当时，新文化运动初期，写下这么些惊世骇俗的东西，确实是需要胆气和精神的。这里只举汪静之的两首诗，一首叫《求欢歌》，由于那时还没有兴起新诗的形式，都是用一种半文不白的"打油诗"模式：

> 欲求情爱更圆满，灵肉调和美十分。
> 若不调和灵与肉，难医心上爱伤痕。

又比如《欢喜佛歌》：

> 白玉雕成玉美人，全身柔腻乳脂凝。
> 信奉皈依我崇拜，爱极甜心美女神。
> 交欢快乐似神仙，愉快鲜甜到骨髓。
> 两个灵魂都化完，两个灵魂化成水！

也许你会觉得这样的也能叫诗？简直鄙俗不堪，但在那个新旧文化相互影响、泥沙俱下的时代，一位二十出头的年轻人能写出这样的诗，又显得是那么昂扬和充满希望。

前卫诗人汪静之

讲曹诚英和胡适之前，湖畔诗人汪静之是绕不开的一个人，因为他对于将来讲胡适与曹诚英的关系，会产生一些影响。

前文说了，在与八位美人泛舟西湖后，汪静之就于 1924 年与其中的一位符竹因喜结连理。此后，汪先生独自去上海教书，有两位女学生特别喜欢他，在这段时间，他灵感爆棚，写了上千首爱情诗。通过这些海量的爱情诗，我们能够清楚他上海的生活，以及他的思想，而他的思想最基本的一条就是希望家中"妻子在堂，还能与两位女学生共度良宵"。

比如他描述其中一位女学生："全身奶白肌肤嫩，温柔软玉一团娇，凭郎爱抚凭郎看，凭郎欣赏凭郎亲。"这就是说到二人彼此的亲密举动，从外貌到动作，比较露骨。再比如："语音里面有芬芳，柔声笑我太癫狂，一夜爱成一海爱，一宵恩爱一生香。"就更加不堪了，算得上是那个时代对男欢女爱比较直接的描写，确实体现了汪先生"妻妾一堂"的梦想。

这还没完，"我爱杭苏两美女，享受杭苏两天堂。两个天堂安乐窝，安乐窝里是情郎。"这相当于是给自己画了一幅自画像，希望杭苏两位美女都能陪伴在身边，他是那个痴情郎。"兰蕙海棠都爱极，新欢旧爱尽销魂。并肩并坐二仙女，我将跪拜两观音。"最终的结果证明了汪先生的确是一厢情愿，因为其中一位女学生断然拒绝了他，明确表示不愿意与别人分享对他的爱，这位女学生也很有才，回了两句打油诗："恋爱必须全占有，爱不完全宁可无。爱情不可三人共，难忍二妻共一夫。"另一位女学生则提到条件，先让老师离婚两人再结婚，汪老师很纠结，就这样断断续续拖了半年，这位女学生也退出了。

我忍住一身鸡皮疙瘩引出这些诗，只是意在表述汪静之是这样一个异类：他想要用文学反对礼教，就大胆地在作品里面加入很多露骨的性爱描写，虽然前卫、刺激，但终究是一种陈腐的爱情伦理观，他的身体可能是现代的，但脑子还停留在古代。

当然，汪静之其实只是当时的所谓"新派文学家"的一个代表，但他这些言行都很有代表性，发人深省。有趣的是，前文提到的咀嚼汪静之的那两位女学生，倒是体现了一点女权觉醒的意味，情商似乎要高过老师。

那么奇葩的汪静之能拥有曹诚英吗？

从汪静之后来的回忆录看，他说在杭州游玩的那年寒假，一天晚上曹诚英到了他的房间，说她已经离婚，已经自由了，说完曹诚英就把汪先生"扑倒"了。向来对这种事来之不拒的汪先生在这时候突然道德感爆棚，想起自己已经与符竹因订婚，所以就做了一回柳下惠，不为所动，躺在床上和小曹聊天，为了表示对自己行为的奖励，他还写了一首诗表扬自己："书呆真是真君子，自爱洁身又自尊。考验几番能自制，虽然心动不胡行。"

看上去，与之前写那种肉麻诗的汪先生并不是同一人，不过仔细一想，这种紊乱的价值观形象能够共存在同一人身上，在那个时代的确也不稀奇。唯一的问题是：曹诚英当时并没有与胡冠英离婚。看来，汪先生又一次风中凌乱了。

能让汪先生这般凌乱，那么曹诚英就笃定是无辜的吗？也不尽然，曹诚英还是很有新潮作风，比如她孤身一人离家去杭州读书，这让像她的姐姐，也就是胡思永的母亲，非常不满曹诚英，甚至把后来儿子的死都算在妹妹身上。

据说，胡思永在杭州的时候也曾向曹诚英表白。毕竟胡思永年纪和曹诚英相差不大，又是青春期，昏了头脑后追求自己的小姨也是有可能的。当然，曹诚英拒绝了单纯的小鲜肉。结果，胡思永在杭州玩了一圈之后，不慎染上肺结核病亡。肺结核在今天不是特别吓人的病，但在当时一旦不能得到妥善治疗，几乎就是绝症。这件事让曹诚英的同父异母的姐姐曹细娟知道了，她愤怒地指责曹诚英生活不检点，是害死自己儿子的罪魁祸首。

对于这些闲话，胡适作为他们的姻亲，自然也能听到。后世就有评论家分析，胡适在当年五月写了一首诗叫《西湖》，就是象征曹诚英的，其中有一句："听了许多诽谤伊的话而来，这回来了，只觉得伊更可爱，因而不舍的匆匆就离别了。"

这首诗的出炉，也揭开了胡适与曹诚英相爱的大幕。

贝加尔湖的怀念

按理，胡适与曹诚英是远房的表兄妹关系，胡夫人江冬秀跟曹诚英多少也有点儿亲戚关系（二人来自同一个地方）。怎么就会发生这种"三角恋"呢？

是的，还是因为文学作品，都是它"惹的祸"。这还是要从最早谈起。

1918年2月14日，情人节这天，曹诚英主动给表哥写了一封信，请胡适对自己创作的十首《竹枝词》予以指正，并说："兄如不以妹为不可交，望凡关于文学上，信中多谈论几句，以增进妹之实践。"言辞非常谦恭，但言语之间，已经显露出仰慕之情。

胡适如何回复的，目前尚未找到原信，但从三年之后，也就是1922年，曹诚英给胡适写的第二封信里面，我们或可发现一些蛛丝马迹。在这封信里，曹诚英为自己的丈夫胡冠英报考天津南开中学，请胡适帮忙。从中分析，胡表哥应该对这位曹表妹还是有点儿好感的，不然曹表妹也不可能直接开口托人情。但表妹夫胡冠英似乎并不是一个求上进的人，再加上一贯的游手好闲，这件事并没有下文，倒是这封信让表兄妹的关系日渐升温。

同年9月，曹诚英在另一封信里说："我上半年给你那封信之后，就收到你给我写的《尝试集》。"《尝试集》是胡适出的第一本新诗集。当时提倡新诗革命，作为领军人物，胡适不但要在文学批评上鼓励这种创作风格，而自己亲自编了一本诗集。接着，曹诚英继续说："当时我又写了一封信给你，哪里晓得一直多少时不见赐福，那时我真失望，再也不敢有第三封信寄上了……"这时候胡适的原配江冬秀完全没有意识到，曹诚英会成为未来的情敌。甚至听说曹诚英在杭州念书后，江冬秀二话不说还给她汇了一笔钱，让小曹感动不已。感动归感动，但小曹对胡适的追求并没有停止。

到了 1923 年 5 月，胡适游览西湖，曹诚英、胡冠英、汪静之等人作陪，胡适写就《西湖》一诗，抒发对"可爱"的西湖的眷恋，不舍得匆匆离别，表面上写西湖，其实可以看作对曹诚英的表白。

5 月 29 日，曹诚英再给胡适写信，就直呼"糜哥"了，以前都是叫"适兄"，或者"适哥"，只有关系非同一般的人才叫"糜哥"，因为胡适本名胡嗣糜。通过这封信我们可以看到曹诚英作为一个年轻女性，当时是以怎样的态度来看待人生与感情的：

> 你问我为什么不能高兴，我也回答不出，我只觉得眼所见的，耳所听的，脑所想的，无一件令我高兴得起，就是我这样的身体，也叫我不能高兴。我所感到的，宇宙间只有罪恶、虚伪，另外是没有什么了。请你告诉我，我说的对不对。我醉了，很醉了，因为我今天没有吃饭，只吃几口酒，所以很醉了，我要去困一会儿再来。我不去困了，困着总是做些极无聊的梦，令人讨厌。我觉得人是顶坏了，女子尤其，倘若我不是女子，我愿世界上没有女子的踪迹，其实我也不愿意有我。什么凶恶奸诈的事，女子都干得出，我恨透了，倘我有杀人的权力，我便杀得她

干净。说说罢了，自己杀自己也没杀掉。糜哥，你待我太好了，叫我不知要怎样感激你才是。我只要记得，世上除掉母亲哥哥之外，还有一个糜哥[①]。

曹诚英在信里表达的这种情绪，其实很多曾经有过这种情怀的女性都能够体会到，这是一种比较普遍的情感，尤其对文艺女青年来说。其实，胡适这次到杭州，主要是为了养病，因为他曾怀疑自己有心脏病和糖尿病，经过检查，一切正常，剩下的只是脚气、脚肿、痔疮这些小毛病困扰着他。

比如痔疮，胡适就曾在给美国女友韦莲司的信中提及过，甚至详细说明了痔疮的大小、数目、部位、病灶。这要是放到今天，我们是很难接受这种大曝隐私的，也许是因为时代的关系，晚清民国的寻常书信往来中，很多比较亲近的人之间，不论男女，只要在书信中涉及病痛，都会详细描述这些症状，让人感到很真实。

插了这么一小段题外话，无非是为了说明胡适在与自己亲近的人交流时，是一种什么状态。那么他和曹诚英是如何捅破这层薄薄的面纱的呢？

了解近代史的人都知道，胡适有一个习惯就是写日记，而且还推广到了朋友圈。只是从他的日记里，我们读到的更多是"读了什么书""看了什么文章""见了什么人""去哪儿吃饭"，流水账一样的东西，而关于个人的情感记录很少。那么我们只有再结合他的书信或文艺作品，比如写的新诗，来窥视一二，在这些新诗里，胡先生善用暗喻的本领将自己的心思彰显得淋漓尽致。

---

① 曹诚英致胡适，1923 年 5 月 29 日，中国社会科学院近代史研究所藏胡适档案。转引自江勇振《星星、月亮、太阳：胡适的感情世界（增订版）》（新星出版社，2012 年）。

1923 年 12 月 24 日，胡适在北京西山写下一首诗，叫《暂时的安慰》，诗的前两句说："月光静默着孤寂的我，转而温润了我孤寂的心。"暗示的是自从杭州南高峰上那夜以后，五个月不曾经历过这样神秘的境界了。显然，这是在暗示五个月前一段爱情的开始。那么五个月前究竟发生了什么？

根据学者江勇振先生的考证，在五个月前的 7 月 29 日，胡适、曹诚英以及另外一位朋友同往杭州南高峰看日出。按常识讲，看日出就得守夜，那么从逻辑上分析，在 7 月 28 日的夜里，或许曾发生了什么。这只是一种猜测，似乎还缺少有力的证据。

于是，我们只好再从《胡适日记》里寻找证据。在 1926 年 7 月 24 日的日记里，又一条线索出来了。那一天，胡适正好在苏联境内的贝加尔湖旅行，到了伊尔库斯克，当晚他写下日记："今日为十五日（指阴历六月十五），近年来每年六月十五的夜，是我最不能忘记的。今天待至十点上不见月，惆怅不已。"这里说得很清楚，不知道从哪一年的六月十五开始，当天晚上的月亮，都让他难以忘怀。查一查万年历，1923 年 7 月 28 日，就是阴历的六月十五，这天晚上的月亮，是胡适终生不能忘怀的。

跟胡适学说情话

从胡适的日记里，其实看不出他的情感表达，比如 1923 年在杭州养病期间，他记录了很多和曹诚英形影不离的经历，每天一起游西湖、爬山、散步、下棋、赏月，他还讲莫泊桑的故事给她听，写了这么多，就是看不到任何缠绵、相思，甚至暧昧的字句都看不到。不过，就算胡先生隐藏得再好，我们也可以通过字里行间的细节做出准确的推断和考证。具有讽刺意味的是，胡适本身就是一位著名的考证大家，这就叫"以其人之道还治其人之身"。

先看胡适 1923 年 9 月 21 日的一篇日记：

> 早晨与娟（按，曹诚英乳名丽娟）同看《续侠隐记》第二十二回《阿托士夜遇丽人》一段故事。我说这个故事可演为一首记事诗。后来娟遂催促我把这首诗写成。我也觉得从散文译成诗，是一种有用的练习，遂写成《米桑》一篇，凡九节，每节四行，有韵（诗载《山月集》）①。

---

① 《胡适日记全集》，联经出版公司，2004 年。第四册，1923 年 9 月 21 日，第 99 页。

《续侠隐记》是法国著名作家大仲马写的《三个火枪手》的续集，《三个火枪手》在民国被翻译为《侠隐记》，所以这个《续侠隐记》就是三剑客的续集。

秋风扫着落叶，轻敲着一个乡间教士的住宅。

教士是出门看病人去了，灯下坐着一个借宿的远客。

刻骨的伤心和拼命的纵酒，还不曾毁坏他丰姿的秀异。

他是一个生成的贵族，骨头里都带着高贵的神气。

他独自吃完了晚餐，门外又来了两个人叩门借宿，

一个美丽的少年武士，跟着一个少年的俊仆。

"教士先生，我们是赶路的，想在这里借宿一夜。"

"少年，你若可以将就，就和我同睡一间房罢。"

他们主仆低语商量，门里微听得他吃吃地笑；

不知道是什么淘气的主意，还只是评量教士先生的容貌。

那壮丽的军服底下罩着的，原来是一个避祸的贵族人；

她是巴黎社会之花，她是个迷人的女神。

她虽然在亡命的危险之中，仍旧忘不了她迷人的惯技；

她知道教士是最难迷的，她偏要试试那最难迷的教士。

秋风扫着落叶，轻敲着一个乡间教士的住宅。

屋子里一个迷人的米桑，迷住了一个美丰姿的过客。

十六年后他们又会见了，罗苏拉一夜的迷梦如今才觉了。

他们握着手不忍就分别，可怜迷人的米桑也老了。

诗里的"米桑"，是当时法国国王路易十三王后的一个密友。当时法国与哈布斯堡王朝处于对立阶段，身为哈布斯堡王朝贵族出身的王后与法

国首相针锋相对，在这时候，米桑就要出面替自己的闺蜜办事。结果在西班牙罗苏拉的乡间之夜，巧遇"三个火枪手"之中的阿托士。

当时阿托士也是到西班牙执行一个秘密任务，借宿在罗苏拉一个教士的住宅，不过教士临时要出门，就把房间、晚餐和他的床都让给了阿托士。阿托士刚住下，就有客来访，一主一仆，这个军官，就是女扮男装的米桑，那位少年俊俏的仆人，就是她的女仆吉蒂。因为阿托士不能暴露身份，住在教士的房子里，只能自称为教士。房里只有一张床和沙发，为了表示对客人的礼貌，所以他就说"这个床我们可以一起睡"，可是风流成性的米桑，见到这位教士仪表不凡，丰姿秀异，就动了心思，他知道"教士是最难迷的，偏要试试"，于是便有了一场春宵。

在这场邂逅一年后，罗苏拉收到了一个摇篮，摇篮里面有一个三月大的男婴，还有一袋黄金，外加一张纸条，上面只是写着一个日期——1633年10月11日。教士摸不着头脑，正发愁的时候，阿托士故地重游，听教士讲起这件事，他立刻明白了，这个摇篮里的男婴正是他与米桑一夜欢娱的结晶。于是，阿托士找教士要来了男婴，自己抚养他成人。16年后，阿托士与米桑重逢，一切真相大白，此时，米桑已经成了一位真正的贵族夫人——让·施华洛夫人，而她以前的身份只是一个巴黎的裁缝。

以上是《三个火枪手》里面的一段情节，胡适把它改成了叙事诗，但这跟胡曹二人有什么关系呢？仔细一看就会发现，胡适在日记里常用"米桑"来称呼曹诚英。这是一种障眼法，掩饰了他与曹诚英的关系。比如1934年2月10日胡适在南京写过，说慰慈与米桑同来吃晚饭。慰慈就是费正清的夫人费慰梅；1937年7月，胡适参加庐山会议，29日当天回到南京见到了从美国留学回来的曹诚英，日记写道"就说到华寅生家吃午饭，见着米桑"，华寅生是当时的一位著名道士，南京火神殿住持传人；1949

年 2 月 25 日，胡适在日记里最后一次用米桑称呼曹诚英，当时胡适即将赴美，"下午米桑来，11 年半没相见了"。

说起来，胡适用这样的文学手法来掩饰自己的情感，多年以后终究被人发现，确实是一件很有意思的事情。

山风吹不散胡适
心头的人影

———

一首改编自法国著名小说《续侠隐记》的纪事诗，泄露了胡适心里的情人"米桑"就是曹诚英。

其实除了"米桑"这个代称，胡适在日记里至少还用了四个不同的称呼来指代曹诚英，因为他清楚以自己的名望和身份，他的日记将来肯定会广为流传的，那么在日记里面，他主张既要展示自我，又要隐藏一些东西。如何隐藏，只有玩狡兔三窟。

比如，"娟"也是指曹诚英，"佩声"（曹诚英别字佩声）同理，英文字母"P"（佩的第一个字母）亦如是，另外，MS（米桑）也算一种缩写，可谓费尽心力。

但这些东西，终究只是蛛丝马迹，不算直接证明，按照法律的观点，不能判定胡适有婚外恋。也算是人算不如天算，1931年徐志摩去世后，他的日记出版了，里面提到了这件事；此外，徐志摩给胡适写的信里也透露过；当事人曹诚英也给胡适写信；汪静之在20世纪90年代出版自己的诗集，把胡先生的这段风流韵事非常明白地写了出来。至此，胡适已不能靠"疑冢"再行掩饰。

首先介绍一处不太明显的，出自胡适自己的日记。这篇日记写于1923年10月3日，前文提到过他一直在杭州养病，折腾了几个月，后终于要离开杭州去上海了，此前都住在烟霞洞的一家旅馆。

> 睡醒时，残月在天，正照在我头上，时已三点了。这是我在烟霞洞看月的末一次了。下弦的残月，光色本凄惨，何况我这三个月中在月光之下过了我一生最快活的日子。今当离别，月又来照我。自此一别，不知何日再能继续这三个月的烟霞山月的神仙生活了。①

枕上看月，徐徐转过屋角去，让人黯然神伤，一般讲神仙生活，不仅仅局限于男女之事。在传统语境里面，安静地读书，悠闲地交友，与古人"对话"，做这些可以让你心满意足的事，都可以叫"神仙生活"。其实，对这段"神仙生活"，不用胡适自己感慨，当时不少名人都知道。

那么更直接的证据就在于物证了。

首先，有一个客观的居住环境的问题。当时在烟霞洞旅馆，胡适与曹诚英两人的卧室是并排相连的。据汪静之的描述："要先进佩声的卧房，也就是先进到曹诚英的卧室，再由两房中间的门，才能到胡适的卧室。胡适的卧室，别无门路，那唯一的出路就只有一个门，出了这个门，先到的曹诚英的卧室，再经过曹诚英的卧室才能到客厅……"

这是他们两人居住环境的布局。

另据徐志摩1923年10月11日的日记记载，彼时胡适已经离开杭州到了上海，其中写："午后，为适之拉去沧州别墅闲谈，看他的烟霞杂诗，问尚有匿而不宣者否，适之赧然曰有，然未敢宣，以有所顾忌。"

上文似乎在说，徐志摩从胡适在杭州写的诗中看出了一点儿端倪，就问他，除了诗里的表面文字，背后是否还有隐藏不报的东西。胡适红着脸说，有，但不敢说，因为有顾忌。徐志摩是何等聪明，隔天又在日记里写到与胡适的聊天："无所不至，谈书、谈诗、谈幽情、谈爱恋、谈人生、谈此谈彼，什么都聊到了，不觉夜之渐短。"聊了一通宵，他的观察是胡适返老还童了，然后笔锋一转："……可喜，凡适之诗前有序，后有跋者，皆将来本传索引资料……"

徐志摩的逻辑是，朋友之间，很多事情只要有了由头，就可毫无顾忌地追问，按照他与胡适的关系，一般也不会有太多隐瞒，所以他想着以后给胡适写传记、诗里的序言、跋语、自述时，希望能挖出更多的八卦。这当然是徐志摩埋下的一个伏笔，可惜他去得太早，没有等到为胡适写传记的那一天，不过，却给我们喜欢挖掘八卦故事的人提了一个醒。

分析完徐志摩的日记后，再来看汪静之提供的证据，答案就在《六美缘》这部诗集中一些诗的序言和注解上，如这一段：

> 我到烟霞洞拜访胡适之师，看见佩声也在烟霞洞，发现他们两人非常高兴，满脸欢喜的笑容，是初恋爱时的兴奋状态。适之师像年轻了十岁，像一个青年一样兴冲冲、轻飘飘，走路都带跳的样子……适之师取出他新写的诗给我看，我一看就知道此诗是为佩声而作的。诗中把佩声比作梅花。佩声娘家的花园里有个竹梅亭，佩声从小起自号竹梅亭主。[1]

汪静之亲眼见证了胡适与曹诚英的恋爱情景，参照汪先生做风月诗时的直白，此番绝对不是妄言。

---

[1] 汪静之. 六美缘：诗因缘与爱因缘 [M]. 北京：十月文艺出版社, 1996.

接着，最重磅的"料"出来了。曹诚英本人于 1924 年写的一封信，直接点明了她与胡适的这段感情：

> 适之：
>
> 你的信与你的诗，狠使我感动。我恨不得此时身在秘魔岩，与你在艳色的朝阳中对坐。你是太阳性 Solar 的气质，所以不易感受太阴性 Lunar 的情调——悲哀的寂寞是你初度的经验！但如你在空山月色中感受到了暂时的悲哀的寂寞；我却是永远的沉浸在寂寞的悲哀里！这不是文字的对仗，这是实在的情况。上帝保佑你"心头的人影"：任风吹也好，月照也好，你已经取得了一个情绪的中心；任热闹也好，冷静也好，你已经有了你灵魂的伴侣。[①]

最后一句话，是一个表态，用今天的话说，就是：你是我的全部。我对你的爱坚贞不变，我已成为你永远的灵魂伴侣。

那胡适写的这首诗，就是他一生的代表作之一——《秘魔崖月夜》：

> 依旧是月圆时，
> 依旧是空山，静夜，
> 我独自踏月沉思，——
> 这凄凉如何能解！

---

① 曹诚英致胡适，残信，无日期，应写于 1924 年 1 月。转引自江勇振《星星、月亮、太阳：胡适的感情世界》。

翠微山上的一阵松涛，

惊破了空山的寂静。

山风吹乱了窗纸上的松痕，

吹不散我心头的人影。

1924 年，也就是两个人度过三个月神仙生活的次年，胡适在北京西山秘魔崖借来的别墅里面住了一个星期，写了这首《秘魔崖月夜》。

且看他是如何怀念往昔美好的。所谓"依旧是月圆时，依旧是空山，静夜"，进一步证实了胡适在日记和诗歌里对月光的偏好，在他心里，曹诚英就是月亮，回想起来，他们两个人在西湖赏月的那些往昔，真是让人怀念。一旦曹诚英不在身边，比如在秘魔崖，一旦看到月亮，就会想起曹诚英。"山风吹乱了窗纸上的松痕，吹不散我心头的人影。"这一句温柔蕴结，颇有古典诗的韵味，也为后人所传唱。

秩序比爱情
更重要

———

《秘魔崖月夜》记录了胡适对曹诚英的迷恋，但就像不少浪漫的爱情一样，这段故事始终逃不脱让人叹息的结局。

1931年1月，胡适乘火车从天津去上海，与同行的女作家陈衡哲（笔名莎菲）聊天，记录了当时的谈话："在火车上和莎菲谈，她说爱是人生唯一的事，我说爱只是人生的一件事。只是人生许多活动之一而已。她说，这是因为你是男子，其实近日许多少年青人，都误在轻信爱是人生唯一的事。"

这段话当然不是针对曹诚英的，但足以证明胡适对待感情的态度。

只是身为女人的曹诚英，显然没有胡适那样拿得起放得下，这段感情，简直占据了她全部的生命。自曹诚英到美国留学，然后再回来，这段时间胡适在美国担任南京国民政府的外交工作，在很长一段时间里，曹诚英屡次写信给胡适，都没有收到回信，这让她非常焦虑，在1937年9月的一封信里，她终于爆发了："你怎么也不来个字？你在哪儿我也不知道，你好吗？你在美国做些什么事呢？自然我知道你是忙，而且国事如此，哪有心肠写不关重要的私信。但我却不能和你一样的大公无私。我可要说，糜哥走了半年多了，一个字也没有给我……"

这封信胡适自然也是没有回她，不过曹诚英收到之前她在中央大学的一个学妹、如今前往美国密歇根大学留学的吴素萱的来信，因为吴素萱见到了胡适，还说和胡适通了电话，她刚一说话，胡适就听出了她的声音，问："你是素萱吗？"这话让吴素萱很兴奋。不过两人见面后，没待多久，胡适就走了。

长时间没有收到情人的来信，但闺蜜跟胡适通电话，对方还能记住她的声音，这让曹诚英情何以堪？因此，她就又写了一封信：

> ……素萱说"可惜你就走了"，我倒很高兴，因为你若不走，我倒不放心了，我已告诉过你，从前她觉得我们的相爱很不以为然，对你的观感坏极了。但自从那次你病在协和医院，我和她去看你，她便一反从前的观念，对你不知多好，总是夸奖你。这次在外国，你叫她"素萱"，你对她诚恳，你再不走，她恨不得把你爱得吞下去。糜哥你要答应我，以后不再和吴素萱、吴健雄（近代著名核物理学家、被誉为"东方居里夫人"）接近，除了不得已的表面敷衍，否则我是不肯饶你的。糜哥一定要答应我，给我一封信，快点回答我一个"不"字，别人爱你我管不着，然而若是我的朋友她们爱你，我真会把她们杀了。①

醋坛子一打翻，什么都顾不得了，尽管要"杀了她们"只是一种夸张的说法。其实在很长一段时间，虽然胡适没有回信，但有一个比曹诚英年轻十岁的曾姓男子追求过她，曹诚英一度动了心，但最终还是拒绝了，而且专门把这件事写信告诉了胡适：

---

① 曹诚英致胡适，1938 年 4 月 18 日。转引自江勇振《星星、月亮、太阳：胡适的情感世界》。

　　糜哥你知道我是个什么人，你知道我是个重灵魂而厌恶肉欲的人，而且是个理智最强的人。这世界上除了糜哥和曾君，再没有人可以叫我去做他的妻子。我看不起妻子，我不屑做妻子。糜哥，不必说我们是没有结婚的希望；曾君，如我们结婚，他只有痛苦，我何忍爱一个人去害他；我自己婚后的痛苦也如哥哥说的，我已痛苦够了。我真受得了将来见自己爱的丈夫，去找别的女人？ [1]

　　然而不管是她倾诉自己的思念，还是述说自己有可能的感情生活，胡适都没有回她的信。长达两年的时间，一个字都没有。

　　到了1939年农历七夕，曹诚英写了一首词给胡适：

　　　　孤啼孤啼，倩君西去，为我殷勤传意。道她末路病呻吟，没半点生存活计。
　　　　忘名忘利，弃家弃职，来到峨眉佛地。慈悲菩萨有心留，却又被恩情牵系。 [2]

　　这封信相当于曹诚英的一个绝笔，意思是要忘掉名，忘掉利，抛弃身家，到峨眉山出家做尼姑。而且根据吴健雄写给胡适的信，曹诚英在这一年确实到了四川峨眉山，若不是被她哥哥曹诚克劝了回家，她是真有可能遁世的。这时候的曹诚英对胡适失望到了极点，同时也开始避世隐居，跟外界几乎不联络，很多老朋友都找不到她，再加上又患了比较严重的肺

---

[1]　曹诚英致胡适，1938年3月21日。转引自江勇振《星星、月亮、太阳：胡适的情感世界》。
[2]　《胡适日记全集》，联经出版公司，2004年。第八册，1940年2月25日，第26页。

病，更是欲一隐了之。

后来，吴素萱回国之后，到西南联大任教，几经周折重新联系上了曹诚英，给胡适写信说：

> 她没有回复我在香港给她的信，是因为她又感到了人生的无谓而预备出家。本而因病不能成行。经了两位老友的苦劝，她已接受了她们的意见，暂住在友人家里养病。她晓得我带了你的信来以后，才快活地忘却一切烦恼，而不再作出家之想了，可见你魔力之大，可以立刻转变她的人生观。我们这些作女朋友的实在不够资格安慰她[①]。

这时候胡适又给曹诚英转去了 200 美金。1943 年，曹诚英写了三首词，从词里面看，她对这一段感情已经非常绝望了，这时候距离在杭州烟霞洞的神仙岁月已经过去了二十年。

第一首是《虞美人》：

> 鱼沉雁断经时久，未悉平安否？
> 万千心事寄无门，此去若能相遇说他听。
> 朱颜青鬓都消改，惟剩痴情在。
> 廿年孤苦月华知，一似栖霞楼外数星时。

两人从相爱到现在，已经 20 年。胡适曾说自己一生中最重要的日子，

---

① 吴素萱致胡适，1941 年 4 月 8 日。转引自江勇振《星星、月亮、太阳：胡适的感情世界》。

就是六月十五的月夜，所以 20 年的孤单和凄苦只有月光才能知道。看来，有情人的内心都是相通的。

第二首是《女冠子》：

> 三天两夜，梦里曾经相见。
> 似当年，风趣毫无损心情亦旧然。
> 不知离别久，甘苦不相连。
> 犹向天边月，唤娟娟。

自己做梦梦到胡适，他的风趣幽默依然没有改变。两人的心情也差不多。可是看到他在梦里出现，就像是面对天边的明月，在遥远的地方呼唤自己。

第三首，《临江仙》：

> 阔别重洋天样远，音书断绝三年。
> 梦魂无赖苦缠绵。芳踪何处是？羞探问人前。
> 身体近来康健否？起居谁解相怜？归期何事久迟延。
> 也知人已老，无复昔娟娟。

这一首的意境比较凄凉，自从上次距离胡适托吴素萱来问候给她带来 200 美元后，又是三年多没有任何消息，不知道胡适在哪儿，在做什么，身体如何，现在跟谁在一起，但曹诚英仍然坚贞地、痴情地爱着胡适。

这三首词读来，只怕是铁石心肠的人也会觉得心疼吧。

六年之后，这对昔日的恋人终于见了面，不过已是此生的最后一面。根据胡适的日记，他们是在 1949 年 2 月 25 日下午相见的。当时曹诚英在上海复旦大学教书。见面时两个人说了什么，胡适没有记录，而且很快他就去了美国，而后辗转台湾。从此之后，两人天各一方，至死难见。

曹诚英逝世于1973年，临终前她把一生重要的文件日记和书信交给汪静之保管，嘱咐汪在她死后销毁这些东西。不过这些日记书信的下落，至今却有三种说法：一是"文革"期间被红卫兵抄走了；二是汪静之自己说遵从了曹诚英的遗嘱，已经付之一炬；还有一种说法，这些东西尚在人间，只是收藏者不愿拿出来给人看。

不管这些东西存在与否，曹诚英一生对胡适的爱情，恰恰就是实践了胡适在1931年说的那段话："就像一个误以为爱情是一生中最重要东西的年轻人。"而胡适自己，"爱情之于他，只是人生中的一件事，而不是唯一的一件事"。以至江勇振先生改写了匈牙利诗人裴多菲那首著名的诗，用来描述胡适的爱情观："爱情诚可贵，家庭价更高。若为事业故，两者皆可抛。"

也许在胡适的生命中，像这样爱着他的女性并不只有曹诚英，但曹诚英算得上是一个很重要的人。胡适一生没有跟江冬秀离婚，比较好地隐藏了自己的婚外恋。相对于他在近代学术与教育方面的地位，"爱情"两个字好辛苦。

马嵬风雨葬花魁

——郁达夫

第三章

公开声明妻子外遇

———

郁达夫在中国文学史上的评价不低，官方给出的定义是：一位为抗日救国而殉难的爱国主义作家。但对于他的感情生活，就没有这么肯定了。从现有的史料看，郁达夫一生有过三段婚姻：原配孙荃，二婚王映霞，三婚何丽有。动静最大的一次就是与王映霞。

两人刚开始认识的时候，王映霞 20 岁，郁达夫将满 37 岁，而且有婚姻在身，但他依旧猛烈地去追求王映霞，直至与前妻孙荃分居，抱得映霞归。然而二婚十年之后，当时在新加坡的郁达夫向一家香港的杂志投了一组诗，名叫《毁家诗纪》，他用诗歌的方式来记录这个家庭毁弃的过程。这组诗一共 19 首，还有一阕词。顺一遍之后，就能基本理清楚郁达夫与王映霞的故事了。

第一首如下：

　　　离家三日是元宵，灯火高楼夜寂寥。

————

① 题目出自郁达夫的《毁家诗纪》组诗中的第七首：清溪曾载紫云回，照影惊鸿水一隈。州似琵琶人别抱，地犹稽郡我重来。伤心王谢堂前燕，低首新亭泣后杯。省识三郎肠断意，马嵬风雨葬花魁。

转眼榕城春欲暮，杜鹃声里过花朝。①

从字面上看，是说郁达夫正月十二离开在杭州的家到了福州（榕城），一直待到花朝节（农历二月十五）。郁达夫这组《毁家诗纪》有个特点，就是每首诗下会有一个以文言文写的自注，用以记录一些事情。

第一首的自注大意如下：我和王映霞结婚十余年，两个人日日厮混在一起，3600 日中，从没有两个月以上的离别，我自己也认为，我们是可以终老的夫妇，在旁人眼里，更觉得是美满的良缘，生儿育女，除了夭折的不算，现在已经有三个子女，大儿子都 11 岁了。但是 1936 年春天，杭州的风雨茅庐（二人共同建造的一栋房子）建造完工后，我应福建省主席之约只身南下，饱览南天景物，作一些游记和长文。看上去是一个浪漫的开始，事后想来，出外工作养家其实是我毁家之始。风雨南天，我一个人羁留闽地，而私心恻恻，常在想念杭州。在杭州当然友人也很多，而平时来往亦不避男女，友人教育厅厅长许绍棣君，就是平时交往中的良友之一。

虽然郁达夫没有点名是何种原因导致"毁家之始"，但在自注里还是点了名——浙江教育厅厅长许绍棣。许绍棣本是夫妻二人共同的好朋友，郁达夫称作"良友"。很多人误以为这是郁达夫第一次关于婚姻的声明，他不相信他的妻子，认为其搞外遇出轨，其实早在两年前，郁达夫就在《大公报》登过一个启事，那回是夫妻二人吵架拌嘴，导致王映霞出走，到了一个朋友家里借住。郁达夫就发了一个寻妻启事：

王映霞女士鉴：

乱世男女离合，本属寻常。汝与某君之关系，及携去之细软

---

① 王映霞.王映霞自传 [M].长沙：岳麓书社,2017.下同。

衣饰、金银、款项、契据等，都不成问题。唯汝母及小孩等想念
甚殷，乞告以住址。

郁达夫　启

说得很明白：王映霞与某君之关系，这个某君就是许绍棣。你出轨、
搞外遇，没关系，但是我们的儿女特别想念你，你现在离家出走，我希望
你告诉我，你住哪儿？虽然说得文绉绉，但是措辞相当严厉，直接说自己
的妻子跟某君之关系，让妻子难堪不说，让朋友也受不了，让知道"郁达
夫"这个名字的人都受不了。很快，他又发了个道歉启事：

　　达夫前以神经失常，语言不合，致逼走妻映霞女士，并登报相
　　寻。启事曾误指女士与某君的关系及携去细软等事，事后寻思，复
　　经朋友解说，始知全出于误会。兹特登报声明，并深致歉意。
　　此致
　　映霞女士

郁达夫　启

这等于把自己的家庭生活弄得像一出闹剧。说自己是精神失常语言不
合，把老婆给骂走了；老婆出走之后，自己又造谣，说妻子与某君有染，
还诬陷人转移财产；而后承认这是造谣，再经朋友的劝解，愿意道歉。

这就是在《毁家诗纪》之前的一段往事，让夫妻二人已经有了隔阂。
事隔两三年，郁达夫居然又把《毁家诗纪》公开发表了，这就让人费解
了，到底郁达夫的妻子王映霞有没有跟人保持不正当的男女关系呢？郁达
夫所说，是否属实呢？

一边是朋友，
一边是爱人

郁达夫通过一组诗公开发表声明，说自己的妻子与自己的好友发生了外遇，他要离婚。这件事既可以说骇人听闻，又可以说无奇不有。

《毁家诗纪》的第二首是：

> 扰攘中原苦未休，安危运系小瀛洲。
> 诸娘不改唐装束，父老犹思汉冕旒。
> 忽报秦关悬赤帜，独愁大劫到清流。
> 景升儿子终豚犬，帝豫当年亦姓刘。

本诗字面上写的是 1931 年至 1937 年初发生的国家大事：一是东三省被日军占领，一是西安事变，"景升儿子终豚犬"，这是曹操的评价，说刘表的儿子都是猪狗，这句的杀伤性非常大，骂人不孝乃至于此。骂的这个"儿子"就是张学良，郁达夫认为东北沦陷跟张学良有很大的关系，至于西安事变，张学良也是主导者。尽管郁达夫是中国左翼力量的代表人物，但他已经形成了对张学良的一种固有看法，所以不分青红皂白一律贬低。

尽管诗里没有提到什么私人问题，但如前一首一样，还是在自注中有所透露。郁达夫说，曾经让王映霞到福州来跟他一起住，但住了几个月，王映霞就回到了浙江。在此期间，杭州的家中不时有人传讲王映霞形迹不检，但郁达夫表示自己不信。期间，王映霞还告诉他一件事，许绍棣夫人久病难愈，许情深义重，请医生打了一针，让许夫人"安乐死"。但按照民国的法律，擅自给病人进行"安乐死"，是要负法律责任的（哪怕家属认可也不行）。

这里有必要介绍一下许绍棣。他是浙江临海人，毕业于上海复旦大学，后来成为国民党浙江党部的宣传部部长，一路升到了浙江省教育厅厅长之位。许绍棣在近代史上的名气，除了这一"桃色事件"，还有就是被鲁迅骂过——鲁迅说自己参加"中国左翼作家自由同盟"的时候，就因为许绍棣的告发，导致国民党通缉他，不得不在内山书店躲了一个多月，才消此厄难，因此，他就骂许绍棣"阴险无耻"。

按理，近代史上的这些人，一旦被鲁迅骂过，很难有什么好下场。但许绍棣除外，有人评价他在浙江省教育厅厅长的位置上做得非常好，是一个方正清廉的官员，而且事情也做得非常好，主要功绩是发展教育文化事业，同时还兼任当时的《民国日报》社长，1949年后到台湾，成为"中央日报"的董事。

按理，许绍棣也算是郁达夫的好友，二人在上海、杭州两地交情匪浅，王映霞也是通过丈夫才认识的许绍棣。这种"朋友妻，不可欺"的江湖逻辑，许绍棣不可能不知道吧？那为何又偏要惹出一段事来呢？

后来，王映霞在自传里也有这么一段回忆，她说："俗话说：做人难、难做人、人难做、做难人。我和郁的争吵、出走、最后离异，凡事种种似乎均归之于我与许绍棣相识为导火线。"说明她对这件事的态度跟郁达夫的态度是完全不同的，而且各有各的证据。那么问题就来了，是否许绍棣这个"中间人"出了什么问题呢？

在《毁家诗纪》的第三首中便有说明：

中元后夜醉江城，行过严关未解醒。

寂寞渡头人独立，满天明月看潮生。

这首诗根据郁达夫的自注我们可以知道，在上海见了郭沫若后，局势日渐紧张，由于日军占领了海上通道，他只能从陆路进入福建，于农历七月十六夜到了严州，一路晓风残月，行程之苦，前所未有。到了福建，他将王映霞安排在阜阳的避难处，这里是郁达夫的老家，他给王映霞租了一间房子。但住了不满两个月，王映霞就抱怨生活太苦，随许绍棣去金华、丽水同居了。这是郁达夫注里面的原话，说自己的妻子跟好友去同居了。

接着，郁达夫又写："其间曲折我实不知，只听得从浙江来的朋友讲，说许厅长新接的一夫人倒很快乐，我一直一笑付之，但我深知许厅长为我的好友，又为浙江省教育界领袖，料他乘人之危，占人之妻等事，绝不会做，况且日寇在各地之奸淫掳掠，日日见诸报上，断定在我们自己的抗敌阵营里，当然不会发生这种事情。但是人之情感，终非理智所能制服，利令智昏，欲自然亦能掩智。"

言下之意，就是欲望能掩盖人的理智，所以"我一接到映霞和许君同居信后，虽屡次电促伊来闽"。当时的情况是，王映霞离开阜阳之后，确实住到了丽水附近的浙江省政府机关临时办公住宿地点，她带着三个小孩住在楼下，许绍棣因为自己的夫人也去世了，也带着三个小孩避难到这个地方，住在楼上。一个单身父亲，一个单身母亲，都带着三个小孩，互相照应之类的事情，也是人之常情。

在这段时间，有人去福州探望郁达夫，口称："一座精致、宁静的老式庭院里，只住着郁达夫和一个帮忙的女佣人。"他打听王映霞和子女的消息，郁达夫只是淡淡地说"映霞回杭州去了"，而这位女佣人也帮腔说"太太来福建不久，就说去杭州搬东西，去了几个月没回来"。

显然，郁达夫不愿意谈起此事，那么到底王映霞跟许绍棣是不是有这样的关系？如果没有，那么二人分分合合之下，王映霞为什么还是不愿来福州与郁达夫同居呢？

王映霞为何
不愿同房？

———

　　王映霞究竟与许绍棣有没有过关系？她为什么不愿与丈夫郁达夫同房？先看《毁家诗纪》的第四首：

　　　　寒风阵阵雨潇潇，千里行人去路遥。

　　　　不是有家归未得，鸣鸠已占凤凰巢。

　　这一首说得十分明白了，一个人冒着风雨远离家乡，为什么要离家？是因为没有家吗？他原来是有家的，只是这个家已经鸠占鹊巢。

　　这首诗写得如大白话，但却不是郁达夫本人写的，理由来自诗的自注，我还是按照白话文的意思大概翻译下：这是我在福州天王殿里求得的一张签诗。我们到庙里上香拜佛求签，求签往往是一首诗，我也去过庙里，但是我没有求过签，也不上香，也不跪拜，我更多是欣赏里面的建筑，去看看那些佛像，感受一下伽蓝的味道。但曾经有人为我也去求过签，当然这种小儿女的心态，我也能够理解。

　　按照常理，去庙里求签的人，都是心里有事，纠结的郁达夫概不能外，没想到求到的是一首鸠占鹊巢的签，可想而知他的心情。因为那时候他刚好接到国民政府政治部第三厅厅长郭沫若的邀请，准备前往武汉担任外宣处处长，他必须得先从福州返回浙江，再接上家人前往武汉。也就是在福州动身的前夜，他在天王殿里求得了这张签。诗句奇怪，难以理解，但是又有一种不好的预感。

郁达夫来不及多想，就动身了，时间是 1938 年 1 月。连日大雨，好容易辗转到了丽水，准备接家人一起走，不料晚间王映霞竟拒绝与郁达夫同房。郁达夫想了半天才明白，这是因为许绍棣这几天没有去临时省政府办公，仍然在丽水的省政府宿舍留宿的缘故，因为如前文所说，他们两家当时是楼上楼下。当然，这只是郁达夫单方面的猜测。

次日，许绍棣去金华开会，郁达夫也去了方岩，会见了许多友人，入晚回来，王映霞仍拒绝与之同宿，说是例假来了，"分宿为佳"，郁达夫没办法，只好耐着性子等。第三天，许绍棣从金华回来了，王映霞像变了一个人似的，搭车前往迎接，许绍棣又要从丽水转到另外一个地方去公干，王映霞二话没说就跟走了，当晚在碧湖过了一夜。次日午后，二人同返丽水。

被戴了这么一顶绿帽子的郁达夫，当然不甘心，他表示这才想到了"人言之啧啧"，怪自己太糊涂，于是找到王映霞，请她自己决定，要么随自己去武汉，要么跟许绍棣在一起。接下来的两天，据郁达夫的观察，王映霞与许绍棣就这事交涉了很久，许绍棣推脱再三，不肯正式迎娶王映霞，春梦一场没奈何，王映霞只好挥泪作别，和郁达夫一同去了武汉。

说起来，夫妻之间的事情非常微妙和隐秘，作为外人很难去掌握真实情况。如果其中一方把这些事公开出来，固然作为八卦可以惹人注目，但其实这就是一面之词，你不能偏听，一定要保持冷静。

上文讲到的是郁达夫在诗歌中的讲述，接下来可以再看看另一位当事人王映霞有什么要说的。据她在自传里回忆：自从搬到杭州后，往来的朋友较多，许绍棣也是其中之一，但仅此而已。至于流传的什么丽水同居之事，纯属造谣。同时还列举出朋友胡建中的辩词："以绍棣为人之方正清廉，许王两家儿女亲属同居者之多，以及他们每次相见，都有别的朋友在场，在十目所视之下，我确信他们的关系，仅止于爱慕和别后的通信。"

这条辩词其实透露了两层意思：王映霞和许绍棣的确有那种暧昧的情感，至少一方可能是爱着一方的，不然也不会在分别后通书信；但绝对是君子发乎于情，止乎于礼。不过后来王映霞自己又谈道："近来有人将两封不是我写的信，栽在我的头上。"即后来一直流传到 20 世纪 80 年代的所谓两封王映霞写给许绍棣的情书。问题是，谁在捏造这两封情书呢？这是个谜，虽然经过证明勘证，这两封信确实是假的。

这大概就是王映霞晚年特别在意的一件事，毕竟郁达夫在中国近代文学史上的地位很高，他既然公开刊载自己的诗歌来讲自己的婚变，那么作为弱者的妻子，要站出来写自传为自己辩护，也可以理解。而且王映霞在自传里已经承认了"爱慕"这两个字。这里需要说明一点的是，所谓"爱慕"在老式语言里，是惺惺相惜，有好感的意思，与今天所说的爱情中的"爱"有一定的区别。

在这里，可以换位思考一下：王映霞与许绍棣长时间住楼上楼下，一位彬彬有礼，一位操持家务，男才女貌，但碍于家庭社会身份，两人的相处处在一个比较含蓄又特别靠近的阶段，就这一点来说，也不算奇怪。所以，能证实二人关系的东西，就落在了"通信"上，因为爱慕只是旁人的观察，通信写了什么，才是重要的。

就这一点，王映霞在自传中诉说到，她与许绍棣通信的主题，主要是她为近代史上另外一位著名的艺术家孙多慈做红娘，介绍许绍棣与她认识。孙多慈曾是徐悲鸿的学生，也闹过一场师生恋，无疾而终。孙多慈万般无奈，委托好友替自己介绍新男友，结果最后辗转到了王映霞这里，王就准备向孙多慈介绍许绍棣。

　　说起来，王映霞最开始认识郁达夫的时候，郁达夫也有婚姻。当时王映霞住在郁达夫朋友家里，郁达夫见到她后，就展开了猛烈的追求。她的朋友本与其家人相识，不太支持这样的事情，便想了一招，为王映霞介绍新的男朋友章克标。根据章克标后来的回忆，郁达夫听到这个消息后，就直接找上他说，"你别跟王映霞谈恋爱，你跟他谈恋爱，让我很难办！"这就等于受了威胁。章克标当时在文坛初出茅庐，声名远不及郁达夫，只好宣布放弃。

戴笠也来"横插一杠"？

———

梳理完郁达夫《毁家诗纪》前四首，第五首和第六首可以跳过，因为这两首都是他应郭沫若之邀，担任国民政府政治部第三厅外宣处处长后，去中原抗日前线劳军时所做，并无多余的情感泄露。只是在这期间，王映霞留在武汉，让郁达夫好生不快，他在自注中说："映霞日日邮电去溧水，促许君来武汉，我已不知其中经过。"

他说王映霞几乎每天都要发电报或写信给许绍棣，让他也来武汉。至于王映霞因为什么事情写信给许绍棣，郁达夫当时并不完全知道，或许偷看了王映霞的信件，或许只是猜测。只不过后来他从一封许绍棣的来信中明白了，"许君又新恋一未婚之女士，与映霞似渐渐有了疏远之意"，这就是前文讲的，王映霞为许绍棣介绍孙多慈。郁达夫就武断地认为：正是因为许绍棣有了新对象，所以他才对王映霞产生了厌倦。正是这种消息的不对等，导致郁达夫对王映霞的猜忌之心越来越重。

接下来再来看第七首：

清溪曾载紫云回，照影惊鸿水一隈。

州似琵琶人别抱，地犹稽郡我重来。

伤心王谢堂前燕，低首新亭泣后杯。

省识三郎肠断意，马嵬风雨葬花魁。

这首诗的背景大约是 1938 年的秋天，郁达夫在巡视了前线后，又转道浙江。当时对于郁达夫来说，国仇家恨聚集在一起，因此这首诗流露出的情绪比较低沉。再加上回到浙江金华，无异于故地重游，大有"二度沈园"之感，沈园就是陆游与表妹唐婉相恋的故事，郁达夫在这里开始了咏怀古迹。

接下来，就有了第八首：

凤去台空夜渐长，挑灯时展嫁衣裳。
愁教晓日穿金缕，故绣重帏护玉堂。
碧落有星烂昴宿，残宵无梦到横塘。
武昌旧是伤心地，望阻侯门更断肠。

这首诗的写作背景是，郁达夫经过几个月在外的奔波公干后回到武汉，很快就与王映霞爆发了激烈的争吵。这事恰好被汪静之看到，他那时正要动身前往广州，前来向郁达夫告别，一推门就看见夫妻俩吵个不休。据这个四处惹事的汪诗人回忆："达夫一见我，就指着映霞一边哭一边说，这个不要脸的女人，居然和人家睡觉。"

汪静之吓坏了，连说："这事声张出去，被'杀人魔王'听到，咱们都活不了！"还不停帮王映霞掩饰，说这是"没有的事"，让郁达夫不要听信谣言。郁达夫则反驳说："哪里是谣言？许绍棣的亲笔信在我手里！"

这句话最后让汪静之如释重负，反而放心了，原来之前他并不知道王映霞与许绍棣有过这么一段故事，他所说的杀人魔王可不是许绍棣，而是他听其他人讲过的戴笠。想到这里，他就劝郁达夫："你别这么哭，我从来没见到一个男人像这样号啕大哭。"解劝了两句后，汪静之就告辞了。在这里，却又透露了一个信息：戴笠难道也和王映霞有关系？

在汪静之的回忆录里，他提到过这一节。在武汉的这段日子，他经常去郁达夫家串门。有一天到了那里，发现郁达夫不在，自个儿想坐一会儿就走，突然发现郁达夫的儿子郁飞满脸愁容，就问他原因，郁飞告诉他："昨夜妈妈没有回来。"汪静之很好奇，问去哪儿了，小孩不知道，再问家里王映霞的母亲，老太太只记得一部小汽车把女儿接走了。

又过了一天，八卦的汪静之再度来到郁达夫家，这一次王映霞在家，还主动请他喝茶。汪静之正要开口询问前天的事，王映霞就立马与他谈起戴笠家的花园洋房，富丽堂皇，非常漂亮，一边说一边露出羡慕向往的神情。汪静之马上就明白了王映霞没有回家的原因。

后来，汪静之还说自己曾在武汉陪王映霞打过一次胎。为什么要让汪静之陪她去打胎呢？用王映霞自己的话说是：抗战逃难期间，女人怀孕不方便，而郁达夫既不愿意她去打胎，当时又正好在外面巡视，所以我就找到汪静之夫妇，请汪家把汪静之"借"来一用，冒充医院所要求随行的"男性家属"。

深夜未归，瞒着丈夫打胎，这两件事一混搭，让汪静之产生了联想。他当时就考虑，要不要告诉郁达夫，他本来与郁达夫关系不错，按理应该说出真相。但又怕郁达夫一气之下，把这事声张开来，免不了就要遭戴笠的毒手，所以汪静之最终选择了沉默。

在汪静之的回忆录里，还记载了在1946年夏，彼时郁达夫已在印尼苏门答腊遇害，王映霞从南洋归来再婚。汪静之那时正在上海，听妻子的一位同学，同时也是王映霞的同学说，王映霞从南洋回到重庆后与人再婚，并请戴笠帮忙让她丈夫做了运输汽车队的队长，在滇缅路做运输工作，顺便也做一些走私生意，发了大财。抗战胜利后，戴笠又让王映霞的丈夫做了铁路运输宜昌站的站长，接下来接收上海，戴笠利用自己的权力，送给了王映霞一座洋房，当时这些都是属于日伪的资产，由政府方面统一接收再分配，大多可以暗箱操作。

八卦完这些，那位王映霞的前同学，斩钉截铁地断言："王映霞一直就是戴笠的姘头！"

说到底，这么大一个秘密，在戴笠1946年故去后，汪静之本可以公布于众，但据他自己说，担心王映霞受到其他牵连，因此保持了沉默。直到多年以后风平浪静时，才通过回忆录讲出来。

以上就是《毁家诗纪》中插入的一件大事。汪静之所言的可信度到底有多高，我们不好评判，但无风不起浪，我们感兴趣的是：戴笠是不是插足了郁达夫与王映霞的家庭呢？

蜡炬成灰泪始干

关于郁达夫的《毁家诗纪》说了不少，突然冷不丁跳出一个悬案：除了许绍棣，王映霞是不是与当时著名的特工之王戴笠也有过一段风流韵事？

在展开解析前，有一个话题似乎必须得说一说，那就是郁达夫与王映霞是如何相识的？他们一起度过 13 年的时光，为什么到头来会发生冲突、导致婚变？为什么又是许绍棣，又是戴笠，王映霞就真的那么博爱吗？

最开始，郁达夫和王映霞是在 1927 年的 1 月认识的，两人在香港《星岛日报》刊登离婚启示，则是 1940 年 5 月。相识的时候，郁达夫与王映霞年纪虽然不是特别悬殊，但毕竟郁达夫当时已经与孙荃结婚七年，与几个孩子住在北京。已婚人士和未婚人士在婚姻之内进行交往，不管是在今天还是民国，都是一件不道德的事。但郁达夫与王映霞硬是打破了传统，两人从认识到定情，也只有 50 天的时间。

不过在王映霞决定与郁达夫在一起的时候，提了一个条件，即你一定要离了婚再说。郁达夫最开始是答应的，后来又反悔了，他本人在日记里讲到过这种矛盾的心态："对于王女士的私情说起来实在可笑，到了这样的年纪，还会同初恋期一样的心神恍惚，或者说想王女士想得我要死。但我在无意识的中间，也在思念北京的儿女，而目前问题尚未解决的两个女性，人生的矛盾，真是厉害。"

而对于解决方案，郁达夫在纠结再三后，最终还是选择既要得到王映霞，也不愿与自己的发妻离婚，他有一段日记是这样写的："我时时刻刻忘不了映霞，也时时刻刻忘不了北京的儿女，一想起荃君（孙荃）的孤独怀远的悲哀，我就要流泪。但映霞丰肥的体质和澄美的瞳神，又一步也不离的在追迫我。"

看上去，郁达夫是在很直接地描述自己的矛盾和困惑，但他的行为也非常坚决：既不与老婆离婚，也要与王映霞在一起。因此他在1927年3月26日的日记中非常直白地说："我一边抱拥了映霞，在享受完美的恋爱的滋味，一边却在想北京的女人，呻吟于产褥上的光景，人生的悲剧，恐怕将由我一人独演了。"

郁达夫的这一番姿态等于将皮球踢到了王映霞那边。王映霞最开始坚决要求郁达夫离了婚才能跟自己在一起，但架不住郁达夫的坚持以及对对方的迷恋，后来她自己动摇了，条件就改为：即使不能离婚，也不能回阜阳与孙荃同居，因为那时候孙荃从北京回到了阜阳老家。

王映霞认为，如果郁达夫继续同孙荃保持夫妻关系，自己就将被置于小妾的地位，这是坚决不能容忍的。晚年有学者采访王映霞，问她，"当时没有坚持让郁达夫办理离婚，是否出于同情心？"王映霞回答："人皆有恻隐之心，我开始是坚决要他同孙荃离婚的，后来和他的感情深了，也不忍逼得太厉害，只能这样了，只要他答应不再与孙荃保持同居关系，不管怎么说，孙荃曾经是他的发妻，又有儿女，而且不久又要生孩子了。"确实在不久之后，孙荃就生了第二个女儿。所以从一开始，王映霞就比较被动，而且处于守势，她要求的条件并没有达到。

除此之外，影响郁、王二人在一起的，就是婚礼这件事。用今天的话说，如果王映霞要和郁达夫结婚，就算是犯了重婚罪；另一点，如果不能举行婚礼，王映霞就只能算郁达夫的妾，她就只能住进郁家，听孙荃的管教，让郁达夫"两头大"（男主到妻那边，则妻为大；在妾一边，就妾为大），就是当时郁、王、孙三人面临的局面。这样做虽然名义上不行，但现实中还能将就过得下去。

不过，尽管如此，郁达夫又一次让王映霞失望了。1927年6月5日，两人在杭州请了40多个亲朋好友吃订婚宴，并同时宣布两人将于明年春节到日本旅行结婚，并发放请柬，请亲友们届时可以到东京参加他们的婚礼。排场可谓不小，虽然郁达夫当时的名气已经非常大了，同时他也挥霍比较大，没什么积蓄，虽说要到日本旅行结婚，但因经济上的原因根本无法兑现。但大话说出去了，怎么办呢？王映霞倒也通情达理，两人就在杭州火车北站附近租了一家小旅馆，潜伏了一个多月。

王映霞在后来的回忆录里说：日日痴坐在洞房。只能从窗户外偶尔吹进来的几阵春风里，知道春天是已经来到了。然后装作从日本回来，再办了一桌酒席，请大家吃一顿真正的结婚酒。

这真是心酸的浪漫。

婚后，两人最大的矛盾是郁达夫除了不能离婚，不能明媒正娶王映霞，甚至王映霞婚前给他约法三章的另外两条，他也没能做到。一是戒酒戒烟，因为郁达夫好交际，酗酒、抽烟，十分不利于健康。在三十年代之后，郁达夫小说的创作数量明显减少，以游记、散文、诗歌居多，相较而言，散文诗歌的稿费要少很多，郁达夫的收入锐减。对于他而言，写小说对人的精力要求很高，郁达夫酗酒抽烟，身体已大不如前，他不敢再接写小说的活儿。

另一条是改变男女关系混乱的生活作风问题，不要再去嫖，去妓院喝花酒。郁达夫也没当回事，在福州的时候，他居然让王映霞女扮男装，陪他一起去逛妓院，去看看那里的排场和风光。可想而知，王映霞不在他身边的时候，郁达夫要做多少荒唐事。

如此既不能完成婚前的承诺，又不能老老实实地赚钱养家，作为一位家庭妇女，日子一长难免要生一些埋怨，但总归还是可以忍。但在 1932年，郁达夫又一次违背了诺言，他在 2 月 10 日这天突然取走了家中唯一的一张五百元存折，独自到阜阳与孙荃相会。获知这个消息后，王映霞当时就崩溃了，这比到妓院嫖娼更不可原谅。

后来，王映霞在 80 岁的时候，回忆起往事，仍然愤懑难平：他就是欺侮我过去没有男人，没有嫁过人，私下没有老家（前夫），这个事情出了之后，将来我一定要找机会报复。我对于他回阜阳这件事，是终生日夜难忘。他越对我好，我越对他冷淡，这就是他对我怀疑的起点和症结。

因此，这才有了郁达夫从阜阳回来后，王映霞立即让他写"版权转让书"，即让郁达夫把所有著作的版权都转给自己，不仅仅是双方签约，而且还有正式的律师和出版社的经理出席，四个人签名盖章，一式三份。从那以后，夫妻生活中只要郁达夫一提到"回阜阳"这个事情，王映霞就恨："我心中是希望他一字不提的，但我永远也不会忘记，不易忘记，把我们母子三人丢在上海这个贫穷的家中，我一想起就会恨之入骨。"

我们要注意这个时间点，是 1932 年 2 月 10 日，这正是过农历新年的时候，郁达夫把母子三人扔在上海，自己拿走了家中仅有的现金，跑回阜阳与前妻同居。王映霞为了这件事恨了郁达夫一生，也是可以理解的。"我是早知道，再也好不了了，但当时却不得不继续生活下去，为的是息事宁人，"她对来访者说，"这你一定不容易懂得，我也不希望别人懂得，让此情覆于东流江水吧。"也就是说从这一刻起，王映霞对郁达夫就再没有了爱情。

后来郁达夫虽然为此道了歉，但他也无力为自己的错事进行偿还，还是因为挥霍太过，快掏空了。到了 1938 年，王映霞给在福州的郁达夫写信："在这 12 年中，你假如能够节省一些买书、买烟、买酒的钱，恐怕我们一家在安全的地方，也能过上一两年的好生活。十年来，向你种种衷心的劝告，都等于零，请想想看，是不是无形中旨在使我灰心，使我失望？自己没有明白自己的短处，不忘成家立业的短处，还能怪着别人吗？假如我有女儿，则一定三世都不给她与不事生产的文人结婚。"

到了晚年，王映霞又再度说起这封信，"我感觉到他对于家庭和夫妻生活已经厌倦，再没有初恋时那种激情。"郁达夫从小离家，特别是到日本以后，基本上是一个人过活，自由惯了，这种毫无家庭观念、不把妻子孩子放在心上的人，最好不要成家。

正因为有这么一个铺垫，所以在未来的日子里，正如王映霞自己所说："他越对我好，我越对他冷淡。"

比如他们在金华去往南昌的火车上，王映霞只与同学李家映谈笑风生，却对郁达夫不理不睬。郁达夫问她们："这样津津有味，谈了些什么？"王映霞哪壶不开提哪壶，直接回答说："我们正打算给许绍棣介绍女朋友。"

此外，在家里吃饭也是这样。王映霞在婚前曾对郁达夫有过警告，让他不要酗酒，除非特殊情况，比如郁达夫的二哥到家里来，王映霞才让郁达夫喝酒，而且只能喝一斤黄酒，一旦这个量到了，她就下令吃饭，谁都不许再喝酒。这件事后来被郁达夫的二哥传到阜阳老家，让郁达夫很没面子。

这样的事情，在二人的日常生活中几乎天天都要发生，所以郁达夫再想挽回这段婚姻生活，其实已经不可能了。在这样的情况下，就发生了王映霞与许绍棣的"精神恋爱"，不过两人在一起的时间也不长，分开之后，也仅仅是写信，信的内容，也只是王映霞要为许绍棣介绍女朋友孙多慈。

既然是写信，总是免不了寒暄，在从文言转为白话文的阶段，大家在描述这种情感的时候，下笔总是比较重，所以一些客套的话，看上去也非常的热烈。郁达夫何尝不懂这些，但嫉妒已经深深扎根，让他一直怀疑：老婆对自己这么冷淡，跟许绍棣又这么热情，他们会有什么关系？

后来，他因为王映霞介绍许绍棣与孙多慈相识这件事，与孙的老师徐悲鸿见了一面，他题了一首诗，徐悲鸿就为他画了一幅梅花："各记兴亡家国恨，悲鸿作画我题诗。"

国恨是什么？日本侵华的事实；家恨是什么？徐悲鸿本来与孙多慈相恋，但孙多慈最终嫁给了许绍棣，而郁达夫又拼命想挽回与许绍棣发生"精神恋爱"的王映霞。

以上的林林总总，才是王映霞不断与许绍棣、戴笠发生纠葛，与郁达夫离婚后再嫁、一直到老都不后悔的深层次原因。

王映霞真的为戴笠
打过胎吗？

前文提到汪静之晚年有一部回忆录，于 1993 年在海外发表，因为当时身在大陆的王映霞还在世。在回忆录里，透露了王映霞当年在武汉曾瞒着出差公干的郁达夫、由汪静之陪着去医院打胎。汪静之猜测这件事跟戴笠有关。

抗战胜利后，戴笠又几次帮王映霞的再婚夫"找工作"，还送给王一座宅院，如此总总，让人不得不心生疑虑：戴笠与王映霞之间的关系是否属实。若要理清这一段，就有必要从二人的相识说起。

根据戴笠的年谱，他最先是认识郁达夫的。1933 年 4 月，戴笠时任军统二处处长，局长是陈立夫。而这一年，郁达夫与妻子王映霞刚从上海迁居到杭州，营造了一间"风雨茅庐"。戴笠的年谱上讲，到当年 7 月，郁达夫宴请杭州警察局局长，把戴笠也叫去作陪。另据郁达夫本人的日记，1936 年他在福州时，戴笠还叫人送酒给他。以上表示两个人的关系一直不错。

而正是在此期间的 1932 年春节，郁达夫带走了家里的存款，回阜阳跟原配妻子孙荃过年，将王映霞母女三人丢在杭州家里。而且一直到后来王映霞与他分手，郁达夫也没有和孙荃离婚，这让王映霞一辈子都记恨这件事。不管怎样，在戴笠现身的这几年，正好也是郁达夫、王映霞关系很尴尬的时候，这里面或许就有些问题。

据王映霞本人说，自己不太喜欢交际应酬，与郁达夫热衷社交恰好相反。但在当年杭州的社交聚会上，不少友人却对王映霞的印象非常深刻，据当时在杭州留学的一位日本学者介绍，王映霞不论打扮还是做派，都非常有交际明星的气质，喝酒也很豪爽，交谈也非常入流。因此，汪静之才会说："凡是郁达夫认识的朋友，王映霞都特别热情的接待，都愿意与他们好好的交际。"

那么有证据证明，戴笠也是王映霞非常愿意热情接待的对象吗？

据当时的福建省主席陈仪秘书蒋受谦回忆（他与郁达夫相识，大约也在杭州参加过郁家的宴会）：戴笠跟郁家的关系非常好，可以用"不速之客"来形容，不用打电话，不用预约，直接就可以上门，吃饭的时候还给佣人小费，非常大方。然而当时的情况是，郁达夫自己家境并不太好，他是请不起佣人的，唯一能充当佣人角色的，不就是王映霞吗？这就是说，戴笠给王映霞看赏，等于是给郁家补贴家用。

当时戴笠 37 岁，除了军统二处处长这样一个身份，他还是浙江警官学校的特派政治员，所以他一旦到杭州的话，多半是为了公务，因公出差，而且出手还特别大气，这对爱慕虚荣的王映霞来说（汪静之观点），不是很大的诱惑吗？

郁达夫作为当时著名的作家和诗人，围绕在他身边的肯定不乏一些附庸风雅的官员，但也没必要谈虎色变，好像这帮人结交郁达夫的目的，就是为了拐走人家的妻室。古语说："纣之不善，不如是之甚也。"就是说像纣王那样的人，虽然我们现在对他的评价不高，但看看历史上对他的描述，确实又太突破我们的常识所能接受的程度了。

言下之意：穿凿附会之辞有时会干扰我们的思想。比如戴笠，史上对他的评价是两极的，大多数人认为他是坏事做尽，但与他同事过的人，都说他是一个非常遵守传统道德的男子，就像外界评价许绍棣一样，有人说他方正清廉，鲁迅则骂他无耻。当然，这仅仅是一句题外话，不加赘述。

通过在杭州的走动，戴笠与王映霞应该说经常见面，也就加深了彼此的印象。到了后来，随着时局不堪，国民政府搬迁到了重庆，上层人物纷纷西迁。这时候大约是 1940 年，王映霞终于宣布与郁达夫离婚了。从严格意义上来说，也不能叫离婚。只是王映霞自己在几家重要的报纸上发表启事，说郁达夫："思想行动浪漫腐化，不堪同居。业已在新洲无条件协议离婚，脱离夫妻关系。"有意思的是，二人没有结婚证书，但却有一个离婚协议书，相当于结束同居生活。

1940 年 7 月，王映霞从新加坡辗转来到重庆，先是在妇女指导委员会做保育员，次年的夏天，来到军事委员会做秘书，很快又调到外交部，担任文书科的科员。1942 年的春天与钟贤道结了婚。钟贤道是当时国民政府的外交元老王正廷的学生，当时在重庆华中行业局任职，二人的婚姻，正是王正廷做的媒，婚礼也办得很隆重，据说当时的中央电影制片厂还专门拍了新闻纪录片。著名的诗人、作家施蛰存，还特意为婚礼赋诗一首，最后一句是："蹀蹀御沟歌决绝，山中无意采蘼芜。"这其实就带点讽刺意味了，山中无意采蘼芜，意思是数落王映霞忘记前夫。对于二婚，王映霞自己曾说过一段话："我想要的是一个安安定定的家，而郁达夫是只能跟他做朋友，不能做夫妻。对于婚姻，对于女子的嫁人，那中间的辛酸我尝够了，我可以用生命、人格来担保，我的一生是绝不发生第二次痛苦了。"

在王映霞看来，她既不要名士，又不要大官，她只希望一个老老实实、没有家世、身体健康、能以正式原配夫人之礼待她的男子，而钟贤道正好是这种人。

到了 1980 年，钟贤道逝世了，王映霞则于 2000 年过世。她总结自己的婚姻说：钟贤道是个厚道人，正派人，我们共同生活了三十八年，他给了我许多温暖安慰和幸福。对家庭来说，他实在是一位好丈夫、好父亲、好祖父、好外公。

　　插了这么一段关于王映霞二婚的往事，那么，接下来我们就要正式说一下戴笠与王映霞的那些事。

民国影后胡蝶与戴笠的
那些"斩不断理还乱"

———

汪静之在回忆录里透露的关于王映霞与戴笠间的种种风流事，说到底只是孤证，没有其他人就这些事情提出类似的证据或文字，但只要经过对考察周边各种人或事，以及各种关系加以逻辑推理，我们如果能得出一个符合孤证所指的方向，那么这个孤证十有八九就是成立的。

抛开汪静之的回忆录，从逻辑的立场来分析，只有从戴笠的本人的情况入手，来进行考察。

如何考察？只有从戴笠与王映霞在生活中的交集谈起——杭州的那一段是汪静之说的，可以抛弃，但到重庆后，这段时间二人处在同一座城市长达数年，最有可能发生某种联系。再加上这段时间王映霞先后辗转国民政府妇女委员会、军事委员会、外交部等多个部门工作，这种经历可非同一般，要知道当时一些知名人物在重庆谋生都非常困难，何况位卑言轻的王映霞。一种解释是：她是郁达夫的前妻，郁达夫在印尼遇难，政府为了体恤烈属，所以待遇优厚；另一种解释就是：有贵人相助。基于此，汪静之就揣测这一切是戴笠给她安排的。

看似还算合理，但实际情况是，当时戴笠另有一段更著名的绯闻，也就是人所共知的与电影明星——影后胡蝶，二人在重庆同居。这件事最先是由戴笠在军统的手下沈醉爆料的。

关于胡蝶无需多说，只讲她如何到的重庆。

侵华战争全面爆发后，原本在上海的胡蝶逃难到了香港，本打算在那里定居，拍几部电影维持生计，没想到1941年底香港也沦陷了，经过半年的周折，胡蝶再度离开香港到了重庆。据胡蝶自己在回忆录里透露，离开香港是因为日本人想让她拍电影，她不愿意拍，偷偷跑了。可是经过考证，这里面另有隐情。

胡蝶曾有一位日本朋友，叫和久田幸助，二人关系非常要好，一直到抗战胜利后，还有来往。这位和久田幸助也写过回忆录，他对胡蝶离开重庆却有另一番说辞。当时，一位从东京到香港来视察的日本军官打算请胡蝶吃饭，就让司机去接她，胡蝶最初也是答应去的。一行人在路上遭到日本宪兵队的盘查，估计宪兵太忠于职守了，明知这是长官的车，还要强行检查，让小车停在九龙油麻地渡船码头，这么一个人来人往的地方，同时让胡蝶走下车罚站，还一边予以各种辱骂。事后，和久田幸助答应胡蝶一定要帮她把这个宪兵找出来，狠狠处罚，但已是惊弓之鸟的胡蝶彻底害怕了，找准机会逃到了重庆。

彼时，胡蝶已经与粤剧大家潘有声结婚七八年了。到了重庆后，潘有声就被任命了一个驻外的职位，这个职位是谁帮忙安排的呢？按沈醉的说法，就是戴笠。戴笠的初衷当然是瞄准了胡蝶，通过这种所谓的恩惠，逼胡蝶委身于己。为此，戴笠还专门为胡蝶修造了公馆，金屋藏娇，与之同居。后来戴笠还跟胡蝶约定，抗战胜利后，胡蝶离婚，然后两人结婚。不幸的是，戴笠在抗战胜利半年后因空难去世。

关于这一段，皆出自沈醉的回忆录《我这三十年》，在文中他的老上司戴笠俨然就是一个色鬼，不仅霸占胡蝶这样的女明星，手下人的妻子或女儿也逃不过他的魔爪，甚至自己培养的女特务，也和他有一腿，最后还分配给下属做小妾。

但到 19 世纪 80 年代后，沈醉对回忆录做了一些修改，其中有一段关于胡蝶与戴笠的。原版说胡蝶的丈夫潘有声很懂得明哲保身，自从老婆被戴笠占有后，他在美人和金钱不可兼得的情况下，决定宁可牺牲老婆，也要利用这个机会发一笔横财，他知道如不这样，身上不知道什么时候会被手枪穿几个窟窿。于是，戴笠答应给他一个战时货物运输局专员的头衔，让他放手去做投机走私的生意，他便长期住在昆明，很少到重庆和胡蝶会面，正好成全了戴笠。

沈醉 1960 年代初稿出版时，胡蝶和潘有声尚在人世。到 1980 年代，该书再版，沈醉就删掉了这段。

而在胡蝶的回忆录里，尽管对自己离开香港的说法有一些含混不实的叙述，却也多少可以理解，这种迫于淫威不得不在沦陷区低头的做法，其实非常无奈和尴尬，所以她对这段经历不愿详细去讲。于个人而言，那是一段屈辱的生活。而国土恢复之后，这段屈辱的生活如果真讲出来，必定又得不到舆论的理解和同情，反而会成为一个污点。所以，胡蝶在回忆录提到这一节的时候，说自己拒绝跟日本人合作拍电影而逃离香港，这显然比她说去赴日本军官的宴会受到辱骂、愤而离开香港要好得多。

但是除了这些实在不愿说出的往事，其他一些事情，胡蝶还是要为自己讨个公道的，比如面对沈醉的造谣，她写道："我和有声虽然辛苦，但也享受着夫唱妇随、同甘共苦、怡然自得的日子，现在回忆起那段日子，也仍然是辛酸中含着甜蜜的。有声是个爱护家庭的人，对我对子女恪尽为夫为父的职责。"事实上也是如此，抗战结束后，夫妻两人就带着儿女去上海短暂居住了一段时间，后又回到香港。直到潘有声去世，胡蝶一直都陪伴在他身边。

其实从 20 世纪 80 年代开始，很多学者就对沈醉的回忆录提出了强烈质疑，特别是其中关于戴笠与胡蝶关系的描写。

沈醉的说法是：胡蝶与戴笠开始有关系始于 1942 年，到了 1943 年，戴笠就与胡蝶一直秘密住在他的城乡公馆里。然而，真正的史实是：1942 年胡蝶尚在香港，下半年辗转到了广东曲江，11 月底才来到重庆；1944 年又参加主旋律电影《建国之路》的拍摄外出，到当年秋天才返回重庆。所以，戴笠与胡蝶二人在重庆单独相处的时间不过 1943 年一年以及 1944 年 10 月到 1945 年秋天，这两段时间（抗战胜利后不久胡蝶就去了上海），满打满算，最多两年不到。沈醉作为戴笠身边的人，说二人同居了好几年，显然出入太大。

至于胡蝶本人对此的回忆，显然是看过沈醉所说后才写的。不过她很高明，并没有针锋相对地为自己辩护，只是轻描淡写地说道：关于这一段生活，也有很多传言，而且以讹传讹，成了有确凿之据的事实，现在我已年近 80，心如止水，以我的年龄也算得高寿了，但仍感到人的一生其实是很短暂的，对于个人生活琐事，虽有讹传，也不必过于计较，紧要的是在民族大义的问题上不要含糊就可以了。

胡蝶说这段话可信度还是很高的，她与潘有声本也是二婚，潘有声其人，也不是大富大贵、有权有势的人，以胡蝶在全国的名气，在电影界的地位，如果真是贪慕虚荣，完全可以嫁到一个达官贵人。由此可见，依照胡蝶在婚姻上的这种选择，证明了她不可能会迫于强权，与戴笠有什么关系。

"九一八"事变发生时，胡蝶正在北京拍电影，回到上海后，读到了彼时的广西大学校长马君武为她写了一首打油诗：赵氏风流朱五狂，翩翩蝴蝶最当行，温柔乡是英雄冢，哪管东师入沈阳。这首诗是在讽刺张学良，东北被日本人占去，原本驻防东北的张学良，不思进取，但马君武偏偏把胡蝶也给带了进去，这让她非常生气，立即在《申报》上发表抗议，而且她在电影公司的诸多同事，也集体联名发表启示，以证明她的清白。

晚年的时候，胡蝶短暂去过台湾，有人曾介绍她与张学良见面，被胡蝶婉言谢绝，说"既未相识，就不必相识了"。

彼时，如果能与张学良这种有权势的人沾上些关系，不管是否属实，一些觊觎名位之辈反而会很高兴。而且这件事，当事人之一的张学良本人也没有出面辟谣，对于一般女性来说，她们更不会主动申请辟谣，但遇上的是胡蝶，她做出了最激烈的应对，可见其性格的刚烈。

再回到沈醉回忆录里针对胡蝶的不实说法，他为什么要这么写呢？因为他当时是战犯，按照惯例，这种回忆录只有对他以前共事过的国民党人骂得越狠，他自己的问题才会被很好地谅解，所以在回忆录里，他很可能虚构了不少内容。因此我们可以看到，除了针对胡蝶和戴笠，沈醉还把话题指向话剧演员白杨、电影演员陈云商，声称二人都与戴笠有关系。"文革"期间，白杨就因为这件事被审查了八年。

20世纪80年代沈醉重新修订回忆录时，可能是良心发现，删去了一些东西。其实，他如果不造谣戴笠与胡蝶的事，外界就完全没人知道。所谓"无风不起浪"，戴笠在近代史上的评价很复杂，他权力太大，又身在体制内，难免树敌众多，这些敌人应该是乐于传播此类花边新闻的。另外，蒋介石自与宋美龄结婚后，对婚姻与家庭有着非常正的价值观，同时也提倡"新生活运动"，对手下也应该有这方面的要求，像戴笠这样担任要职的人，如果在价值观上跟他不契合，他如何肯重用？

现在查遍浩如烟海的史实资料，只有沈醉一人直截了当地揭露了戴笠的生活问题，再没有第二个人"原创"出这样的故事，这显然是有问题的。

正如汪静之揣测戴笠与王映霞的关系，也只有他单方面的说辞，其他人都没有这样的说法，他这样做的动机，也许只是单纯地同情郁达夫，不像沈醉写戴笠与胡蝶，为的是政治目的。

　　之前我们提到，白杨因为沈醉在回忆录里的污蔑，在"文革"中遭到审查，可王映霞并没有，她唯一一次被调查是在 1952 年自己的国民党身份，幸亏她昔日只是"口头入党"，没有相关证件，所以在短暂拘留就被放了出来。试想，如果她真与戴笠有关，就算躲得过 19 世纪 50 年代的审查，也逃不过十年浩劫。

　　基于此，我们相信，王映霞与戴笠并没有感情纠葛。所有的揣测可以加以想象，但最好不要轻易下结论。因为人的情感本来就是一个很复杂、很微妙的东西，特别是历史人物的情感，确定它，需要的是切切实实的证据。

她只是被善良纯洁的
浪子辜负

———

清官难断家务事，像郁达夫、王映霞纠缠往复的爱情婚姻问题，确实不好妄下评论。或许，我们可以站在今人的立场和伦理，来分析这些事，但这种时空的差距下的点评，是否具有意义很难说。所以，看一看与二人身处同一时代的那些人，他们的评判如何，就显得很重要。

当时，由于郁达夫在政治上偏向左翼，市面上很难买到关于他的著作。不过，名人的八卦就像招惹蜜蜂的鲜花，始终被人觊觎，有好事者偷偷为郁达夫和王映霞编了一部纪念集，里面介绍了他们两个人的生平，婚变的始末，还有郁达夫到南洋之后的一些经历。这对于研究郁达夫和王映霞，是非常好的资料。

纪念集的序，用了易君左的文章，他也是民国名人，郁达夫的好朋友。他这篇文章题名《我所认识的郁达夫》，在他看来，郁达夫的一生很像清代著名诗人黄景仁：

> 黄仲则是景仰李太白的，达夫自然也有些像李白。也许自古天才诗人大抵都如此。而达夫之可爱处，却并不在其天才之优越，词藻之华丽，而在其性情之天真，气节之坚定。凡同达夫接近的，一定都会感觉到：他只是一个真字，没有一点虚伪。当年

在上海，我和创造社的几个朋友都受职于泰东书局当编辑，虽同住在一起，而不知如何，同我好的只是一个郁达夫。对于郭沫若和成仿吾，便觉有点格格不相入。何以故？真伪之分也。所以，以后虽与达夫常有时间上空间上的隔离，但无时无刻不怀念他。使我最怀念他的一点，即是他在创造社里是一个戛然独造的作家，不受任何牵连影响，亦不牵连影响任何作家。换句话说：他是一位有善良纯洁的灵魂而又不搞政治和党派的作家，亦即是自由独立的作家。在这一点上，他创造了创造社；反之，郭沫若等不在这一点上，毁灭了创造社。①

郁达夫、郭沫若都是创造社的主将，易君左对他们两个人的评价显然不同，认为郭沫若有些虚伪，当然我们也要注意到，易君左本人在政治上是偏向右翼的，而郭沫若本人则是共产党的秘密党员。因此易君左对郭的评价，未免有些情绪化，可除了这些，真性情的郁达夫肯定有其可爱之处。

易君左在文章结尾提到了郁达夫的婚姻，写得非常深情：

在他生存时，不少人骂他为浪漫派、颓废派，连同与他一起搞文艺革命运动的伙计们，也尽量的排挤他，诬蔑他。直到了盖棺论定的今天，恐怕还有一些人仍然不晓得郁达夫是怎样的一个人物，也仍然还有一些怀疑他的浮言；然而，事实是摆在我们面前的。至少，我个人可以提出保证，就我所知道的郁达夫的历

---

① 原载刘心皇编《郁达夫与王映霞》，港明书店，1978年。最早发表在1961年12月台北《畅流》半月刊第二十四卷第8期。

史，其一生有两大特点：最忠于自己所爱的女人和最忠于自己的国家民族。可以说，他为女人而生也为女人而死的，他生于国家民族内忧外患之时，死于国家民族危亡颠沛之际。他不像那些自我宣传，夸大狂，朝三暮四，矫揉造作，虚伪阴险……的文人们，他只是一个善良的灵魂，纯洁的书生，和对女人有特别兴趣的小说家，以及对国家民族热恋着的爱国诗人而已。

这就是易君左对郁达夫的盖棺定论。

总体来说，易君左对郁达夫这番评价的基调就是"瑕不掩瑜"。

从我个人的感觉来说，郁达夫和王映霞的这段感情，就是一出彻头彻尾的悲剧，这出悲剧既跟他们各自的性情有关，也跟那个时代有关。

作为今人，我们分析王映霞到底有没有外遇，有没有出轨，搞清楚这些事实已经不重要了。晚清民国以来，随着中国社会发生的变化，不少女性走上了一条独立之路，去追求自由、追求独立、追求爱情，但往往不少名气较大的女人，其结局都谈不上幸福，有的甚至因此身败名裂，身后又得不到世人的同情与理解。究其根本原因，在于女性一直不是生活在一个被公平友善对待的世界。表面上看，男女平权，女性有了空前的自由，但那些都是一些"部分自由"，比如婚姻自由，但财务不能自由。法律规定男女平等，而实际的社会地位，却不能平等，比如教育、就业、继承权方面的不平等仍然存在。这种"部分的自由"对女性来说，就是一个陷阱，从这个意义上来说，王映霞的遭遇让人心疼。

与郁达夫同时代的人，大多批评王映霞，说她肤浅、爱慕虚荣，这些都是导致二人婚变的主要原因，却少有人提及郁达夫的私生活混乱问题，而且一旦王映霞稍有一些不合他意的举动，他就会生气，即便自称原谅了王映霞，事后也是耿耿于怀。甚至当着外人的面，喝了酒数落王映霞是淫妇。所以，我们看到他把夫妻间的事情，可以以《毁家诗纪》这样的方式公开发表，并且在报纸上刊登寻妻启事那些出格之举，就不难理解了。

遗憾的是，并不是前事不忘后事之师，这样的悲剧，到了今天还在上映，正如我所呼吁的那样，当今世界对女性来说，并没有给予与男性平等的对待。我讲的民国八卦，固然有太多的男女之事，主角也多是女性，但我之本意，并非嘲笑与鄙视，更多的是一种同情和理解，郁达夫与王映霞的故事，大概就是典型的一例。

只爱过一个正当
最好年龄的人
——沈从文 ①

第四章

沈从文的"梦与现实"

————

　　到青岛旅游的时候，当地一位朋友给我发了一张关于"萧红、萧军、舒群故居"的照片。熟悉近现代文学史的人或许都有所耳闻，这三位都是非常出色的作家，在 20 世纪 30 年代，他们曾一度住在青岛的同一屋檐下。

　　这一系列将要讲述的沈从文，曾经就写过一部小说《梦与现实》，主要讲述了一位 26 岁的独身女性住在老同学家里，时间一长，就跟老同学的丈夫关系越来越亲密，甚至开始暧昧，最终导致老同学离家出走。这一类的小说，在那一种的价值观里，当时是很风行的。

　　我初读这本书的时候，一度觉得很诧异，因为沈从文并不是一个擅长"鸳鸯蝴蝶"风格的作家，然而他既然能写下这篇小说，势必就有其深意。后来查阅资料，发现果然也有其他人提出过质疑，甚至经过研究得出一个结论，书中的三个主角，男性就是沈从文本人，独身女性是著名的"张氏四姐妹"中的小妹张充和，而那位"老同学"就是老三张兆和，也就是沈从文的夫人。

————

① 出自沈从文的《湘行书简》。原文部分如下：我行过许多地方的桥，看过许多次数的云，喝过许多种类的酒，却只爱过一个正当最好年龄的人。

一般来说，作家抓取自己的生活，甚至包括最隐秘的那一部分用来做素材写小说，这是很常见的，不过小说与生活本身肯定不能等而视之，小说是文学，不能当作史料。尽管如此，我们还是可以从中了解到作家当时的生活细节乃至精神情感。

在正式说沈从文感情生活之前，不妨让我们先梳理一下沈从文，其最有名的作品《边城》。世人皆知，有意思的是前半生他是一位小说家，后半生华丽转身为中国传统文化、服饰文化，甚至考古和历史方面的研究学者，而且他人生的两个阶段都取得了非常大的成就，于是，就产生了一种观点，认为沈从文晚年没有从事小说创作是一种遗憾。

其实，这个观点未免有些极端，或许由于时代的原因，沈从文的后半生没能再进行文学创作，但是另辟蹊径地在其他领域闯出一片天地。正如西谚所说：上帝给你关上一道门，同时也必将给你打开一扇窗。沈从文本身其实就具有学者气质，比如你看他描写的关于湘西的小说，并不刻意强化一些故事，若把他所有的描写湘西的作品，甚至包括书信，都放在一起看，你会发现，这其实就是一部大的地方志，其中不仅仅写人物，当地的制度、风俗、重大事件，沈从文都会通过文学的笔法展示出来。有时候，你看他的东西，很难定义这是散文还是小说，抑或在当地进行社会学调查的一个范文。

跳出文学这个圈子来看，毫不夸张地说：没有沈从文，也就没有人认识湘西，他就是这么一位有力量的作家。一个人可以让一片土地获得生命，改变"看山是山，看水是水"的思想，这也可算是文学最迷人的地方了。

当沈从文遇上
郁达夫

————

如果民国文人也玩微信的话，那么沈从文的朋友圈一定非常热闹。他有很多朋友，不管是文学圈的，还是圈外的，这也导致他的故事总会牵扯到各界。

沈从文出生在湘西，祖父是湘军的一位名将，但到他这一代，家境已经破落。十来岁的时候，沈从文到北京投奔家境还算不错的姐姐、姐夫一家。按照姐姐、姐夫的想法，想让沈从文读大学，可因为姐夫的生意出了问题，先期返回了湘西，这就让沈从文念大学的资金产生了问题。没办法，他只好当上了那时候的"北漂""蚁族"。

没有高等教育文凭，从乡下来到首都，缺乏生计的能力，可想而知，早年的沈从文过得非常潦倒。大约五年之后，即1929年，他来到中国公学教书，认识了未来的妻子张兆和，并开始热烈追求她。从此，一个外省文艺青年开始了脱胎换骨的变化。

当然，沈从文发生这样的蜕变，也不是一朝一夕完成的，在之前的五年里，他需要不停地积淀和学习，正所谓"读万卷书不如行万里路，行万里路不如贵人相助"，沈从文命中的第一个贵人正是郁达夫。

据说，正是由于郁老师那篇千古文章《给一位文学青年的公开状》，给了懵懂的沈从文一个强有力的刺激，导致这个有些忧伤的年轻人从此后开始放飞自我，不但在文学上有了突飞猛进，感情生活也随之而来。

大约是在 1924 年 11 月上旬，沈从文在北京几乎要走投无路了，写给当时几位文学界名人的求助信都已发出，主要想向他们寻求帮助或请对方介绍一份进入学校的工作。当然，碍于读书人的脸面，沈从文并没有直接开口说借钱。

当时的沈从文有多潦倒呢？反正经常是吃了上顿没下顿，唯独还有一方居所尚能维系一下脸面，骨子里的文艺情结特别严重的沈从文还饶有兴致地给自己的蜗居取了一个名字——窄而霉小斋。这种苦涩的风雅大概是文人的一种天性。正如我们今天了解到的，很多"北漂""蚁族"青年在北京住在地下室。当时，沈从文居住的地方如果狭窄又发霉的话，那也肯定只能是地下室。

沈从文发出去的求助信，其中一封放到了郁达夫的案头。郁达夫对后辈还是颇有怜悯之心，立即前往"窄而霉小斋"拜访，请沈从文吃了一顿中饭，共计花费 1.7 块大洋，换算成今天的人民币，差不多有几百块。郁达夫很慷慨，直接拿出 5 块给店家，把找的钱都给了沈从文，差不多一两千块的样子，虽然不是特别多，但考虑到郁达夫曾介绍自己的月薪是 117 块大洋，扣除各种税收、杂费、家庭所需、日常购书，他日常拿到手的，也只有 30 多块，然后自己抽烟喝酒差不多要花去 20 多块，剩下的吃饭钱也就不足十块。郁达夫拿出 5 块给沈从文，相当于半个月的生活费，确实很大方。

当晚回到家，郁达夫就写了这封《给一位文学青年的公开状》。这个公开状从内容上看，充满了冷嘲热讽。一开头，郁达夫就先大略介绍了自己的情况，虽然表面上有 100 多的月收入，但实际拿到手的也就 30 多块，以证明目前中国社会不合理，自己这么一个在大学当老师的人都难以靠薪金糊口，而沈从文一介白丁竟想通过进入大学学习后再来谋生存？可见你是多么的天真不懂事。

郁达夫看得明白，引诱沈从文到北京来的，不过就是一个国立大学毕业的头衔，毕业以后，至少生计问题可以解决。但目前的情况比较具体：学校的入学考试都结束了，沈从文是没办法进入校门的，而答应接济他资金的姐夫，又因生意出了问题无法给予经济上的支持。于是，沈从文就去投奔自己的同乡，也是有亲戚关系的大慈善家 H，无奈 H 又不理他，无路可走的沈从文只好给素不相识的郁达夫写信。说到这里，需要提一下这个H，此人就是来自湘西、时任香山慈佑院院长的熊希龄，乃民国的名人。

不过从郁达夫的公开状来看，熊希龄当时并没有帮助沈从文。当然，看我们如何理解"帮助"这个词，若说是资金上的帮助，熊希龄当时的状况未必给得出，更多的是给予了精神上的帮助，比如慈佑院里的图书馆，从来都是对沈从文开放，这倒便宜了沈从文，在慈佑院图书馆里读到了很多西方小说以及中国的经典著作，这对沈从文的文学修养有着很大的帮助。郁达夫写完这封信不久，沈从文就在图书馆谋了一个职务，在那段时间，熊希龄经常与沈从文进行深入交流，让他受益匪浅。

在对沈从文的现状进行了一番不留情面的贬损后，郁达夫继续写道：

> 在这时候这样的状态之下，你还口口声声的说什么大学教育，念书，我真佩服你的坚韧不拔的雄心。不过佩服虽可佩服，但是你思想的简单愚直，也是一样的可亲可异。现在你已经变成了中性——半去势的文人了，有许多事情，譬如说高尚一点的，去当土匪，卑微一点的，去拉洋车等事情，你已经是干不了的了。难道你还嫌不足，还要想穿几年长袍，做几篇白话诗，短篇小说，达到你的全去势的目的么？大学毕业，以后就可以有饭吃，你这一种定理，是哪一本书上翻来的？[①]

---

① 发表于 1924 年 11 月 16 日《晨报副刊》，原题是《给一个文学青年的公开状》，后收于《郁达夫文集》第 3 卷。

可谓贬斥人不带脏字，字字见血，样样在理。想起来，这与目下大学扩招后带来的毕业生"毕业即失业"的现状，是何等相似？

但在当时，郁达夫写下这番话，是出于一种激愤。在他看来，能够活得很好的人，无非都是靠家里的地位和祖辈的恩荫，这些人可以不通过自己的努力和才华谋取一个好位置、好工作。沈从文啊沈从文，你就死了这份心吧。

总之一句话，郁达夫非常不看好沈从文所谓的理想。

第一，读大学对沈从文来说比较困难，因为他毕竟从小就没受过系统的基础教育，但这是考大学总要有几门课比较优秀，不能都挂科吧？尽管民国有这样的传说，所谓"钱锺书数学零分，也进了清华"，但我们要考虑到，钱锺书的家庭背景比沈从文要好很多。一般而言，敢去参加清华录取考试的家庭，都不是一般的家庭，非富则贵；再者，经过考证，钱老师的入学数学成绩也并非那么不堪。所以，沈从文的目标就只能瞄准北大了，但要考北大，于沈从文来说，也是一件非常难的事。所以，郁达夫就直言不讳地说，只要是指望去考北大，而后毕业出来去教书，养家糊口后再回头从事文艺创作，这个念头迟早收起来，不要做白日梦！

说到这里，郁达夫还以诸葛亮的风格给沈从文出了上中下三策：上策就是赶紧在北京找个工作，土匪呢，看这个身体是当不了的，洋车估计也拉不了，报馆的校对，图书馆的工作人员，家庭教师，男看护、门房、旅馆的伙计，因为没有人可以介绍，也是做不了的。所以上策等于没说，先提出来又一一否定，弄得沈从文非常郁闷。

所谓"下策"，郁达夫建议沈从文去搞革命，或者去制造炸弹，让他当造反派，可郁达夫很快又一次否定了自己的想法：身体不行、思想愚钝，怎么能干这种大无畏的革命活动呢？所以他又提到了"中策"，先弄几个旅费回家，回家干吗呢？见到多年不曾见面的母亲和弟妹们，大家一道走向生命的终结，至少可以在临终前，给大家意淫一番北京的豪富生活，有色有香地说给他们听。

但郁达夫很快就发现，让沈从文去实现"中策"也有问题，因为从北京到湖南的旅费，依照沈从文的风格，筹集起来很难。因此，郁达夫良心发现，买三赠二，给了沈从文两个建议：一是投军入伍，吃皇粮。郁达夫不是一直怀疑沈从文身体不行吗？其实他不知道，沈从文从小就在湘西的军队里混过，那也是"脱衣有肉"的角色。第二个建议就是让沈从文去做强盗，做小偷，而且这是一种比较可行的办法，执行效率也高。最好先从亲近的熟人身上做起，譬如熊希龄家里，就可以去试一试，因为他家也算富豪，多有不义之财，不偷白不偷。

说到这里，郁达夫还不忘幽上一默，让沈从文先从他身上练胆。因为郁达夫晚上睡觉经常不关门，要来行窃倒是很方便。不过有一个缺点，就是家里并没有什么值钱的物饰，只有几本旧书，还可以卖几个钱。

> 你若来时，最好是预先通知我一下，我好多服一剂催眠药，早些睡下，因为近来身体不好，晚上老要失眠，怕与你的行动造成不便。还有一句话——你若来时，心肠应该要练得硬一点，不要因为是我的书的原因，致使你没有偷成，就放声大哭起来——

从这信里，我们看出郁达夫非常尖酸刻薄，但从内里又蕴含着激愤，蕴含着对沈从文的怜悯，稍加留意就可以体会到。

沈从文与丁玲、胡也频的
三人同居

————

关于沈从文的婚姻，众所周知的是他终生就结过一次婚，妻子是张兆和，然而在他的婚前，却发生过一些粉色的趣事。

郁达夫通过一封公开信强烈刺激了沈从文，促使他发愤进行文学创作，其中就包括一些早期带点儿颜色的小说，当然不是露骨的细节描写，只是通过一些象征手法来表达情色的趣味，比较著名的有《旧梦》《皇军日记》《长夏》《第一次做男人的那个人》，这些都是表现青年男子的各种性经历，均写在他的婚前。若你觉得早年的沈从文或许曾阅人无数，那未免有些武断，相比理论与实践结合得非常好的郁达夫，沈从文写这些东西主要依靠自己的想象力。若非要寻找写作原型的话，或许只能从他的初恋中寻找。

沈从文曾为回忆那一段初恋，写过一段话：

> 假若命运不给我一些折磨，允许我那么把岁月送走。我想象这时节我应当在那地方做一个小绅士，我的太太一定是个略有财产商人的女儿，我一定做了两任知事，还一定做了四个以上孩子的父亲，而且必然还学会了吸鸦片烟。[①]

————

① 沈从文.从文自传 [M]. 北京：人民文学出版社 ,2017.

他为什么这样说？假设当时没有离开湘西，他就会成为这样一个人，因为他的初恋就在湘西的芷江。

沈从文是凤凰人，祖辈倒是颇有些名望，但之后祖上就没落了。16 岁的沈从文被迫出门谋生，去哪儿呢？他本人并没有接受过系统的教育，幸好当时他有一个舅舅在芷江警察局当局长，于是就投到了舅舅门下，做了一个办事员，后又转到税务局做收税员。那时的芷江虽然是一个县城，但出了不少名门望族，比如三代将门之后的熊希龄。当时，熊希龄的弟弟比较了解沈从文，知道其家世渊源，人也聪明，就想把女儿嫁给他。这似乎成了一种潮流，同时在芷江，还有一些世家大族也想招赘沈从文，大家对这个肯上进、质朴的年轻人非常看好。

假如沈从文就这么去相亲，无论迎娶了以上高门女子中的哪一位，其后半生必定如他日后所写的那样，做了太平绅士，一辈子富贵平安。然而历史不容假设，沈从文拒绝了所有的婚事介绍，他邂逅了一位马姓女子。

那这位马女士是谁呢？通过后世研究沈从文的文献资料来看，芷江当地有一个团防局，类似民间的武装组织，有一个职员叫马泽淮，本也是破落户子弟，人很聪明，也很英俊，与沈从文非常要好。马泽淮有一个姐姐，叫马泽蕙，是个"脸儿白白的身材高的女孩"，给沈从文留下了深刻的印象。正因为认识了马泽蕙，沈从文才铁了心拒绝了很多人对他的婚约。

为了向马泽蕙表达爱慕之意，沈从文"无日无夜作旧诗"，以为"这些诗必成为不朽作品"，请马泽淮带给姐姐看。沈从文那会儿年纪尚小，这种感情其实更多的带有一种朦胧与青涩，是标准的初恋感觉。然而马泽蕙并没有立即答应他，虽然马泽淮总说"他姐姐最欢喜看我的诗"。

此时，沈从文的母亲卖了凤凰的房子，来到沅州与儿子同住。售房款三千元，由沈从文保管。马泽淮建议他拿这些钱去放贷，并任经纪，"今天向我把钱借去，明天即刻还我，后天再借去，大后天又还给我"。操作特别频繁，结果是最后短了一笔一千银元（相当于现在的二三十万元人民币）的巨款，马泽淮也不再为他传递情诗。沈从文明白了，"我这乡下人吃了亏"。同时"为那一笔巨大数目十分着骇，每天不拘作什么事都无心情。每天想办法处置，却想不出比逃走更好的办法"。于是，他离开沅州，去了北京。①

关于马泽蕙的下落，据说在沈从文离开后被土匪劫上山做了压寨夫人，后来又被一位黔军的团长赎回，与之成亲，那位团长后来因为一些事被枪毙，万念俱灰的马泽蕙只好到教堂做了修女。所以，这段还算记忆深刻的初恋，对沈从文创作那一类的小说而言，还是有所帮助的。

后来沈从文到了北京，又短暂地去过上海，其间，他对女作家丁玲也表现过一阵儿好感。大约是在 1928 年，沈从文、丁玲和其男友胡也频齐聚上海，办一份杂志。三个人住在同一个地方，以致引出一段轶闻：一家小报用一种暧昧的笔法讲述了这段过往，说丁玲在小说《莎菲女士的日记》出版受到好评后，胡也频从北京南下，接着沈从文也来了，三人在法租界的僻静地同居。这下引起了轩然大波，三角恋受到了全国的诋毁。万幸的是，三人都有一颗大心脏，并不以为虑，或许有时候有过矛盾和嫉妒，但总的来说，他们的这段生活是繁忙而愉快的。

后来，有人证实，"两男一女的同居"不过是一种夸张的传言罢了。在 19 世纪 80 年代，沈从文自己也讲过："他们可以三人共眠一床，而不感到男女有别。他们可以共饮一碗豆汁，嚼上几套烧饼、果子，而打发了

---

① 沈从文 . 沈从文文集（第九卷）[M]. 广州：花城出版社 ,1984.
　　[美] 金介甫 . 他从凤凰来：沈从文传 [M]. 北京：新星出版社 ,2018:174.

一顿餐食。有了钱，你的就是我的，全然不分彼此；没有钱，躲在屋中聊闲天，摆布了岁月；兴致来时，逛北海，游游中山公园，三人同趋同步，形影不离。"①

如此来看的话，三人能同游北海、中山公园，能同吃一桌饭，同睡一张床，这种关系可以说非常好。如果从友谊的角度来理解，一对恋人，加上一个闺蜜，或者加上一个男闺蜜，其实是一个非常稳定而愉快的搭配。在纯真的年轻人眼里，这里面绝对不会存在什么"三角恋"。而且到上海之后，丁玲的母亲、沈从文的母亲和九妹也先后来到他们同居的地方，丁玲、胡也频与沈母住在二楼，沈从文自己住在一楼，当时去拜访他们的人都知道这件事。如此，则说他们在上海法租界"三个人大被同眠"，才是真正的诋毁。

当然，丁玲个人的生活习惯的确比较开放，她的确与胡也频之外的第三个人发生过三角恋关系，不过那个人是另外一个文学批评家冯雪峰，绝非沈从文。

经历了上海的这段风波后，沈从文又回到北京。1929 年 8 月，他到中国公学当老师，开始追求他的学生张兆和，这一追差不多就近四年，他们于 1933 年 9 月 9 日结婚。曾经有一位文学批评家刘洪涛通过分析沈从文的小说作品，深入到他的情感生活，其中的某些观点颇有见地。在这里，我扼要地阐述一下。

在婚前，沈从文写过一篇《龙朱》，这也是他一生中的佳作，表达了自己对爱情的渴望，却又无从恋爱的困惑，侧重展示男子的高贵风逸。

而后，为了追求张兆和，沈从文又写过一部故事集《月下小景》。当时写这部故事集，主要是为了张兆和的弟弟张晓武。张晓武从小喜欢听别

---

① 李辉. 平和与不安分——我眼中的沈从文 [M]. 郑州：大象出版社,2018.

人讲故事，所以沈从文就跟未来的小舅子讲，"我给你从佛经里面选取一些故事，写下来，讲给你听"，张晓武非常满意。所以沈从文这么做表面看是为了张晓武，其实也可以理解为取悦张兆和。抛开写作的功利性，平心而论，《月下小景》这部故事集，的确是非常优秀的作品。沈从文后来回忆："《月下小景》写得不坏，用字很得体，发展也好，铺叙也好，尤其是对话，显得人那么的聪明，而且这是我 20 多岁时候写的。"

当然，沈从文自己说得很隐晦，其实只要仔细体味一下《月下小景》，就会发现收获爱情的喜悦跃然纸上。沈从文一度对比分析过自己的这两部作品，他说："《月下小景》的写成，像《龙朱》一样，全因为有了你（张兆和）；写《龙朱》，是因为要爱一个人，却无机会去爱。《龙朱》中的女人，便是我理想中的爱人，写《月下小景》时，你却在我身边了，前一篇男子聪明点，后一篇女子聪明点，我有了你，我相信这一生还会写得出许多更好的文章。有了爱，有了幸福，分给别人些爱与幸福，便自然而然会写得出好文章。对于这些文章，我不觉得骄傲，因为等于全是你的。没有你，也就没有这些文章了。"

好一番情深义重！

这种情话一说出，现场的感染力可见一斑，尤其对于听到这些情话的女主角张兆和来说，感动是无以言表的。不过，我们还是要清楚，这段话的本质还是带有鸡汤性质的，"自己有了爱，有了幸福，通过写文章的方式，把自己的爱与幸福分享出去，让更多的读者也能感受到爱与幸福"，这番话过于矫情，相信沈从文自己也不会相信这种鬼话。

本来，恋爱中说的很多话，有的时候是很扯淡的，为什么呢？以沈从文为例，在婚后他很快就写出了《边城》，《边城》就不是在描写爱与幸福，描写的是爱不可得，以及幸福下面隐藏的那些暗流。跟一个新婚宴尔、觉得自己感情生活美满幸福的人来说，《边城》绝对不是一个好的写照。

那么沈从文写《边城》是基于一种什么情感呢？按道理，作家写出来的作品，必须与自己的生活不太一样，这才是一个小说家应有的品质，否则就太过机械了。考虑到沈从文之前的两部作品，都是有感而发，可见他的生活与创作有种密不可分的关系，假如他为生活感到高兴，他写的东西就高兴；生活圆满，写的作品就比较圆满。

所以，后世对沈从文的《边城》出版后提出猜测：这部书是对风暴的预言，也就是对他的家庭生活、婚姻生活而言，会掀起波涛的一种预言。

之前讲述林徽因家的客厅，其中提到过一段沈从文因为婚外恋的关系，特意找林徽因倾诉。因此，这件事不太可能是空穴来风。所以，曾有人评价《边城》"是在婚姻生活里面，自己某种受压抑的梦"。我们要知道，当时弗洛伊德的精神分析学在民国的知识界、文化界还是很流行的，大家都相信人类文明的一切，个人生活的一切，都与原始的动力——性有关。尽管精神分析学作为一门科学发展到今天，很多内容已被抛弃，但在当时的文艺界，大家还是很相信弗洛伊德的学说，甚至会不由自主地把那套学说套用到自己的生活里。

由此可见，弗洛伊德的精神分析学，不仅仅与心理或者医学有关，还进入了文学、艺术领域，成为文学艺术批评的一个重要的理论来源，包括作家本人，也会受到这种影响。

因此，我们可以得出以下结论：沈从文之所以要写《边城》，说因为某种受压抑的东西堵在心中，而家庭生活又不能完全综合它、消耗它，"我需要一点传奇，一种出于不朽的，一点出于不巧的痛苦经验，一份从我过去负责，所必然发生的悲剧，换言之，完美的爱情生活，并不能调整我的生命，还要有一种温柔的笔调来写爱情。写那种和我目前生活完全相反，然而与我过去情感，又十分相近的牧歌，方渴望使生命得到平衡，这是一个胆小而知足，且善于逃避现实的人最大的成就，将热情注入故事中，使人得到满足，而自己得到安全，并从一种友谊的回升中，证实生命的意义。"

话说得非常漂亮。这只是自己的一段奇想，为了逃避平庸的、乏味的生活，而做的一种文学上的挣扎。可是事实上，沈从文确实在这段时间有他的婚外恋，而且持续了很久。至于这里面的详情究竟如何，我在这里就不赘述了，我更愿意多讲述一些他与张兆和的真情。

张兆和的"民国好闺蜜"

作为一个湘西的小伙，沈从文追求张兆和的方式非常直接，他有一句话，后来很多人都引用过："我不但想得到你的灵魂，还想得到你的身体。"他对这句话应该有很深的体会，因为他在另一部小说《落寞一生》里说："女人在身边是折磨你的身体，离开你身边时，又折磨你的灵魂。"

作为本章最浓墨重彩的内容，有必要先把这场旷日持久的"追女行动"简单介绍一下。

当时沈从文29岁，张兆和20岁，二人所在的中国公学是中国最早的一批大学之一，成立于1906年，1922年升格为大学。那时候张兆和是学生，沈从文是老师。当时，知道沈从文穷追张兆和这件事的人，除了张兆和的同学王华莲，还有校长胡适和沈从文的好友徐志摩。

从1929年沈从文到学校任教，到1933年9月9日两人最终结婚，沈从文追求张兆和，花了三年九个月的时间。其中的转折出现在1930年的夏天，根据张兆和在当年7月4日这天的日记记录，王华莲向张小姐汇报了此前沈从文委托她向张兆和转交情书的一些情况。当时，张兆和并没有在学校，还在家中。

前天，就是7月2号，沈先生来找我，要跟我聊天，主要是聊你的事情……

　　王华莲明白，沈从文想通过她去影响张兆和。同样是 20 岁的女性，作为闺蜜，总是要维护自己的女朋友，所以她说自己先细细筹划了一下，才去应对沈从文。而沈从文当时的表现也特别有意思，他先拿着一张纸跟王华莲见面，王后来转述说："手按着一张纸，一方面叮嘱我不许告诉别人，一方面又说，我有一件事要问你，可是我说不出口，请你看这个。"也就是说，沈从文居然为这一次的碰面写了一个问题提纲！那究竟在这张纸上写了什么呢？"我想问你一件事情，最近张兆和跟你说过什么话没有？她告诉你，她同谁好过没有？她告诉你，关于谁爱她的事情没有？因为我相信你是忠实于你的朋友，所以这一件谁也不知道的事情，我拿来和你商量。问你这件事情的理由，是我爱她，并且因为这件事情，我要离开此地了。我本来不必让我以外的人知道这件事情，但是这个事情，现在已经为胡先生（胡适）知道了，而且我知道，或者你还更早知道这个事情，并且我认为，你也有知道这件事情的理由，所以我现在来跟你说，我非常相信你。我想从你这边了解一点，关于她的事情。"

　　接下来，沈从文开始不断讲述自己对张兆和的爱慕之情，并再三强调："只能你一个人知道，不能让别的人明白。昨天我到了校长家里，说我要离开这个学校，校长劝我不要离开，他说要我还是要好好留在这儿，如果是张兆和的家庭反对，那么他会去帮忙解决。他将为我这个事情帮忙，尽一切努力让我留在这儿，谈到自己，我因为爱着她，这半年来，把生活全毁了，一件事都不能做，我只想远走高飞，一方面她可以安静读书，一方面我可以免得苦恼，甚至我还想当真去打一仗死了，省得纠葛永远不清，但是这竟是小孩子的气话，我现在是不会去干的。现在我要等候两年，尽我的人事。"

　　这里的"等候两年"，不是说要在学校等张兆和，大概是说自己真要去捐躯疆场的话，估计还要等两年。现在的关键问题是，因为"我知道你是张兆和最可信托的朋友。所以请你转告她，因为恐怕让她难过，将来我就不写信给她了，可是她要是有机会把她的意思说明白一点，不要我爱她而告诉我，希望我能爱她也告诉我。好让我决定，我是留在这儿，还是去别的地方，我想这个事情应该这样处置"。这便是沈从文写在纸上的问题提纲。王华莲看完之后，沈从文就跟她聊天。

沈从文："我很相信你，知道你忠于朋友，也愿意帮忙，所以才把不肯告诉人的话来跟你说，跟你商量。"

针对这句话，王华莲就对张兆和讲："兆和，沈先生这句话一点不错，但是我是要忠于朋友，但是不能忠于对我的朋友产生野心，也许这是不利的野心的其他的人。"

一开始，王华莲就站定了自己的立场，作为张兆和的闺蜜，肯定会为她着想，不会为沈从文着想。说起来，闺蜜也是世界上一种奇怪的动物，像沈从文这样洞悉人性的小说家，居然也昏了头，要爱上一个人的时候，会去找她的闺蜜。对于年轻人来说，你要谈恋爱，最好别去找闺蜜，闺蜜是不会帮你的，而且闺蜜往往会起到反作用。可怜沈先生当时不知道这个道理。王华莲倒是把立场摆得很正，表示自己肯定会忠于张兆和。

接下来王华莲继续对张兆和说："他不明白这个道理，却来向我寻求帮助，岂不是笑话？"可见沈从文一腔深情，托付的人却错了。

接下来，王华莲接着向张兆和转述沈从文的话："沈先生问我晓不晓得这件事情，我点了点头。他又问，是不是张兆和告诉你的，她说了什么。我说不是，是我在她房里，刚刚遇到茶房送信去，我看见的。沈先生就问是不是最后那一封？"

需要提醒的是，在张兆和日记里曾提到过有三封信，前面两封让张兆和看了之后，感觉非常不好，但第三封却让整件事出现了转机。

可见沈从文孤注一掷，把宝都压到了最后那封信上，这也体现出他作为小说家的素养，前面两封是陷于爱情中的年轻人在那儿胡言乱语，尽管也是真情实感，但并不能打动人。第三封信尽管也流露出真情实感，但更多的是有了很多高明的见解和高尚的情感。

王华莲继续转述："我回答沈先生的是，不晓得，不知道是最后一封还是什么。沈先生又问你看了没有？我回答你看了。他接着问，'兆和看了这封信，说了什么？你们对于这件事情，谈了一些什么？'"

因为王华莲这时候也不能立即见到张兆和，所以就跟沈从文拖延，她回答当时很晚了，已经要熄灯睡觉了，来不及多谈什么。接下来沈从文又追问："在那天收到信之后，你们俩有没有聊什么？"王华莲自然又跟他打马虎眼，说今年不同宿舍，课也没在一块儿上，在张兆和的宿舍或在自己的宿舍都没法密谈，所以一直没有深谈的机会。言下之意就是没有给沈从文提供什么有用的信息。

再往下的话，就比较有意思了。

沈从文问："兆和就一点都没有谈到关于我的事情或者是信件吗？"

王华莲这时候的回答非常深刻，估计也伤害到了沈从文那颗敏感而弱小的心灵，"因为这种事情，对于兆和尤其多，多了之后，她也不感到如何的稀奇，所以照例的容易忘记。"

意思是张兆和经常接到这样的情书，沈从文的信不过是其中之一。

果然，沈从文开始着急了，"她既不爱我，为什么又不把我的信还给我呢？我已经说明白了，要解决这个纠纷，最好的办法就是把我的信还给我！"

张兆和在日记里提到了王华莲对这一段的讲述："……说到这里，沈老师开始哭了，哭完了又说，她（王华莲）怪我（张兆和）却总是沉默，这样一直纠缠下去，对两方都不好。"

　　然后王华莲就跟沈从文举例，像这样的信，有的时候一年能来几十封，张兆和都置之不理，特别是有一个政府派出留学日本的男子，曾跟张兆和通过两三封信，最终就暴露出要追求的意思，一直纠缠了两年多，张兆和都没有搭理他，到去年，那个人才写了最后一封，沉痛决绝的信，张兆和依然沉默。还有另外一个同乡的某某人，也向张兆和求爱，张兆和的态度照样是不搭理。

　　王华莲向沈从文举这两个例子的目的是什么呢？

　　张兆和经常收到这样的情书，沈老师只是其中之一。你向我打听张兆和收到情书有什么反应，第一是我不知道她的反应，她也没跟我细聊；第二是我推测你跟那些人一样，兆和也不会搭理你，兆和是理智胜过情感的人，从不为朋友一言所动，也不为朋友而牺牲，关于这些微妙的事情，她也不肯多说，所以我不知道他到底如何。不过我想问一句，沈先生现在需要的是她一句话，还是什么。要只是一句话，这句话的回答很容易。回答满意当然就没有话说，你们俩就成了；万一张兆和说出不满意，那么对您有没有妨碍？我知道她个性倔强，会在你特别高兴、自以为得计的时候，偏会给你一个"不"字，她完全像一个小孩子，若是有一件事情逼得她稍微冲动一点，她明明同意也要说不同意了。

　　王华莲在这里的阐述果真是体察入微，也非常正确，对一位少女来说，一个成年人就这么穷追猛打，肯定有点吃不消。

　　其实你说沈从文 29 岁，他完全成熟了吗？也未必见得。但沈先生当时根本没有理解这一切，还是王华莲讲得非常正确："你现在只要她一句话，而本质上她那句话，她的回答是无足轻重的，因为她就是一个小孩子，她现在答应了，将来也可能变卦，她现在不答应，将来也有可能转好。"

　　面对小孩子，最需要的就是耐性，当然这个道理她没总结出来，或者也不方便给沈从文讲，因为要论讲道理，就成了给沈老师上课了，这样关系就弄反了。

沈从文陷入了无限的苦恼："最大的问题是没有回答，要不你把信还给我。"按沈从文的想法，"你不管同意还是不同意，都得给我一句话，像这样的沉默，使我的心悬在空中特别难过。反倒不如告诉我，让我掉下来，跌碎了也好，假使她说爱我，我能为她而努力，做更伟大的一些事情。"

王华莲对此的回答是："我也觉得沈先生再努力一点的好，事业能成功，就是爱的成功，也就是一切的成功。"

同样一个 20 岁的女孩子，突然讲出这么一句世故的话，让沈老师有点诧异，所以王华莲就观察，觉得沈从文的神色对这句话颇不以为然。大概他以为他的小说算是成功了，算是很伟大了，如今却有小孩子劝他更努力一点，更成功一点，沈从文有点不以为然，但又无法回避王华莲的话，所以他就说："现在当然说不到生活上的问题，她现在还没有感到生活的需要，假使她需要我爱的话，我能使自己更加伟大一点。因为到这个时候，两人估计有点互相不太理解对方的意思。"

最后一部分，就是王华莲对整件事的评价："你尽快来上海，我们见面再聊。沈先生现在把这样一个事情，来托我来帮忙。万一被他知道，我不但不替他帮忙，反而为你设法来解脱这件事情，他岂不会从怨你而转为恨我，我现在不顾利害的来替他解决事情，正如他所说的，我是忠于朋友，忠于兆和你，所以我这封长信给你看完了，还是希望你把这封信全部还给我……"

最末一段，王华莲还附上了自己的重要意见。因为沈从文当时还说了一些语带恐吓的话，想让王华莲转述给张兆和，可能沈先生以为这样的恐吓能够帮助爱的滋长：

　　"兆和你怕不怕？你若因为害怕而爱他，或者不为条件地爱他，也行。如果你退缩了而爱他，或者往前走一步而爱他，我觉得都可以。如果你坚决不爱他，而且认为自己永远不会爱他，那你来，我替你解决！"

　　看王华莲这番话的语气，估计沈从文并没有如何"恐吓"张兆和。况且张兆和虽然很年轻，但却相当有见地，在她十几岁的时候，曾经说："人与人之间，真正的本质的关系，无非是利用，那些所谓的爱，都不过是利用。"

　　正因为这句话说得过于老练，体现出了一种早熟，然张氏四姐妹的其他三位，都要专门找张兆和谈话，生怕她出事。这其实也很好理解，在民国初年的一个大家庭里出生成长的小孩，有的是正房所生，有的是偏房哺育，小孩得到的宠爱是不对等的，因此他们会比其他家庭的孩子更冷静，甚至带有一丝无情，以及对世界的冷漠，所以张兆和才有此感。仔细想想，对待家人都能够生出这样的联想，更遑论作为外人，以谈情说爱为追求的沈从文了。

　　在张兆和的日记里，她曾这样写道："我只是一个庸庸的女孩，我不懂得什么叫爱——那诗人小说家在书中低徊悱恻赞美着的爱！以我的一双肉眼，我在我环境中翻看着，偶然在父母、姊妹、朋友间，是感到了刹那间类似所谓爱的存在。但那只是刹那的，犹如电光之一闪，爱的一现之后，又是雨暴风狂雷鸣霆布的愁惨可怖的世界了。我一直怀疑着这"爱"字的存在……"[①]

　　通过这段日记我们可大致揣测出张兆和内心的真实想法，追求者无论是沈从文还是其他几十位通过写情书来向她求爱的人，她都不是太在乎，因为究其内心来说，她不知道什么叫爱，她对"爱"有恐惧感。至于沈从

---

① 沈从文,张兆和.从文家书——从文兆和书信选[M].上海：上海远东出版社,1996.

文，他自己的恋爱经历也不多，除了在芷江的初恋，到头来还被马氏姐弟合谋诈取了钱财，其他的都是白纸。所以，在他面对一个情窦未开的少女时，可能用力过猛，适得其反。

但能把责任都推给张兆和吗？即便不是出身于那样的大家庭，有的人天性就很悲观，不敢向这个世界敞开，不敢向这个世界呈现自己。就心理学的角度来说，存在即合理。

沈从文曾被她
"十动然拒"

2012 年 11 月，华中科技大学文华学院工程管理专业一位大四男生，向他心仪的女生，送出了一封他用时 212 天写成的 16 万字的情书，女孩十分感动，然后拒绝了他。这就是网络热语"十动然拒"的掌故来源。为什么想起这个词，因为 80 多年前的沈从文也曾被张兆和"十动然拒"。

根据沈从文之子沈龙朱、沈虎雏编辑的《沈从文家书》讲，从沈从文最开始追求张兆和开始，到二人结婚，在这三年零九个月的时间里，一共写了多少封情书？没有准确的记录。不过可以肯定的是，几百封是不成问题的，可惜这些情书全部毁在了抗日战争初期的硝烟中。这个信息的来源是沈氏的后代，几百封情书，以千字文计算，差不多几十万字，对于沈从文这样的大家来说，不是太大问题，因此还是很靠谱的。当然，张兆和最开始的确是拒绝了沈从文，但面对沈先生的孜孜不倦、笔耕不辍，终究还是有了被感动的一天。所以，N 次的"十动然拒"后，必然还是有一次皆大欢喜的。

但在修成正果前，沈先生的经历还是蛮苦的。在王华莲把沈从文与他谈话的事向张兆和汇报后，张兆和便于 7 月 8 日来到了上海。她此行的目的，首先是向闺蜜王华莲把这件事打听清楚，特别是王华莲提到的沈从文有恐吓的话，语焉不详，张兆和希望了解得更清楚。此外，她之前曾就这件事向校长胡适反映过，胡适当然是站在沈从文的角度来劝她，希望能接受沈从文。

当天，王华莲去车站接张兆和。一下车，张小姐就迫不及待地询问沈老师是如何恐吓自己的。王华莲说，当天沈老师对她讲，如果张兆和不接受自己的爱，他就只有两条路可走，第一是奋发向上，让自己更努力，小说写得更好，教学取得更好的成绩，这应该是一条很积极的路。为什么王华莲把它理解为"恐吓"呢？大概是觉得沈老师太小心眼，意气用事，奋斗半生的目的就是为了改变他人对自己的看法，这样的格局未免太小了，其实就连沈从文自己都说，"多半是不会走这条路的"。

沈从文的第二条路则有两个选项，要么因情自杀，不少年轻人的脑子里在为情所困时大概都有过这样的想法，尤其是那种失望、绝望、愤怒达到极点时，这种想法尤为强烈。对于没经历过多少恋爱洗礼的沈从文来说，一时头脑发蒙，也不排除会有这样的想法。

除了自杀，第二个选项是什么呢？据王华莲讲，沈从文见自己当天说话吞吞吐吐，最终好半天才吐出一句"我总是要出一口气的"。出什么气呢？怎么出气呢？张兆和的心里就一激灵，难道要与我同归于尽吗？这简直是小孩子的气量，张兆和心里对沈从文大为失望。

不过王华莲想得更复杂，她想的是沈老师会不会去毁坏张兆和的名节，或者以他的聪明智识，四处捏造，把张兆和包装成一个可怕的女子，使其他男子不敢接近她，让张兆和永远得不到一个爱人，这就是所谓的报复了，还能让沈老师得到愉悦和满足。

说到底，毕竟当时她们都是年轻女子，即便再冷静、理性，可第一次面临这种事，难免有脱离实际的想法。世间的确有因爱生恨、继而去造谣诽谤的男子，但毕竟是小概率事件，很难想象作为老师的沈从文会有这样的想法。

当然，防人之心不可无。在张兆和看来，闺蜜说的话也有一定的道理。不过张兆和也多了一个心眼，反过来思考这个问题：如果真是如此，那就证明沈从文对自己的爱不是假的。"为偿还这不顾一切的爱，我虽永远不会爱他，虽然也要臆想着，这未曾经验的落寞的难看，我也愿意。"这就是一种很微妙复杂的情感。哪怕沈从文像王华莲说的那样会去诋毁自己，让自己得不到其他人的爱，让自己的名声受到损害，自己也相信，这是真爱。

这也恰恰证明了沈从文的独占欲和对爱情的强烈渴望。张兆和虽然不会因此而转为爱他，但宁愿承受这样的一种打击。这或许就是一些女性心里不可捉摸之处，也比较隐秘。所谓男女有别，大概就是说的这些方面。

一对闺蜜聊了许多，转眼一想，觉得单靠自己的力量解决不了这件事。尽管沈老师还没到疯狂的地步，但保不齐就突然来了，想到这里，张兆和有些害怕，干脆就直接找到了校长胡适。

开始胡适不太认识张兆和，至少对这个女生印象不深。要知道胡适是一个非常爱应酬交际的人，家里经常宾客满座，这一天也不例外。张兆和谈这么隐秘的事情，如果坐在客厅跟大家聊，肯定不好开口，就有些犹豫。胡适还是很开明的，虽然来了一个学生，但出于礼节，也不能摆架子，他看出了张兆和的难言之隐。这时候，胡适突然意识到眼前这个文静端庄的女生似乎就是 Miss zhang。他尝试着问了一句，张兆和点了点头，胡适一下子就明白了，就让她稍晚再来，意思是等自己的宾客都走了再来拜访。估计他已经猜到张兆和此行的目的了。

张兆和冰雪聪明，隔了一个多小时再度登门，这时候她只看到学长罗尔纲在胡适家。后来，罗尔纲成为中国研究太平天国历史的泰斗级人物，当时他刚从中国公学毕业，没有找到工作，胡适就让他在自己家一面做家庭教师挣点饭钱，一面帮自己做些课题研究。两人以前在学校没怎么打过招呼，没想到当天在胡校长家见了面。罗尔纲见到学妹，想到自己还在为谋生而挣扎，心里难免有些委屈和不好意思。这是闲话，就不再多说。

胡适终于有时间面对张兆和了。其实，胡校长早就猜到了张兆和的来意，但又佯装不知情，东拉西扯了好半天才转到正题，问张兆和有什么话尽管说。张兆和有些羞涩，但最终还是鼓起勇气，说了沈从文的事。于是，胡适就直接把他与沈从文的对话，以及沈从文向他诉说自己对张兆和的依恋之情，都给张兆和讲了一遍，相当于情报互换，再共同研究处理办法。

讲完后，胡适就开始夸奖沈从文是天才，是当时中国作家里最有希望的年轻人。但在张兆和看来，胡校长完全是在神游，没明白自己的最终目的，所以就直截了当地告诉校长，自己并不爱沈从文。可以想象，当时胡校长的尴尬，双方都陷入了沉默。好一会儿，胡适才开口说："尽管你不爱沈从文，你能不能跟他做朋友？"

张兆和尽量把表情放得轻松："本来没关系，可沈老师与我并非同龄人，也不是同学，如果做朋友，可能会一直误解下去。这纠纷就不会了结。"

说完这些，胡适还不死心，长叹了一口气："像沈从文这样的天才，人人都应该帮助他，让他有发展的机会。"这句话他反复念叨了很多次，并表示沈从文说他崇拜 Miss zhang 到了极点，又不断强调沈从文对张兆和的爱。

然而张兆和有自己的个性，如果她不满意，她会坚定地说出来。现在越是听胡适不断表扬沈从文，她就越觉得不真实。爱慕自己的人多了，如果一一去应付，那还要不要读书了？当然，这并非是说张兆和在炫耀自己多受欢迎，而是重在强调她无法安静读书。

面对一个投诉老师骚扰自己的女学生，身为校长的胡适最后也无法替沈从文说话了，毕竟这是原则问题。自己怎么能变相地鼓励学生去和老师谈恋爱呢？而且这个女学生的理由还十分充分，学生的第一任务不就是读书吗？所以胡校长略显尴尬地再度沉默，过了一会儿他才再度开口，让张兆和写一封信给沈从文，把态度表明一下，但同时也希望她尽量写得委婉，同时承诺自己也会写信劝劝沈从文。

本来胡适满心希望给二人做媒说和的，结果一盆冷水扑面而下，反倒被小女生给说服了，不得不重新回到校长的本位，以保证学生能够好好读书为第一要义。

最后临走的时候，胡适又说："你们俩因为这些事都找了我，我很高兴，我没有觉得麻烦。我总认为这是很神圣的事，请放心，我绝不乱讲。"

这句话后来被张兆和在日记里一通嘲笑："神圣？放心？乱讲？我没有觉得，身为老师可以公开骚扰我这个学生，这种情感叫神圣？我为什么又要放心？我一个学生向校长提出对另外一个老师的投诉，你当然就不应该乱讲，怎么还叫放心？"

由此可见，张兆和年纪虽轻，又是弱女子，对人对事却有这么理性而坚定的判断，且无论这种态度可不可爱，终究还是让人肃然起敬的。

这次谈话结束后隔了两天，张兆和接到了沈从文7月9日写的一封信，就是跟王华莲聊完天后写的。这封信的字体写得很大，或许能反映出沈从文当时的一种情绪：

兆和小姐：从王处（王友莲）知道一点事情，我尊重你的顽固，此后再也不会做那使你负疲的事了。如果人皆能在顽固中过日子，我爱你，你偏不爱我，也正是极好的一种事情。得到这知会时，我并不十分难过，因为一切皆是自然的。很可惜的是如果你见到胡先生时，听到胡先生的话，或不免小小不怿，这真使我不安。
我是并不想从胡先生或其他方面来挽救我的失败的，我也并不因为
胡先生的鼓励就走所谓极端。我现在是惨败，我将拿着东西去刻苦
做人，我将用这教训去好好的生活，也更应当好好的去爱你。你用
不着怜悯或同情，女人虽有很多这样的东西，可以送给其他的那一
群去。我也不至于在你感觉上还像其他人一样，保留使你不痛快的
东西。若是我还有可批评的地方，可怜处一定比愚蠢处为少，因此
时我的顽固倒并不因为你的偏见而动摇。我希望一些未来的日子带
我到另一个方向上去，太阳下发生的事，风或者可以吹散。因为爱
你，我并不去打算我的生活，在这些上面学点经验，我或者能在将
来做一个比较强硬一点的人，也未可知。我愿意你的幸福跟在你偏
见背后，你的顽固，即是你的幸福。[①]

看起来，也是满篇怨气。情绪最激动之处在于"……你用不着怜悯或
同情，女人虽有很多这样的东西，可以送给其他的那一群去……"

这几乎是攻击了所有的女性，意思是身为女性必然多这些无用的、无
效的、让人生气的怜悯和同情，这些东西很多，你大可把怜悯和同情送给
其他的那一群，那就是在讽刺张兆和收到类似他这样的情书有几十上百
封，原来，他沈从文只是其中之一，并没有独特之处。每当沈从文想起这
茬儿时，就会特别激动，差不多是越写越激动，写到最后，也搞不清楚自
己到底是爱还是恨，是淡漠还是激烈。从情书的角度理解，情人之间本来
就是这样说话，特别是在男性追求女性时，那种急切郑重的心态，在这封
信里表露无遗，且很明显，怨恨多于爱情，充满了负能量。

---

① 沈从文. 沈从文家书 [M]. 北京：人民文学出版社,2010.

后来，张兆和又收到了沈从文寄来的第二封信，同样还是 7 月 9 日那天写的。按照张兆和日记里的回忆，措辞和语气几乎与第一封如出一辙，这里就不加详解了，只是介绍几处特别强硬的地方。

首先，沈老师继续在为自己的自尊做辩护："……我希望我能学做一个男人，爱你却不再来麻烦你。你也不必把我当成他们一群来浪费你的同情，互相在顽固中生存。我总是爱你，你总是不爱我，能够这样也仍然是很好的事情。我若快乐一点，便可以使你不负疚，以后总是要极力去学做一个快乐的人。"

看起来，把自己与那一群追求者相提并论，这让沈从文尤其不能释怀。然而到了信的末尾，愤怒的火焰依然熊熊，决绝里又露着一些不舍，但是很奇怪，不舍的苗头一露出来，又会立即用自己所谓的理智的冷水去浇灭它。

末一句是这么写的："女子怕做错事，男子却并不在意做过的错事上有所遁弊，所以如果我爱你是你的不幸，那你这不幸是同我生命一样长久的，我愿意你的理智，处置你永远在幸福中。"大意就是：女人怕做错事情，男人却不会在已经做过的错事上有所回避，如果我爱你是你的不幸，那你这个不幸会同我生命一样长久，我愿意你的理性，能让你永远生活在幸福中。

细细品味，也是语带威胁与不屑，但同时又充满了汹涌的爱，足以吞没对方。这就是一个很矛盾的地方。

如此，关于沈从文"恐吓"张兆和的内容，算是大致梳理了一番。按照一般的故事发展，两位的感情怕是走到了尽头。但很快，英明神武的沈老师就要"逆袭"成功，抱得美人归了。

为什么把逆袭加引号？因为我不太想用这个词。首先，逆袭是站在弱势群体的角度，可沈从文并非处在这样的位置，虽然他不是名门出身，比起张家的背景要差很多，但不要忘了，他是中国公学的正聘老师，又是当时全国有名的新锐小说家，而且身后还有一个泰斗级的人物胡适在推崇他。

严格来说，作为后起之秀，沈从文丝毫不让合肥张氏，所以，他追求张兆和不存在"高攀"之说。这也就是为什么王华莲说"你要再伟大一点"云云，让沈从文就有点不以为然，他还是非常自信的，这种被人看低的感觉当然心里不舒服。

接下来，我将梳理出沈从文写给张兆和最重要的第三封信。这封信不但改变了这段感情的走势，而且对世间男女理解爱情也许会有醍醐灌顶的作用。

沈先生的"背水一战"让"密斯张"
触碰了恋爱机关

———

前文说到沈从文一口气写了两封信，以期表达情感，顺便一吐委屈之情，怎奈张兆和觉得他不但态度强硬，还有些幼稚，实在有些配不上为人师表。唯有些感动他对爱情的执着，但从内心已经将他踢出局。

到了次日（7月10日），王华莲转来了一封信，是胡适写给沈从文的。沈从文为什么会把这封信转到张兆和这里来？这当然不是邮差送错了主人，肯定是经过沈从文首肯的。这里面的玄机，可就大了。

且看胡适如何说的："从文兄，张女士前日来过了，她说的话，和你所知道的大致相同，我对她说的话，也没有什么勉强她的意思。"

按理，胡适身为堂堂一校之长，也如青少年一样，来充当沈从文"男闺蜜"的角色，在追求者与被追求者之间传情达意，这本身就有点荒谬，或许也并非他的本意。正常的人，只要不是特别爱好八卦的，是不想介入这种事情的。也许他实在太欣赏沈从文的才华，而且又是他的领导，张兆和又是学校的学生，他才不得已为了维系各方关系，以免闹出乱子，影响教学，这才破例把这件事包装成了行政事务。

在信里，胡适将张兆和去家里拜访、托自己从中解劝一事原原本本地说了，同时也把张兆和对这段单相思的看法转达给了沈从文。接下来他还讲了自己的意见："我的观察是，这个女子不能了解你，更不能了解你的爱，你错用情了……我那天讲过，爱情不过是人生的一件事，说爱是人生唯一的事。那是妄人之言，我们要经得起成功，更要经得起失败，你千万要挣扎，不要让一个小女子夸口说她曾碎了沈从文的心。"

这句话既有人生的经验，睿智的哲学思考，也充满了对沈从文这个朋友的感情。就像是闺蜜的选择，王华莲会立场坚定地站在张兆和一边，胡适在这件事上，也坚定地站在沈从文一边。但胡适接下来的话对沈从文不免有一点伤害，在胡适看来，正是这样伤害才能挽回他那颗已经深陷情网的心，所以不得不下了重手，特意挑沈从文不爱听的说。

沈从文最不爱听什么呢？就是他常说的自己对张兆和的爱。胡适将这份爱形容成"备胎的选择"，关于这一点，沈从文在给张兆和的前两封信里，已经表达出出离的愤怒。胡适又火上浇油地说："我看你给她的信中，有把我当做他们一群的话，此语使我感慨，那天我劝她，不妨和你通信，她说若对每个人都这样办，我一天还有工夫读书吗？我听了感到愕然？。此人太年轻，生活经验太少，因此，把一切对她表示爱情的人看作一类，故能以拒绝人而自喜。你也不过是每个人之一个而已。"

这就是故意在沈从文的伤口上撒盐，这种做法有时很管用，在让人极度痛苦之后，很可能就迷途知返。所以，胡适给沈从文写这封信，表面是在报告他与张兆和的谈话，实则还是想让沈从文止步，不要再去追求张兆和了。

在张兆和看过这封信后，她在自己的日记里面也有一个点评：

> 胡先生只知道爱是可贵的，以为只要是诚意的，就应当接受，他把事情看得太简单了。被爱者如果也爱他，是甘愿的接受，那当然没话说。她不知道，如果被爱者不爱这献上爱的人，而只因他爱的诚挚，就勉强接受了它，这人为的非由两心互应的

有恒结合，不但不是幸福的设计，终会酿成更大的麻烦与苦恼。胡先生未见到这一点，以为沈是个天才，蔑视了一个天才纯挚的爱，那这小女子当然是年纪太轻，生活太无经验无疑了。但如果此话能叫沈相信我是一个永久不能了解他的愚顽女子，不再苦苦追求，因此而使他在这上面少感到些痛苦，使我少感到些麻烦，无论胡先生写此信是有意无意，我也是万分感谢他的。①

就如我们这些后人，知道胡适这封信名义上是为沈从文做联络，其实是劝他死了这个心。张兆和也能看出来，胡适这样说话，如果能让沈从文相信，"我是一个永久不能了解他的愚顽女子"，而不再苦苦追求，因此使他在这件事上减少一些痛苦。

事情如果到这里就结束了，那么未来的沈张之恋，包括很多沈从文的《湘行书简》里那些写给美好未来的情书、散文和小说，我们就看不到了。作为读者，我们还是要感谢沈从文，他的坚持，铆足气力，坚持不懈，放出了大招，写出了第三封信，完全扭转了战局。

7月12日这天，沈从文决定给张兆和写最后一封信。虽说是最后一信，也不能说是毫无希望，沈从文索性都豁出去了，写了整整六页，足见有点背水一战的意思。

目前，这封信的全貌我们是看不到的，只能借助张兆和日记里的节抄。所谓"节抄"，肯定是最能打动她的部分。

在展示节抄部分之前，张兆和以第三人称的手法，叙述了沈从文关于第三封信的说法。沈先生说接到张兆和完全拒绝他之后表示理解，并表示以后再不来为难她，但他说"男子因为爱人，变成糊涂的东西，是任何教

---

① 金安平.合肥四姐妹[M].北京：生活.读书.新知三联书店,2015.

育都不能让他变得聪明一点的。除非那一份爱是不诚实的"。

关于胡和王的恋情，除了胡适，知情的徐志摩也劝过沈从文："这件事情，得不到结果，你只管你自己，实在受不了了，走了也行。"意思就是说，在学校里实在熬不住了，就离开中国公校算了，眼不见心不烦。沈从文对徐志摩的这番话，深以为是，就准备离开学校，这样一走，既可以使他"无机会做那自谴生责的孩子气的行为，又可以让张兆和读书安静一点"。

节抄部分如下：

我是只要单是这片面的倾心，不至于侮辱到你这完全的人中模型，我在爱你一天总是要认真生活一天，也极力免除你不安一天的。本来不能振作的我，为了这一点点爬进神坛磕头的乡下人可怜心情，我不能不在此后生活上奋斗了。

我要请你放心，不要以为我还在执迷中，做出使你不安的行为，或者在失意中，做出使你更不安的堕落行为。我在这事上并不为失败而伤心，诚如莫泊桑所说，爱不到人并不是失败，因为爱人并不因人的态度而有所变更方向，顽固的执着，不算失败的。①

他说王（华莲）把我的信送给他看时，他不免伤感的哭了半天，至后王走了，他就悔恨将来如果她同我谈到此事时，她一定要偏袒他一点，将使我不安。他说：其实，那是一时的事，我今天就好了，我不在那打击上玩味。②

① 沈从文.我喜欢你：沈从文的爱情 [M].南昌：江西人民出版社,2019.
② 张兆和.与二哥书 [M].北京：中国妇女出版社,2007.

　　这句话很重要，因为生性敏感的张兆和终于意识到了，沈从文悲伤到了如此地步，还处处为自己着想，"我虽不觉得他可爱，但这一片心肠总是可怜可悯的。"（张兆和语）之前，张兆和在给沈从文的信里有一句"一个有伟大前程的人，是不值得为一个不明白爱的蒙昧女子牺牲什么的"。沈从文在最后一封信里，对这句话有回应，他说：

　　　　我并不是要人明白我为谁牺牲了什么的。我现在并不缺少一种愚蠢想象，以为我将把自己牺牲在爱你上面，永久单方面的倾心，还是很值得的。只要是爱你，应当牺牲的我总不辞，若是我发现我死去也是爱你，我用不着去劝驾就死去了。或者你现在对这点只能感到男子的愚蠢可悯，但你到另一时，爱了谁，你就明白你也需要男子的蠢处，而且自己也不免去做那"不值得"牺牲的牺牲了。"日子"使你长成，"书本"使你聪敏，我想"自然"不会独吝惜对你这一点点人生神秘启示的机会。

　　　　每次见到你，我心上就发出一种哀愁，在感觉上总不免有全部生命奉献而无所取偿的奴性自觉，人格完全失去，自尊也消失无余。明明白白从此中得到是一种痛苦，却也极珍视这痛苦来源，我所谓"顽固"，也就是这无法解脱的宿命的粘恋。一个病人在床边见到日光与虹，想保留它而不可能，却在窗上刻画一些记号，这愚笨而又可怜的行为，若能体会得出，则一个在你面前的人，写不出一封措辞恰当的信，也是自然的道理。

　　　　我留到这里，在我眼中如虹如日的你，使我无从禁止自己倾心是当然的。我害怕我的不能节制的唠叨，以及别人的蜚语，会损害你的心境和平，所以我的离开这里，也仍然是我爱你，极力求这爱成为善意的设计。若果你觉得我这话是真实，我离开这里虽是痛苦，也学到要去快乐了。

你不要向我道歉，也不必有所负疚，如果你觉得这是要你道歉的事，我爱你而你不爱我，影响到一切，那恐怕在你死去或我死去以前，你这道歉的一笔债是永远记在账上的。在人事上别的可以博爱，而在爱情上自私或许可以存在。不要说现在不懂爱你才不爱我，也不要我爱，就是懂了爱的将来，你也还应当去爱你那所需要的或竟至伸手而得不到的人，才算是你尽了做人的权利。我现在是打算到你将来也不会要我爱的，不过这并不动摇我对你的倾心，所以我还是因为这点点片面的倾心，去活着下来，且为着记到世界上有我永远倾心的人在，我一定要努力踏实做个人的。①

也就是这一节，渐渐打动了张兆和的心，张兆和在日记里讲，说自己突然意识到，"有如许的魔力，影响一个男人到了这步田地，不免微微地感到一点满足的快意，但同时又恨自己，既有陷人于不幸的魔力，而又无力去解救人。"

张兆和说自己太软弱了，现在难过得要哭。这种发自女性的对于不能接受的爱的一种同情心，是非常有意思的。步入中年的我，大概能理解这些情感，但当在少年、青年，也处在恋爱之中时，却很难理解，甚至相信不愿意接受你的爱的女性，认为就算对方讲出来，也会以为只是一种敷衍。

所以人类性别的差异，必定会导致思想的不同，幸亏能够通过生活和阅读，让我们理解更广阔的心理和精神世界。我曾经把以上内容讲给我的

---

① 沈从文.我喜欢你：沈从文的爱情 [M]. 南昌：江西人民出版社,2019.

女性朋友听，她们很快能理解其中的深意。为此，我却要琢磨好半天，以为这是一个新的发现。为此，她们都给我建议，多尝试从男性的角度去解读，不要随意去揣测女性的心理。所以到了今天，尽管我阅读了海量的材料，但依然觉得自己还是不能很好地点评，我要尽量住嘴，多去读读她们的信和日记。

到了这封信的最后一段沈从文写道：

至于你，我希望你不为这些空事扰乱自己读书的向上计划，我愿意你好好地读书，莫仅仅以为在功课上对付得下出人头地就满意，你不妨想得远一点。一颗悬在天空的星子不能用手去摘，但因为要摘，你那手伸出去会长一点。我们已经知道的太少，而应当知道的又太多，学校方面是不能使我们伟大的，所以你的英文标准莫放在功课上，想法子跃进才行。一个聪明的人，得天所赋既多，就莫放弃这特别权利，用一切前人做足下石头，爬过前面去才是应当的行为。书本使我们多智慧，却不能使我们成为特殊的人，所以有时知道一切多一点也不是坏事，这是我劝你有工夫看到别的各样书时也莫随便放过的意思。

为了要知道多一点，所谓智慧的贪婪，学校一点点书是不够的，平常时间也不够的，平常心情也不济事的，好像要有一点不大安分的妄想，用力量去证实，这才是社会上有特殊天才、特殊学者的理由。依我想，且依我所见，如朱湘、陈通伯（陈西滢）、胡先生，这几个使我敬重的人，都发奋得不近人情。我很恨我自己是从小就很放荡，又生长在特殊习惯的环境中，走的路不是中国在大学校安分念书学生所想象得到的麻烦，对于学问这一套，是永远门外汉了。可是处置自己生活的经验，且解释大家所说的"天才"的意义，还是"不近人情"的努力。

把自己在平凡中举起，靠"自己"比靠"时代"为多，在成绩上莫重视自己，在希望上莫轻视自己。我想再过几年，我当可以有机会坐在卑微得可笑的地位上，看你向上腾举，为一切人所敬视的完人！我不是什么可尊敬的人，所以不教书于我实在也很有益，我是怕受人尊敬的。可是不是一个好先生的我，因为生活教训得的多一点，很晓得要怎么来生活才是正当，且知道年轻一点的，应当如何来向上，把气力管束到学问上那些理由，有些地方又还可以做个榜样看，所以除了过去那件事很胡涂，其余时节，其余事情，我想我的偏见你都承认一点也好。

被人爱实在是麻烦，有时我也感觉到，因为那随了爱而来的真是一串吓人头昏的字眼同事情。可是若果被爱的理由，不仅是一点青春动人的丰姿，却是品德智力一切的超越与完美，依我打算，却不会因怕被更多人的倾心，就把自己放置在一个平庸流俗人中生活，不去求至高完美的。我愿意你存一点不大安分的妄想去读书，使这时看不起你的人也爱敬你。

若果要我做先生，我是只能说这个话的。我是明知道把一切使人敬重的机会完全失去以后，比如爱你，到明知道你嫁给别人以后，还将为一点我所依据的妄想，按到我自己所能尽的力量到社会里去爬，想爬得的比一切都高的。[①]

沈从文几乎把迄今为止，他人生中所得到的生活经验，甚至是"身为一个天才的奥秘"和一些隐秘的想法，都毫无保留地告诉了张兆和，在明

---

① 沈从文.我喜欢你：沈从文的爱情 [M].南昌：江西人民出版社,2019.

明知道这份感情不会有结果，他也基本上选择了放弃的情况下，唯独精神上至少在这一刻，他并没有放弃。他重新从一个追求者的地位，恢复了老师的身份，劝张兆和要如何读书，比如说一定要多读课外书，不要满足于功课上的那点成绩。对一个真正的学生，或说打算将来要有所成就的学生来说，学校总是太小的，老师总不是那么聪慧的，而课内的那些书籍，数量也是完全不够的，沈从文明白这个道理。

同时，对于一个所谓有天赋的人来说，如果他有天赋，一旦他不选择奋发图强的话，天分、天赋、天才，都会被浪费掉，甚至没有发挥的机会，因为这些东西更多的是一种灵感，如果没有辛勤的工作和学习去触发，那点灵感并不能显现出来。其实到了今天，这个道理还是有很多人不太明白。真正有天赋的人，如果没有辛勤的工作，那些才华和天分就跟买了一件时尚的衣服、唱了一首流行的歌一样，仅仅是搭在身上，不会和你的思想融为一体。正如爱迪生所说的："天才是百分之一的灵感加上百分之九十九的汗水。"

沈从文在信里表达的也是同样的意思。

现在回想起来，在我年轻的时候，若有师长能够讲出这番道理，对于一个年轻人来说，假如他愿意听的话，自是非常有益的。因为我们所知的老师，大多只会让你勤奋，让你努力学习，多把课本搞好，但他不知道勤奋的意义是什么。对于一个有天分的学生来说，他也不知道勤奋的意义是什么，只知道勤能补拙，笨鸟先飞。

对于很多人来讲，如果真拙，没有天分，再怎么勤奋也不能补拙；如果鸟的翅膀天生有缺陷，导致行动不协调，即便再努力振翅，也飞不远，飞不高。这句话可能不中听，但确实是一个残酷的事实。勤不能补拙，勤只会让天才更加闪亮；笨鸟永远飞不过那些好鸟。那些美好的励志故事，更多存在于好莱坞电影或鸡汤文章里，在残酷的现实生活中，这种事情非常少。

回到这封信，在经历了那么激烈而狂乱的感情折磨之后，沈从文最后写出六页的信，充满了理性而温暖的光辉，同时也让张兆和特别的激动。

张兆和看了信后，写下一段日记，一开头就用了一个带有亲昵的称呼——从文。

在张兆和的所有日记里，提到沈从文的时候，多用他，或者沈，或者沈先生，唯独在这里称"从文"。

> 从文是这样一个有热血心肠的人，他呈了全副的心去爱一个女子，这女子知道他是好人，知道他爱得热诚，知道他在失恋后将会怎样的苦闷，知道……他实在是比什么人都知道得清楚。但是她不爱他，是谁个安排了这样不近情理的事，叫人人看了摇头？实在她心目中也没有个理想的人物，恋爱也真奇怪，活像一副机关，碰巧一下子碰上机关，你就被关在恋爱的圈笼里面，你没有碰上机关，便走进去也会走出来的。就是单只恋爱一件事上，这世界上也不知布了几多机网，年轻的人们随时有落网之虞；不过这个落网却被人认为幸福的就是，不幸的却是进去了又走出来的人。[①]

这样说似乎太滑稽了，然而确实是这样。她已经为自己不能够感觉到这份爱而惋惜，而痛心了，就在这时候，她非常想成为能够接受沈从文爱的这个人，但她却不能，她反而由此对自己有一些自怨自艾了。

> 谁知啊，这最后的一封六纸长函，是如何影响到我！看了他

---

① 赵瑜. 小念头 [M]. 北京：作家出版社,2017.

这信，不管他的热情是真挚的，还是用文字装点的，我总想是我自己做错了一件什么事因而陷他人于不幸中的难过。我满想写一封信劝慰他，叫他不要因此忧伤，告诉他我虽不能爱他，但他这不顾一切的爱，却深深的感动了我……但再一想，自己是永久不会爱他的，而他又说过永是爱着自己，这两个极端的固执，到头来终会演成一场悲剧，预期到那时再来叫他或自己说更大的罪，还是此刻硬着一点心，由他去悲苦，不写信去安慰她，不叫再扩大这不幸好些。[①]

这无疑是身为女性的软弱，赋予同情而不敢表示。女子在这世界上是最软弱可怜的，她们的一切行动、思想，都被苛刻的批评所压覆，偶一不慎，生命便刻上那永世不消的人们的口印，永久留着一个洗不脱的污迹。张兆和虽然拒绝沈从文，但内心也非常矛盾，她喜欢读外国小说，提到："小说上常常有许多女子，为了一个不相识的人，能用不顾死活的爱去爱他，为他这无所求的爱（如《茶花女》中的阿玛），便也爱了他。这样的情形除了被爱者因自身的关系，有时或不能这样做而外，但在旁观者眼光看来，统都以为非如此才对。假如我是此事的旁观者，我自始至末明白清楚了这事，我见到我对付此事的态度，我也会深深的同情他而不免谴责我自己了。可是我始终怀疑到那只是小说戏剧中文人的捏造，我怀疑人情中真会有这样的事……但眼前这一件热情的悲剧，又明明呈露在眼前，在这无可解答中，我也就不得不自认我是太年轻太无生活经验了。"

一场恋爱的双方，就处在这样一个矛盾的状态中。写完那封信的沈从文，反而轻松了，因为说出了他真正想说的，不仅仅是发自激烈情感的

---

① 沈从文，张兆和.沈从文家书[M].南京：江苏教育出版社，2005.

话，而且是来自灵魂最深处的祝福。

反倒是之前一直坚定不移拒绝这份爱的张兆和，受了一阵煎熬，终于在一周之后的 7 月 18 日，在日记里写下了这一段：

> 胡先生说恋爱是人生唯一的事乃妄人之言。我却以为恋爱虽非人生唯一的事，却是人生唯一重要的一件事，它能影响到人生其他的事，甚而至于整个人生，所以便有人说这是人生唯一的事。这回，我在这件恋爱事件上窥得到一点我以前所未知道的人生。[①]

后来，人们就把 1930 年 7 月 18 日这天，当作沈从文与张兆和的恋爱纪念日。差不多三年之后，1933 年 9 月 9 日，沈从文和张兆和走入了婚姻的殿堂。

以上就是沈从文与张兆和充满波折却又不失完满的爱情故事。

---

① 沈从文, 张兆和. 沈从文家书 [M]. 南京：江苏教育出版社, 2005.

最得体的情书

沈从文用自己最擅长的方式——文字，三封书信感动了佳人，成就了一段旷世良缘。

然而在结婚前后，他依然没有懈怠，持续地用自己的方式感染着张兆和。比如，他还写了一封信，虽然表面感觉是一封私人信件，但今天读来，感觉更像是给全世界女人写的，其中，有情感，也有哲思，有优美的文笔，也有赤裸的欲望，有冷静的思考，还有世故的分析。

在解读这封信前，不妨让我们先了解一下沈从文的名作《湘行书简》，该书写于他新婚后不久。当时，沈从文回到了湘西老家，但张兆和没有陪着他一块儿去，因为她要上学。在这段时间，新婚宴尔的夫妻只好通过书信来表达传递情感。

在这些家书里，沈从文大多记述的是回乡见闻，自己也在很多地方拍照，甚至作画，可算得上是中国现代文学史上的名作。

要说是因为沈从文情场得意，激发了创作灵感吗？或许有这方面的原因，但更多的还是沈从文本人的天纵英才。每次读《湘行书简》，都让人觉得感动，因为这里面讲述爱情的部分已经很少了，沈从文通过一种独特的笔法，游走在散文、书信与游记之间，来袒露着自己的心思。

在该书正文开始前，有几封单独罗列的书信，其中一封是 1934 年 1

月从北平寄到湘西的。在称谓上，二人叫得很有意思，因为沈从文在家排行第二，所以张兆和叫他"二哥"；张兆和在家排行第三，沈从文就叫她"三三"。

亲爱的二哥：

你走了两天，便像过了许多日子似的。天气不好。你走后，大风也刮起来了，像是欺负人，发了狂似的到处粗暴地吼

……我不知道二哥是怎么支持的。我告诉你我很发愁，那一点也不假，白日里，因为念着你，我用心用意地看了一堆稿子。到晚来，刮了这鬼风，就什么也做不下去了。有时候想着十天以后，十天以后你到了家。想象一家人的欢乐，也像沾了一些温暖，但那已是十天以后的事了，目前的十个日子真难挨！

……我很想写："二哥，我快乐极了，同九丫头跳呀蹦呀地闹了半天，因为算着你今天准可到家，晚上我们各人吃了三碗饭。"使你们更快乐。但那个信留到十天以后再写吧。你接到此信时，只想到我们当你看信时也正在为你们高兴，就行了。①

这里摘录了信的开头和结尾部分。其中的意思无外乎就是思念之情，希望他早点回来。但我们要知道，在二人正式确定关系之前的那些信件里，张兆和是根本不搭理沈从文的，直到上文介绍的第三封信出现。当然，原本我们是没机会看到那封信的，因为沈从文并没有将其公开发表，后来，他们的后人整理张兆和的日记，在里面发现了，这样我们才能一窥沈从文的"最后一信"，知道了真正打动人心的力量是什么。

---

① 沈从文，卓雅. 湘行书简 [M]. 长沙：岳麓书社,2013. 下同。

　　而在"最后一信"之后，张兆和的心理开始发生了变化，她对沈从文的态度，也发生了变化。这就是本章开篇提到的沈从文于1931年6月写的一封叫《废邮存底》的书信，所谓"废邮存底"，就是这封信没有寄出去，留了一个草稿。

　　在美剧《年轻的教皇》里，裘德·洛扮演的庇护十三世连尼·贝拉尔多被人威胁，说他曾经有过男女之情，对于献身于上帝的人，只能以上帝作为自己的爱人，尤其是做到了教皇，如果这一生中有过其他男女之情的话，那就会成为一个污点，甚至会导致他被赶下教皇的位置。在这部剧里，其中一集就提到连尼·贝拉尔多有很多封情书被人发现了，后来经证实，这些情书都是没有寄出去的。正如一些西方的经典爱情歌曲，听上去以为是情歌，但若认真细听，就会发现它不是唱给某一个人的，在西方的语境中，他们就是唱给上帝的，在他们的思想体系里，那是一种比男女之情更值得歌颂的感情。就像沈从文的《废邮存底》，表面上看是写给张兆和的，但从信里传达的信息来看，其实已经不是写给一个具体的人，表达的对象是爱情本身。

　　在信的开头，沈从文先介绍了一下自己追求张兆和的整个过程，事无巨细，也算是沈先生对自己进行的阶段性总结。接下来才是正题：

　　　　三三，这时我来同你说这个，是当一个故事说到的，希望你不要因此感到难受。这是过去的事情，这些过去的事，等于我们那些死亡了最好的朋友，值得保留在记忆里，虽想到这些，使人也十分惆怅，可是那已经成为过去了。这些随了岁月而消失的东西，都不能再在同样情况下再现了的。所以说，现在只有那一篇文章，代替我保留一些生活的意义，这文章得到许多好评，我反而十分难过，任什么人皆不知道我为了什么原因，写出一篇这样文章，使一些下等人皆以一个完美的人格出现。

通常，每个人的一生中总有一些隐秘的记忆，而沈从文的隐秘记忆，就隐藏在了《丈夫》这篇文章里。（《丈夫》是沈从文发表于 1930 年的短篇小说，描写了 20 世纪湘西花船上的妓女生活。）

接下来，在这封信里，沈从文从当时风靡中国的从欧洲传来的精神分析学理论入手，全面解析了中国传统的伦理道德观：

> 我近日看到过一篇文章，说到似乎下面的话："每人都有一种奴隶的德性，故世界上才有首领这东西出现，给人尊敬崇拜。因这奴隶的德性，为每一人不可少的东西，所以不崇拜首领的人，也总得选择一种机会低头到另外一种事上去。"
>
> 三三，我在你面前，这德行也显然存在的。为了尊敬你，使我看轻了我自己一切事业。起先是不知道我为什么这样无用，所以还只想自己应当有用一点。最后看到那篇文章，才明白，这奴隶的德性，原来是先天的。我们若都相信崇拜首领是一种人类自然行为，便不会再觉得崇拜女子有什么希奇难懂了。

在沈从文讲完这段话之后，又安慰了张兆和几句，因为这种话，不是去指责对方，但是容易被人误会，特别是生性敏感的张兆和。因此，沈从文就说：

> 你注意一下，不要让我这个话又伤害到你的心情，因为我不是在窘你做什么你做不到的事情，我只在告诉你，一个爱你的人，如何不能忘你的理由。

　　……我还要说，你那个奴隶，为了他自己，为了别人起见，也努力想脱离羁绊过。当然这事做不到，因为不是一件容易事情。为此使你感到窘迫，使你觉得负疚，我以为很不好。我曾做过可笑的努力，极力同另外一些人要好，到别人崇拜我愿意做我的奴隶时，我才明白，我不是一个首领，用不着别的女人用奴隶的心来服侍我，却愿意自己做奴隶，献上自己的心，给我所爱的人。我说我很顽固地爱你，这种话到现在还不能用别的话来代替，就因为这是我的奴性。

这段虽然充满了奴性、奴隶这些让人感到不舒服的字眼，但也让人感受到一种力量。在介绍了自己的奴性之后，接下来，沈从文就要让对方感受到，作为一个王者，该如何面对自己这样的奴隶：

　　我求你，以后许可我做我要做的事，凡是我要向你说什么时，你都能当我是一个比较愚蠢还并不讨厌的人，让我有一种机会，说出一些有奴性的卑屈的话，这点点你是容易办到的。你莫想，每一次我说到"我爱你"时你就觉得受窘，你也不用说"我偏不爱你"，作为抗拒别人对你的倾心。你那打算是小孩子的打算，到事实上却毫无用处的。有些人对天成日成夜说，"我赞美你，上帝！"有些人又成日成夜对人世的王帝说，"我赞美你，有权力的人！"你听到被称赞的"天"同"王帝"，以及常常被称赞的日头同月亮、好的花、精致的艺术，回答说"我偏不赞美你"的话没有？一切可称赞的，使人倾心的，都像天生就这个世界的主人，他们管领一切，统治一切，都看得极其自然，毫不勉强。

　　一个好人当然也就有权力让人倾倒，使人移易哀乐，变更性情，而自己却生存到一个高高的王座上，不必做任何声明。凡是能用自己各方面的美，攫住别的人灵魂的，他就有无限威权，处治这些东西，他可以永远沉默，日头，云，花，这些例举不胜举。

一个皇帝，吃任何阔气东西他都觉得不够，总得臣子恭维，用恭维作为营养，他才适意，因为恭维不甚得体，所以他有时还在这个事上，发气骂人，充军流血。三三，你不会像王帝。一个月亮可不是这样的。一个月亮不拘听到任何人赞美，不拘这赞美如何不得体，如何不恰当，它不会拒绝这些从心中涌出的呼喊。

三三，你是我的月亮，你能听一个并不十分聪明的人，用各样声音，各样言语，向你说出各样的感想，而这感想却因为你的存在，如一个光明，照耀到我的生活里而起的，你不觉得这也是生存里一件有趣味的事吗？

"人生"原是一个宽泛的题目，但这上面说到的，也就是人生。

如上的描述，可算是非常精彩。第一，沈从文先说自己的奴性；第二，帮助张兆和摆正王者的位置，因为帝王也需要人引他入座。他也不知道他应该坐在哪儿，所以沈从文这个时候，就让他的"爱情王国的帝王"，坐在了她应该坐的位置，坐好了之后，能够坦然接受这位"爱的奴隶"的诉说。

接着，沈从文又开始了更微妙的阐述：

"一个女子在诗人的诗中，永远不会老去，但诗人，他自己却老了。"我想到这些，我十分忧郁了。生命都是太脆薄的一种东西，并不比一株花更经得住年月风雨，用对自然倾心的眼，反观人生，使我不能不觉得热情的可珍，而看重人与人凑巧的藤葛。在同一人事上，第二次的凑巧是不会有的。我生平只看过一回满月。我也安慰自己过，我说，"我行过许多地方的桥，看过许多次数的云，喝过许多种类的酒，却只爱过一个正当最好年龄的人。我应当为自己庆幸……"

最后这一句，后来成了沈从文的金句，但需要说明的是，这句话后来曾多次被人修改。这时，问题出来了，这一段风格与前文迥异的话，放在文章最后，真的合适吗？

前面说自己是奴隶，对方当然是国王，本来讲好的继续做奴隶，不就行了吗？一旦国王看到这个文字之时，正要安然就座，准备享受奴隶崇拜的时候，奴隶却像荆轲一样，掷出了若干"匕首"。

第一把就是：一个女子，在诗人的诗中，永远不会老去，但诗人他自己却老了。一。这个话不仅仅是忧郁，更充满着愤怒。

第二把"匕首"则是：在同一件事情上，在同一些人经历的事情上，第二次的凑巧是不会有的。

就是说你与我相遇，在这样的时间，这样的年纪，也就这一回了。你这位国王，我这位奴隶，我们俩这样的搭配，就这一次了，绝不会有第二次。至于"我生平只看过一回满月"，之前沈从文不是把张兆和比作月亮吗？可他却在这里说"我生平只看过一回满月"，其实满月在每月的农历十五都能看到的，怎么可能只见到一次呢？这句话肯定不是写实，而是一种暗示或象征。因此，才有接下来的第三把"匕首"："我行过许多地方的桥，看过许多次数的云，喝过许多种类的酒，却只爱过一个正当最好年龄的人。"

这个"人"当然就是张兆和。

如果是这样，那前面的东西该如何解释？

"一旦我说出我是奴隶的时候，其实我就是国王"云云。其实，极端的事物类比，都是说的同一种事物，比如黑与白，就是同一种颜色；善与恶，就是极善与极恶，属于同一行为，一旦人是极善或者极恶的，势必导致内心的扭曲，犯下罪恶。

所以，奴隶与国王，在沈从文看来，其实都是归为了一类，是一个人的两面。

当然，跳开这些解读，单就文辞而言，沈先生的这段话算得上是最美的情话：行过桥，看过云，喝过酒，只爱过像你这样的人……意境非常，不过，细细想来，这个话里无疑也充满了很多威胁。

这种"威胁"，自然不是存在生命安全问题的，更多的是站在一种道义与情感的制高点上。就文法而言，写情书与两国搞外交写的国书、两军对垒依据的兵法，本质上是一致的。都是要挑动对方的情绪。情书尤为如此，由于这里面不存在利益，也没有真正的力量对比，唯一能做的就是"以情动人"。本来没有情绪的，你要让他有这个情绪；本来有这个情绪的，你要让他消除这个情绪。这里面，文字，就是制胜的利器。

如果说前面的部分，"威胁"还不够，且看后面的部分：

"爱"解作一种病的名称，是一个法国心理学者的发明，那病的现象，大致就是上述所及的。

——你能不害这种病，同时不理解别人这种病，也真是一种幸福。因为这病是与童心成为仇敌的，我愿意你是一个小孩子，真不必明白这些事。不过你却可以明白另一个爱你而害着这难受的病的痛苦的人，在任何情况下，却总想不到是要窘你的。我现在，并且也没有什么痛苦了，我很安静，我似乎为爱你而活着的，故只想怎么样好好地来生活。

假使当真时间一晃就是十年，你那时或者还是眼前一样，或者已经做了国立大学的英文教授，或者自己不再是小孩子，倒已成了许多小孩子的母亲，我们见到时，那真是有意思的事。

任何一个作品上，以及任何一个世界名作作者的传记上，最动人的一章，总是那人与人纠纷藤葛的一章。许多诗是专为这点热情的指使而写出的，许多动人的诗，所写的就是这些事。我们能欣赏那些东西，为那些东西而感动，却照例轻视到自己，以及别人因受自己所影响而发生传奇的行为，这个事好像不大公平。因为这个理由，天将不许你长（期）是小孩子。"自然"使苹果由青而黄，也一定使你在适当的时间里，转成一个"大人"。

三三，到你觉得你已经不是小孩子，愿意做大人时，我倒极希望知道你那时在什么地方做些什么事，有些什么感想。

崔苇是易折的，磐石是难动的，我的生命等于崔苇，而爱你的心希望它能如磐石。

爱是一种病，这是沈从文从法国的心理学著作中学会的，如是，则还是受了弗洛伊德的影响。

再看最后一句，崔苇，蒹长成后为崔，葭长成后为苇，崔苇有一个特点，每当一次风吹过，皆低下头；风过后，便又重新立起了，所以说"崔苇易折"。

尽管两人还没有谈恋爱，还没有同居，但这一段描述，却带有某种性爱的暗示，比方节奏，比方情绪，到了一种极致之处。

任何一部世界名著，任何一位著名的作家，他们的传记，最出名、最动人的一章，就是纠葛之处，类似于我们说歌德写《少年维特之烦恼》，其中的纠葛最明显。沈从文是熟悉文学性的，知道该在哪里动人，在何处挑动情绪，你看，为了谈好一场恋爱，已经无所不用其极了。要让读信的张兆和成为这封信、这段历史的一部分，如果不能够融入其中，就会感到羞愧。这就是一种"威胁"。

站在女性立场来看，她们也有进入历史的一种野心，历史上也有很多这样的女性，而且她们的做法往往会超乎爱情，也比爱情更激动人心多了，这种冒险是一生的冒险。

一番义正词严的威胁之后，沈从文突然又转换了语气：

> 三三，莫生我的气，许我在梦里，用嘴吻你的脚。我的自卑处，是觉得如一个奴隶蹲到地上用嘴接近你的脚，也近于十分亵渎了你的。
>
> 我念到我自己所写到"葭苇是易折的，磐石是难动的"时候，我很悲哀。易折的葭苇，一生中，每当一次风吹过时，皆低下头去，然而风过后，便又重新立起了。只有你使它永远折服，永远不再作立起的希望。

这是本篇的最后一段，相当的厉害，为什么呢？前面威胁了那么久，其初衷不就是下完"最后通牒"后，让对方臣服于你，从而结束这封信吗？但沈先生说："只有你使它永远折服，永远不再作立起的希望。"

就是要这种发自内心的坏念头，刚一冒头，你就必须立即把它压下去了。等于为自己刚才"犯浑一般的威胁"做出说明，这所有的一切，只有你张兆和，我沈从文的老婆才能够"压制"，才能够 Hold 住，等于确定了张兆和在婚姻中的地位。

这就是"理性的写作"。

也许，文艺青年更对"走过许多桥，喝过很多酒"这样的句式着迷，可那充其量不过是如盐、胡椒面一般的调味品，文章应当看整体。

也就是这封信之后，沈从文与张兆和就开始了深入的恋爱，直至修成正果。

第五章

半生尽遭白眼冷遇

——萧红

她却卧着听
海涛闲话

———

我上中学的时候，当时的流行作家大略分为两派，武侠是金庸、古龙，言情则有琼瑶、三毛与席慕蓉，而我因各种因缘读了不少民国作家的书，知道了胡适、徐志摩、戴望舒等人的名字，尤其让我感兴趣的是戴望舒翻译西班牙诗人洛尔迦的诗。他自己的诗，有一首《萧红墓畔口占》，很短的诗，只有四句：

> 走六小时寂寞的长途，
> 到你头边放一束红山茶，
> 我等待着，长夜漫漫
> 你却卧听着海涛闲话。

当时我还不了解萧红，只是听过名字。看到我喜欢的诗人戴望舒写了这么一首深情的诗怀念她，自然对她产生兴趣，便找来《生死场》《呼兰河传》等作品阅读。

前些年有部关于萧红的传记电影，叫《黄金时代》，我的观感是小化了萧红。我的朋友张莉博士为此写过一篇很好的影评，她说：

　　看完一部传记电影，如果普通观众不了解传主身上的非凡特质，对传主的选择完全不能认同和理解，未必全是因为观众的欣赏能力有问题，也可能是因为电影的表现有问题。一部传记电影有义务在忠实史料的基础上呈现作家的一生，但也有责任使读者去进一步认识和理解这位作家对于文学及人类的贡献。对于后一要求，《黄金时代》显然力有不逮。

　　《黄金时代》完整还原了萧红作为普通人的一生的轨迹，却忽视了她在有生之年所进行的精神跋涉和她的文学成长轨迹；在对民国大时代的想象中，《黄金时代》还原了革命青年的热血和朝气，但却对抗战时期民国知识分子的自由选择没有充分认知。[①]

　　我觉得这样的评价非常客观而得体，这部电影过于看重小的地方，而忽视了大的地方。小的地方固然有趣味，萧红的日常生活固然更容易被一般的读者和观众所了解，但不能因此就忘了传主，忽略了她的伟大到底在什么地方。尤其是萧红的精神世界、文学追求与个性特质，如果不加以细心描述、深切理解，甚至对她作为普通人的人生抉择也解释不清，那就太草率了。譬如，鲁迅什么会对年轻的萧红、萧军那么器重？萧红、萧军有着那样的奇遇，爱恋那么深，为什么萧红又要执意离开萧军？两人彻底分手后不久，萧红为什么立即和端木蕻良结婚？如果萧红是那样一个古怪的人，怎么还有那么多朋友相信她、关心她、帮助她？如果说萧红的文学成就如前男友萧军所评价的那样，包括其他一些人也觉得她的小说一般，那为什么过世后她的作品却被那么多人念念不忘，到了今天还要大书特书？

---

① 节选自张莉博士于 2014 年 10 月 14 日发表于个人新浪博客的博文——《〈黄金时代〉是萧军朋友圈对萧红的一次残忍补刀》。

　　萧红于 1911 年的端午节出生在黑龙江省呼兰县（现属哈尔滨市呼兰区），本名张秀环，后改名张廼莹，萧红是她的笔名。萧红的父亲毕业于黑龙江省立师范，后又奖励为师范科举人。这样的家庭出身虽不像陆小曼、冰心、林徽因那么显赫，但作为举人之家，也算当时中国的地方精英了。且她的父亲后来当了县教育局局长，抗战胜利后，又因参加土改，拥护共产党，被定为开明绅士。这足以证明萧红的家世绝非普通地主家庭能比。

　　萧红七岁时随祖父学《千家诗》，十岁在县里读初级小学，后又转到呼兰县第一女子高级小学，之后到哈尔滨上中学。起初，她父亲不同意，十六岁的萧红主动休学一年，威胁说如果不让去哈尔滨上学，就到县里的天主教堂当修女。第二年，父亲扛不住了，允许她到哈尔滨东省特别区区立第一女子中学读书。中学毕业后，萧红又提出去北京继续读书。提议的背景是，十九岁的萧红与汪恩甲有婚约，她听说未婚夫十分庸俗，又抽鸦片，便有了退婚的念头。同时，萧红对表哥陆哲舜萌生了爱意，想追随表哥去北京。

　　父亲当然不同意。萧红便假装同意与汪恩甲结婚，从家里骗了一笔钱后偷偷跑到北平，在北平大学女子师范学院附属女子中学读高一。同时，跟陆表哥在二龙炕西巷一间小院分屋而居。两边的家庭得知真相后大为震怒，断绝了两人的经济来源。陆表哥退缩了，大冬天向家庭妥协，与萧红分开。萧红在北平待不下去，只好回到呼兰县，被软禁在家中，精神极度痛苦。

　　1931 年二月下旬，刚过完春节的萧红又去了一趟北平，不久被汪恩甲在北平找到，将她带回呼兰县，之后又是近半年的软禁。同年十月，萧红偷偷跑到哈尔滨，流浪街头，困苦不堪。走投无路之际，萧红求助汪恩甲，二人"复合"，没多久她就怀孕了。经过几番折腾，汪恩甲反倒帮萧红脱离了家庭苦海，他们也从立有婚约的两个鸳鸯变成了亡命出奔的一对情人。

汪恩甲的大哥汪大成看不下去，出面为弟弟解除了婚姻，可谓代弟休妻。萧红很不乐意，将汪家告到了法院，说汪大成代弟休婚不合法，唯一的证人汪恩甲却在法庭上维护哥哥，萧红最终败诉，法院裁定他们之前的婚约作废。汪恩甲之后也被家人扣留，无法再照顾萧红。萧红独自在哈尔滨的道外东兴顺旅馆住了很长时间，欠下旅费餐费400多大洋，最后被扣为人质。据萧红自己事后回忆，当时她面临着被卖到低等妓院的绝境。

1932年7月9日，萧红向当地报纸《国际协报》副刊写了一封求助信，提了两个要求：一是请主编给她寄几本文艺书籍，因为待在旅馆很无聊，作为一个文艺青年，她要了解最新的文坛动向；二是希望报社能解救她。当天，副刊的主编裴馨园带人去旅馆看望萧红，但没有给予实质帮助。三天后，报社记者萧军受主编委托，再来探望萧红。这是萧红、萧军第一次见面。

这次见面的情形，目前只能从萧军回忆录去了解。他说那天主编让他带几本书给旅馆的萧红。萧军回忆中写道：

> 一个女人似的轮廓出现在我的眼前，半长的头发散散地披挂在肩头前后，一张近于圆形的苍白的脸幅嵌在头发的中间，有一双特大的闪亮眼睛直直地盯视着我……使我惊讶的是，她的散发中间已经有了明显的白发，在灯光下闪闪发亮，再就是她那怀有身孕的体形，看来不久就可能到临产期了……①

---

① 萧军.和萧红偶然相识[M]//人与人间：萧军回忆录.北京：中国文联出版社，2006年.

萧军将几本书和一些报纸给了萧红，然后准备离开，而孤独又恐惧的萧红希望他能留下来聊聊天。萧军坐下来，听她的故事。萧红坦率告诉他自己的经历与目前的处境。谈毕，萧军在房间看了萧红的临帖、画作和一些诗稿，其中有一首他记下来了，今收录于《萧红全集》，诗题《偶然想起》，也是一首短诗：

> 去年的五月，
> 正是我在北平吃青杏的时节，
> 今年的五月，
> 我生活的痛苦，
> 真是有如青杏般的滋味。

跟萧军聊了几句后，萧红说："当我读着您的文章时，我想这位作者绝不会和我的命运相像，一定是西装革履地快乐生活在什么地方，想不到您竟也这般落魄。"萧军听了深有感触，临走时看到萧红只能用高粱米饭充饥，就把身上仅有的五角钱交通费留在了桌上。萧红的困境是无解的，因为萧家与汪家都对她彻底放弃不管了。但天无绝人之路。当年八月，松花江因暴雨决堤，哈尔滨市区街面一片汪洋，萧军请朋友舒群帮忙，划着小船来到旅馆，让萧红从楼上攀缘而下，将她接走。欠账终于不用还了。

这就是萧军与萧红的相遇。

萧红与她那用"身体"
写作的情人

———————

张莉博士对萧红的文学有如下评价:

> 她的小说里几乎从不提自己身上的不幸,她绝不通过舔舐自
> 己的伤口来感动他人。很多小说家常常用"真实材料"写自己,
> 起初,也许这些材料看来是坚固的,但很快它们就会挥发和风
> 化,变成泡沫和垃圾,不值一提。萧红不是这种作家,她绝不将
> 自己的不快和疼痛放大并咀嚼。相反,她对他人的快乐和不幸念
> 念不忘,并抱有深深的同情和理解,所以,一拿起笔,她身上的
> 一切负累都神奇地消失了。①

曾经有不少被称为"用身体写作"的作家,好炒作新闻。其实,这一
风气在民国时期就有了。让我印象最深的是历史学家张荫麟,他写了一篇
《所谓"中国女作家"》,对以冰心为代表的"立于女子之传统的地位而
著作"的"女士"们极尽嘲讽之能事,说她们不过是前代袁枚"女弟子"
之流,"言作家而特标女子,而必冠以作者之照相","作品署名之下必

———————

① 节选自张莉博士发表于中国作家网的文章——《刹那萧红,永在人间》。

缀以'女士'二字",而所书写者,莫非"毫无艺术意味之 Senti-mental rubbish"(按,直译为"感性垃圾",参考王蒙译法,则不妨译作"过期酸馒头"),以中学生作文标准衡量,"至多不过值七十分"。①

不是说这样完全不对,但格调确实不高。文学固然与人有关,但只用所谓真实材料的亲身经历去创作,不仅身在山中,一叶障目,往往还会沉迷其中,忘记文学真正的使命。写作一旦消除了时间,或者不能写出时间中的人,作品必然不会坚固。

萧军,本姓刘,十五岁时受父母之命娶了妻,但在 1932 年 2 月 5 日,他将妻子与两个女儿送回老家,自己来到哈尔滨,给妻女留下一封信,自称要去参加抗日,未来行踪不定,老婆可以再嫁,但我反正不会再回来,也不会再管你们了。半年后,抛妻别子的萧军见到了萧红,据他的回忆录中说:"似乎感到世界在变,季节在变,人也在变,出现在我面前的是我认识过的女人中最美丽的人,也可能是世界上最美丽的人。"然后,萧军跟孕妇萧红开始了新的爱情旅程。

没多久,萧军又认识了宁波姑娘陈涓。陈涓也是个美丽、纯洁的女孩,有时两人一起去滑冰。萧红毕竟是敏感的,一直防着陈涓。陈涓感受到提防,不久便离开了哈尔滨。在离开的前夜,朋友为她饯行,萧军送她回家,在门口吻了她,然后消失在夜色中。两年后,萧军、萧红离开哈尔滨去青岛,然后又辗转到了上海,与陈涓再次相遇。其时,陈涓已为人母。萧军与她旧情复燃,经常约会,喝酒,喝咖啡。即在这段时间,萧红写了一首生前没有发表的诗——《苦杯》。

幸福的时刻,不必多讲,因为幸福的时刻都是相似的,不幸倒是各具色彩。读读这首诗,我们能发现一些东西。

---

① 张荫麟,李欣荣.张荫麟书评集 [M].北京:北京师范大学出版社,2020.

带着颜色的情诗

一只一只写给她的

像三年前他写给我的一样

也许情诗再过三年他又写给另外一个姑娘。

昨夜他又写了一只诗

我也写了一只诗

他是写给他的新的情人

我是写给我的悲哀的心的

感情的账目

要到失恋的时候才算的

算也总是不够本

已经不爱我了吧

尚日日与我争吵

我的心潮破碎了

他分明知道

他又在我浸着毒一般痛苦的心上

时时踢打

往日的爱人

为我遮避暴风雨

而今他变成暴风雨了

让我怎样来抵抗

敌人的攻击

爱人的伤悼

他又去公园了
我说："我也去吧。"
"你去做什么！"
他自己走了
他给他新情人的诗说
"有谁不爱鸟儿似的姑娘！"
"有谁不爱少女红唇上的蜜！"

我不是少女
我没有红的唇
我穿的是从厨房带来的油污的衣裳
为生活而流浪
我更没有少女的心肠
他独自走了
他独自去享受黄昏时公园里美丽的时光
我在家里等待着
等待明朝再去煮米熬汤

我幼时有个暴虐的父亲
他和父亲一样了
父亲是我的
而他不是
我又怎样来对待他呢
他说他是我同一战线上的伙伴
我没有家

我连家乡都没有
更失去朋友
只有一个他
而今他又对我取着这般态度

泪到眼边流回去
流着回去侵食着我的心吧
哭又有什么用
他的心中既不放着我
哭也是无足轻重

近来时时想要哭了
但没有一个适当的地方
坐在床上哭
怕他看到
跑到厨房里去哭
怕是邻居听到
在街头哭
那些陌生人更会哗笑
人间对我都是无情了

说什么爱情
说什么受难者共同走尽患难的路程
都成了昨夜的梦
昨夜的明灯

　　《苦杯》是萧红在上海发现萧军外遇后的所感所想，虽然两人并无婚约。实在忍不了，萧红就跑到了日本，决定在那里创作、工作。

　　到了日本后萧红与萧军也经常通信，后人编辑《萧红全集》时在一封信里发现了非常重要的四个字——黄金时代。萧红的传记电影取名，就由此而来。这封信写于 1936 年 11 月 19 日，由在东京的萧红写给上海的萧军，其中一段说：

　　　　窗上洒满着白月的当儿，我愿意关了灯，坐下来沉默一些时候，就在这沉默中，忽然像有警钟似的来到我的心上："这不就是我的黄金时代吗？此刻。"于是我摸着桌布，回身摸着藤椅的边沿，而后把手举到面前，模模糊糊的，但却认定这是自己的手，而后再看到那单细的窗棂上去。是的，自己就在日本。自由和舒适，平静和安闲，经济一点也不压迫，这真是黄金时代，但又那么寂寞的黄金时代呀！别人的黄金时代是舒展着翅膀过的，而我的黄金时代，是在笼子过的。从此我又想到了别的，什么事来到我这里就不对了，也不是时候了。对于自己的平安，显然是有些不惯，所以又爱这平安，又怕这平安。[①]

　　这封信体现了萧红在文学上有非常高的素养，具体表现在她的字里行间，总有一些淡淡的讽刺，却没有特别极端的仇恨、愤怒。她并非在压抑自己的情感，但她就是能在这个过程中、这些事情里，看到一些充满讽刺意味的东西，既能讽刺别人，也能自讽。我个人认为，这是一个有文学素

————————

① 1936 年 11 月 19 日萧红在日本写给萧军的信，后收录于 2014 年北京燕山出版社的《萧红全集》。

养之人的最重要的品质。

萧红去了日本，在上海的萧军不断安慰她，劝她回来，向她悔过，但在此期间，后来的萧军都承认仍有一段外遇。1978年，萧红逝世三十多年后，萧军也垂垂老矣，在回顾与萧红的往来通信时他坦诚说："她在日本期间，由于某种偶然的际遇，我曾经和某君有过一段短时期感情上的纠葛，所谓的恋爱。"

同时，萧军还说："除此以外，我对于她再没有什么可遗憾的地方了。对于她，凡是我能尽心尽力的，全尽过所有的心和力了。"

对于萧军的个人情感经历，我们后人不易妄下论断，但这最后的画蛇添足，却不免让人觉得品德有些问题。这时萧红已逝世多年，自己也垂垂老矣，时隔这么久还执着于是是非非，言外之意是除了自己出轨，其他方面都没有问题。这种行为，就像一个不尴不尬的青年或者中年，不够勇敢，又不够睿智。

更重要的是，萧军不仅外遇，他还有很严重的家暴，且对家暴的态度也让人齿冷。他们的一个朋友回忆说，有次看到萧红眼睛青肿，萧红说是前日不小心摔的。按理这件事也就搪塞过去了。萧军却偏要嚣张地说："什么跌伤了，别不要脸了，我昨天喝了酒，借点酒气打了她一拳，把她眼睛打青了。"

萧红去日本，不只是萧军的外遇，也有他家暴的原因。当时萧军不承认有外遇，甚至让对方多忍让，然后又恼羞成怒，野蛮地家暴，被朋友看见还是这样的态度。1981年，《萧红评传》的作者美国人葛浩文向萧军询问当年他怎么殴打萧红的，这时萧军改了口：

你们老说我打萧红，为什么不说萧红是我打死的？我们两口子打仗，关你们什么事？我只是在气头上把萧红推倒在床上，打

几下屁股罢了。那能就把她打伤了？我是学武功的人，真要打，不要说一个萧红，就是十个萧红也被我打死了……①

最后，再引用萧军的两段话，以便大家对其有更全面的认知。

1937 年 5 月，萧军给萧红写了一封信，当时萧红已从日本回到上海，但因为萧红旅日期间他有外遇，但又不承认，或者说不认为有外遇算什么，并依然对萧红进行家暴，于是萧红跑到了北平。

萧军在信中讲道："我们两个都是作家，都是诗人，我们现在的感情虽然很不好，但我们更应珍惜它，因为我们的身份，我们是艺术家，这是给予我们从事艺术的人很宝贵的贡献。从这里我们会理解人类心理变化真正的过程，我希望你也要在这个时机好好地分析它、承受它、获得它的给予，或是把它们逐日逐实地记录下来，这是有用的。"

这段居高临下的文字，传达出一个极其怪异的逻辑，就是情感出轨的写信方反倒在教训对方，甚至以这种经历对从事艺术的他们是有益的经验，劝感情中的受害者坦然接受，并好好分析。但我认为，这恰是萧军的无知、无耻、无畏。

另外一段话出自萧军的日记，时间是 1937 年 5 月 15 日之后，他在日记里写道："萧红是不能创造自己生活环境的人，即所谓的生活不能自理，但萧红的自尊心又很强，这样的人终将痛苦一生。"

接下来的这段文字，是关于萧军早上起来照镜子的，很能反映他的自恋心态："我有真挚的、深厚的诗人的热情，这是我欢喜也是我苦痛的根源。早上在照镜子的时候感到自己的面容很美丽，尤其那两条迷人的唇，清澈的眼睛，不染半点俗气，那时我的心胸也正澄清。"

---

① 葛浩文 . 萧红传 [M]. 上海：复旦大学出版社 ,2011.

萧红那自私而
怯懦的爱人

萧红因萧军外遇，第一次离开上海去了东京，后来回到上海，又遇到萧军的外遇和家暴，便再次逃到北京，然后萧军再把她找回来。此时，两人的感情已非常脆弱，而根据后面事情的发展，俩人的分手也便成了必然。

1937年8月底，胡风在上海出面，与萧军、萧红一起创办了新的文学杂志《七月》，名字是萧红命名的。《七月》是很著名的左翼杂志。在创办会议上，端木蕻良第一次与萧红见面。9月下旬，萧军、萧红离开上海，到了汉口，住在湖北诗人蒋锡金的住处。10月下旬，端木蕻良也来到汉口，搬到了萧宅，与二萧住在一起。

三个多月后，即1938年1月，萧军、萧红、端木蕻良离开武汉，前往山西临汾，到当地的民族革命大学任教。刚到那里日军就逼近了临汾，萧红、端木蕻良、聂绀弩、艾青、田间等人准备随西北战地服务团转移到运城，后又辗转到西安。但萧军执意要留下来打游击，参加游击队。在大家决定是走是留的前夕，萧军与萧红有一段对话，根据萧军的回忆，当时众人躺在一个大通铺上，因为条件艰苦，并没有私人住处。

萧红说："你总是这样，不听别人的劝告，该固执的你固执，不该固执的你也固执，这不就是英雄主义、逞强主义吗？你去打游击，难道能比一个真正的游击队员价值还大？万一你牺牲了，以你的年龄、你的生活经验、你的文学才能，这样的损失也不仅仅是你自己的吧？我也不仅是因为爱人的关系才这样劝阻你，引起你的憎恶与鄙视，我是想到我们的文学事业。"

萧军不服，且立意更加高远地说："人是一样的，生命的价值也一样，战场上死的人不一定全是愚蠢的，为了争取解放共同努力的命运，谁应该等待发展他们的天才，谁又该去死呢？"

这句话的境界还是比较高的，但萧红却有更好的回复："你是忘了各尽所能这宝贵的言语，也忘了自己的岗位，简直是胡来。文学家嘛，可以以手中的笔为匕首、为梭镖、为枪，参与抗战，不一定非要去打游击。"

萧军还是不服，然后说了狠话："我什么都没有忘，我们还是各走各自要走的路罢了。万一我死不了，我想我不会死的，我们再见，那时候还是乐意在一起就在一起，不然就永远分开。"

萧红回了两个字："好的。"

1938 年 3 月初，萧红一行人到了西安，萧军留在了山西。萧红到西安后与端木蕻良等人一起创作了话剧《突击》。《突击》在西安公演，场场爆满，萧红与主创人员还受到周恩来的接见。这时候萧红发现自己又怀孕了。4 月初，自称要在山西打游击的萧军还是跟着别人来到了西安，萧军与萧红在八路军驻西安办事处见面，此时怀有萧军孩子的萧红正式提出了分手，明确了与端木蕻良的恋爱关系。

5 月下旬，萧红与端木蕻良在汉口举行婚礼。11 月，萧红等人转移到大后方重庆，在重庆妇产医院产下一名男婴，产后第三天，这个孩子就在夜里死掉了。萧红两次生育，第一次是个女孩，第二次是个男孩，每一次都熬不过婴儿期就早夭了。

萧军在萧红的生命里存在了很长一段时间，可能也是她生命中最重要的一段时间，不管萧军对她如何，重要性无法抹杀。

后来，萧军的全本日记在香港出版，书中所用的很多材料就来自他的日记。[①] 其中，有几段与萧红刚分手后的评论，如1938年5月22日，萧军说："女人们只有在玩耍够了才需要爱情，爱情也就是他们的一种玩耍，不要再听那些有甜味的誓言，在她翻转面孔的时候，那会变成有毒的咒骂。只要有新的桥梁，他们就会爬上去，而一脚踢翻旧的桥梁。敏如此，红如此，玲如此，白如此，一切均如此，芬也是怕没有例外。"

这里面说的敏、红、玲、白、芬，红当然是指萧红，敏、玲、白就是他与萧红一起时的外遇对象。而芬是他到山西后认识的一位学生，也是他未来的妻子王德芬。不管是老情人，还是现在的情人，由此可以看出，萧军有严重的性别歧视和低俗的价值观。

对于自己过往的爱情经历，萧军觉得很受伤，他说："我应该提醒自己，这次不要伤害得太重，越是在不能控制自己情感的时候，越在悲痛催心的时候，越在愤怒高涨的时候，越要镇定，控制自己，唯有这样才有力量，才能获得最后的胜利，不然只有耻辱、悔恨和灭亡。"

如果只单独看这一句，还以为是为了全人类的解放在进行艰苦卓绝的斗争，在给自己鼓劲儿。但实际上，他思考的只是自己的混乱感情生活，因为他在日记里写过："我觉得在自己的生涯里，大部分都耗于女人的身上，我发现我是怯懦而自私、嫉妒身边成功的人，我从没有正面参加一次伟大的为了人类的斗争，只是琐碎凭个人封建的英雄主义，常常是牵扯到自己才斗争。我一定要用胜利和幸福去报答伤害过我的人和制度，不能被伤害了就颓败或软弱下去，只要懂得了就努力忍耐地去干，不要顾

---

① 香港牛津大学出版社于2013—2014年按照时间顺序先后整理出版了《萧军延安日记》《萧军东北日记》和《萧军日记补遗》。本节所引的萧军原话均来自这三本日记的节选。

忌障碍。"

可见，萧军沉迷或者说无法自控与各种女性发生各种各样的关系，同时又觉得自己在关系中受到了伤害。哪怕他频繁地发生外遇，哪怕他对女性完全不体恤，甚至施以暴力，他都觉得对方的离开对他是一种伤害。"怯懦而自私"是他对自己的评价，虽然看上去他总是希望拥有力量，充满勇气，敢于去打游击，总是保持对整个人类的同情心，参与解放人类的斗争，表面看勇敢无私，但在个人关系中，确实又如他讲的那样"怯懦而自私"。

萧军与萧红分手后，很快就拼命去追求女学生王德芬了，因为对方父母的反对，他便不顾一切地怂恿还是小女孩儿的王德芬与他私奔，最后，用了各种方法终于让岳父同意了他们的婚事。在与王德芬恋爱、结婚的过程中，萧军的日记也颇值得咀嚼。在女方家庭反对恋爱关系之前，他说："和少女恋爱真是一种虐行，我真不能忍耐，他们舍弃不了你，又舍弃不了她的家和那种生活。早晨到河边，但是我并没有唱歌。"萧军平时有个习惯，清早到河边去练嗓子。

"心绪极其烦乱，每一次恋爱全要花去这样的代价，才获得一颗痛苦的果子。"这个痛苦的果子是一种隐喻，其实就是一种性的满足。当然，因为性的满足之后会怀孕，这在他看来都是痛苦的果子，他是注重过程、痛恨结果的人。

"我真不能忍耐，他们全是这样软弱的不能够斗争，每次总是哭着颓败下来，真不能忍耐。这当然是我自觉的陷阱，明知道这是陷阱，而偏又跳下来，我后悔吗？不。"这番话全在谴责对方，谴责自己的爱人。大家试想，人家是一个女中学生，也爱自己的父母和家庭，然后被你勾引，想带着人家私奔，与家庭决裂，在这个过程中，有一些反复和犹豫不是很正常吗？

不设身处地、将心比心地替对方想一想也罢了，竟然还一直在谴责对方心意不够坚决，这实在有些厚颜无耻。

艰难斗争的时间过去后，萧军终于胜利了，胜利之后他对王德芬又怎么评论的呢？他说："对于不听自己劝告而堕入痛苦的人，我是感不到同情的，只感到厌恶。她因为吃桃子而肚子疼，却还要继续吃，这使我感觉到很不高兴。但又一想，也就随她的便吧，待她自己懂得痛苦，自然会停止的。"

吃桃肚子疼，然后疼了还想吃，这就是小女孩嘴馋而已，实在是一件微不足道的小事，且真的是因为吃桃肚子疼吗？作为男朋友，就因为这点儿小事上纲上线，认为不值得同情，甚至还感到厌恶。

不仅如此，他还说："突然我又想起来，萧红也是一个生病的孩子，我使她强健起来，我难道还要终生为病孩子服务，等待她强健起来，然后给我自己一个回击吗？"

前文说过，萧军认为萧红是有疾病和残缺的，心理上也有问题，然而他作为萧红的恋人，不用自己在生活、思想、精神上的温暖去抚慰自己的恋人，去帮助她克服那些身体、精神上的困惑或疾病，反而提醒自己不能跟她黏得太紧，不能被她毁掉。甚至，萧军更害怕对方是一个健全、聪明、有学问和才华的女性，他并非真正讨厌对方有病或者是个弱者。萧军真正恐惧的，是要与他平起平坐的女性。

萧军把王德芬和萧红进行比较，接着说："我要求芬的，只是能够帮助我工作，不需要做其他的，也不希求得过高。"以前萧红不仅帮助他工作，还能够提携他工作，但因为萧红的才华比他强太多，反而让他无法忍受。

他的日记里还有一大段对女性的批判："女人的性格很少有好的，大部分都是做作、虚交、爱虚荣，缺乏伟大的同情心。"当然，他还比较客观，说"这是畸形的社会制度养成这样畸形的性格"。这时候，他补充一句："女人们总是浅薄的，买买买。"

初读到这时我十分惊讶，以为书籍编辑在上面做了手脚，后来看出版日期，才知没错，是萧军1938年的日记，三个买字相连，竟和今天的网络语言不谋而合。他说："对于芬那种假装娇贵、故意矜持、爱虚荣、漂浮、势利、缺乏人类同情心的习惯，应该不存怜惜地抹掉它，不能有一次宠忍。"

无非就是老婆在街市买了件黑色旗袍，或是吃点儿新鲜水果。固然，此时萧军十分缺钱，但也不能因此敌视正常的消费。他又说："和女人们谈服装，那是最能欢喜他们的，女人最怕探究学问，更惧怕探究那些切身的使他们觉悟的问题。"

这让人忍不住追问，萧红难道是害怕探究学问、害怕去探索那些切身的能使自己和他人乃至这个世界觉悟的问题的女性吗？这些观点，显然证明了萧军的狭隘眼界和在学术上的兴趣决定的，他不能理解像萧红这样的丰富、广博而深刻、敏锐的女性，所以他尽管在日记里诚实袒露，反而暴露了他是怎样的一个人。

半生尽遭白眼
冷遇的萧红

1938 年 4 月初，萧军与萧红在西安的八路军办事处正式分手。根据萧军的描述，萧红是微笑着跟他提出分手的，萧军表示同意，并没有过多渲染他们的初识，以及在哈尔滨旅馆度过的艰难岁月。

当然，根据给萧红写传记的作者，也是她生命晚期的好朋友骆宾基的说法，当时在哈尔滨那个旅馆里，也就舒群和萧军去看过她，当初可能并没有像萧军描述的那么具有文学性。因为骆宾基听萧红聊过很多事、很多人，但最终萧红并没有非常甜蜜、快乐或是浓重地讲起她与萧军的第一次相见。

两人分手之后，萧红很快明确了与端木蕻良的恋爱关系。端木蕻良也来自东北，他的出身和萧红有点儿像，也是地主家庭，但有些没落了。端木中学、大学读的都是名校，这一点跟萧红完全不同，他南开中学毕业，在清华大学念书，晚年研究红学，写《曹雪芹传》，虽然早中年是一位文学家，但晚年更像一个学者。《萧红小传》的作者骆宾基也是这样的人，青年时期从事文学，晚年研究经文和古文，这也是从作家向学者的一个过渡。在这方面，端木跟萧军是不一样的。

同年 5 月，萧红与端木在汉口举办婚礼。8 月上旬，因武汉形势危急，日军打过来了，端木独自离开武汉前往重庆。9 月中旬，萧红与另外一位女士结伴也去了重庆，在走到宜昌时同行的女伴吐血，萧红手足无措，幸亏当时船上有位《武汉日报》的编辑，帮忙把同伴送到了医院。两天后，萧红一个人到达重庆。而在两个月后，她在重庆江津白沙镇的一家妇产医院产下一名男婴，这就是萧军的骨血。但是不幸的是，这个男婴在三天后就去世了。

1939 年 12 月中旬，因为害怕重庆也会沦陷，端木蕻良和她一起去了香港。去香港，更多的是端木的主意，因为他在香港有个朋友，与张学良的弟弟张学明关系很好，在香港当地算是位富商，端木当时想去投奔这个朋友。但当时在重庆的一些朋友不建议他们去香港，但又没集体挽留，事后萧红也比较后悔，说不该去香港。

初到香港的时候，萧红过得还算愉快，深受当地文化界的欢迎，因为抗战避难到香港的内地文化名人也不少，有夏衍、范长江，以及著名国际友人史沫特莱等人。在香港，萧红的居住环境很差，1941 年 3 月史沫特莱看望他们夫妇，发现后便邀请他们到自己的别墅住了一个多月。

到了秋天，萧红因病再次住进玛丽医院，当时一个是咳嗽加剧，一个是痔疮。之前的 7 月住过一次，11 月再次住院，因不满医生护士的冷遇，便急于出院。这段时间，端木并没有时常照顾他，这是骆宾基的说法。12 月 8 日，日军偷袭珍珠港，对英美宣战，同时进攻香港九龙。骆宾基这时候就想离开香港，向端木、萧红辞行，但端木挽留他，请他帮忙照顾萧红，而萧红也不让他走，骆宾基就留下来照顾萧红。在他照顾的那段时间里，端木来的次数很少，直到 1942 年 1 月 22 日萧红逝世。所以，端木在骆宾基给萧红写的传记里有一个非常不好的形象。

骆宾基认识萧红的时间很晚，但他对萧红有一种很复杂的情感，既有仰慕，也有怜爱，既可以说是被她的才华所感染，也可以说是被她的性情所征服。总之，他对萧红有一种真挚的情感。

骆宾基的《萧红小传》在 1949 年出版后很长一段时间没有重印，有人批评他过于细致地描述情感和生活的细节，而忽略了对萧红其人、其文的评价。其实，这种批评完全是片面的，为什么？作为萧红身边的友人，骆宾基与她经历了最困难的时刻，其中也有快乐的时光，他把这些记录下来，同样是很宝贵的资料。

就像萧红回忆鲁迅，她从没说鲁迅是什么文艺棋手、中国人的脊梁之类的话，因为这样的文章自然会有人写。萧红因为跟鲁迅经常在一起聊天，所以她笔下记录的更多是鲁迅的日常生活、性格怪僻，以及他不为人知的温和一面，这些同样非常宝贵，甚至是更珍贵的一种记叙。所以，用一种所谓道德高地的方式对骆宾基的《萧红小传》进行批判，我认为是失之偏颇的。

当然，作为一个局外人，骆宾基既不是萧红的丈夫，也不是萧红的情人，他只是她的兄弟、朋友，他记录这位传主的情感生活，固然跟萧红聊过很多次，但我们知道谈话也充满了陷阱，事实是无法通过谈话全部获得的。比如，萧军固然有很多对萧红实实在在的伤害，家庭暴力，频繁外遇，但你不能说萧红与萧军间没有感情，顶多只能算是一段孽缘，毕竟两人相处六年，算是萧红一生中最重要的时间。

一味地认为萧军有各种各样的问题和错误，而萧红完美无缺，也未必真实，所以，读骆宾基的《萧红小传》时，我们固然要感谢他记录的那些无人知晓的珍贵细节，但同时也要警惕因情感、见闻的问题，无法写出真正史实。

接下来，让我们看看《萧红小传》里的一些记载。

在上海的时候，萧红、萧军与黄源、许粤华夫妻是朋友。当时，萧军与许粤华的关系也比较暧昧。按骆宾基的回忆录讲，这次萧军没有得逞。当然，介绍这些并不只是为了证明萧军又多了一次外遇，而是说骆宾基作为一个旁观者和记录者，作为萧红的朋友和爱慕者，只有更多地了解他的写作背景，大家才能更好地理解这些文字。

骆宾基说，有一次萧红独自到黄源家里，到了后才发现萧军和黄源、许粤华夫妇正在寝室里聊天。然而她一走过去，他们的谈话就停止了。"萧红当时并不惊疑，这在妇女的生活上已经习惯了的。"这些话都是《萧红小传》里的原话，应该是骆宾基听萧红讲的。然后继续根据他的记录，萧红就对许粤华说："这时候到公园去走走多好啊。"当时的情况是，许粤华躺在床上，而且窗子是开着的，萧红说了这句之后又说了一句："你这样不冷吗？"可能是春天的白昼，萧红还想把大衣给她披上，就在这时候黄源说话了："请你不要管。"

其实，这段话的文学性很强，作为萧军的夫人，萧红来体恤黄源的夫人，担心她着凉，而自己的妻子又可能与朋友有暧昧关系，黄源的这句"请你不要管"自然就多了几分玩味。

骆宾基是这样评论这几句对话的：

> 这就是以男人为社会中心的封建历史在作祟，我们谁不是和太太们的友谊建立在做丈夫的朋友身上？谁不是应当和朋友决裂，不是连同太太作为一体，而摒弃了？而且友谊间拥抱的时候，不管是怎样厌恶他的友人的太太，同样闪着微笑。友谊决裂的时候又是不管他太太有着怎样洁白而光贵的心灵，同样被摒弃。在这里夫妻是被社会看作一体的，然而，妻的这一面总是属于附属的一部分。①

像这样的观感、感触，是骆宾基当时感受到的，还是通过与萧红交流

---

① 骆宾基 . 萧红小传 [M]. 太原：山西人民出版社 ,2022. 下同。

得来的？我们就不得而知了。

骆宾基还讲了一个故事：萧红有一天在街头闲逛，看到一个犹太画家开办的美术学校，就去看了一眼。当时她并没有决定去学美术，回到家后干完活，当晚躺在床上思考准备学画的事，其间正好听到萧军和黄源、许粤华夫妇以及一个S主人的谈话。萧军在客厅里说了一句："她的散文有什么好的？"然后他的朋友补充了一句："结构也不结实。"这个轻鄙的口气在萧红看来自然是萧军和朋友联合起来对她的挑衅。

生气的萧红突然出现在他们面前，使他们餐后的闲谈停顿了："啊，你没有睡着？"萧红平静地说没有，但"眼睛是冷峻的"，显然是骆宾基在《萧红小传》里的自由发挥，因为他当时并没在现场，眼睛冷峻、语气和婉这类词，听萧红原话讲出的可能性也不大。所以，我们要时刻注意，不要堕入文字和语言的陷阱。

"萧红就想到，每天我像家庭主妇一样操劳，而你却到了吃饭的时候跟朋友坐一坐，有时还悠然地喝两杯酒，不仅如此，在背后还跟朋友一起鄙薄我，这样的人生真是一个笑话。"毫无疑问，这一段应该是萧红在香港或其他地方告诉骆宾基的。但绝不可能在上海，因为他们的第一次相识是在武汉。

这段话不管出自萧红的口述，还是骆宾基从逻辑、情感上为萧红而设想出来的心灵语言，在逻辑上还是很真实的，不需要什么现代化的女权主义来影响。

"在深夜，当他们各自在寝室里安睡的时候，萧红悄悄走下床，她发现提箱里只有12块法币，她给萧军留下一半，自己拿走6块，随后准备好所带的衣物，在黎明时分她悄然地出走。"

萧红出走后去了美术学校，但很快萧军就找到了她。学校的负责人讲，既然你老公不同意你学画，我们也不能接受你作为学生，所以她又回到了家里。萧红被萧军带回家后，骆宾基对他们之间在那一刻的复杂而微妙的关系描述得很好：

> 萧红像俘虏一样被带回来，猛烈的暴风雨暂时是过去了，但阳光并没有闪现，这次二萧间的谐和只是形式上的，而两人所拥抱在一起的思想意识却由于萧红思想的独特发展而分裂开来，实际上这独特发展的萧红思想仍然是社会以男人为中心的封建力量所促成的，自然这里面也混合着对于萧军偶尔的强暴的仇视，仇视他爱的不真，然而最初这是次要的，附属于男人为中心的社会力量的仇视力。作为思想上占有的萧军，虽然和萧红一样面对大气所指的同一个方向，然而在这反抗封建的性质上，她只是私告他，封建力量对妇女运动的压力，而没有直接感觉到她。同时他也没有发现他自己就具有这一种损伤人的威力。

骆宾基对把萧军、萧红以及那个时代的男女关系描述得十分精准，在他们夫妻携手对抗社会的过程中，相互之间就存在着压迫与被压迫、剥削与被剥削，所以他的总结我也是赞同的，他说："在这里就有着思想分裂的空隙，而这空隙是感情所不能弥补的。"

萧红自己总结人生时讲过："我总是一个人走路，以前在东北，后到了上海，而后去日本，又从日本回来，现在到重庆，都是我自己一个人走，我好像命定要一个人走。"

骆宾基曾直白地问过萧红："你到重庆之后，有没有想过离开端木，换一种生活方式？"萧红说："想试试，可是我周围没有一个真挚的朋友，因为我是女人，男人与男人之间是不是有一种友爱呢？"骆宾基说："有是有的，不过也很少，不是古人也讲过嘛，人生难逢一知己，不论男女，这也许就是这个社会的冷酷性，为什么必定要有男人的友爱？"

显然，作为迷弟的骆宾基没有理解萧红的意思，所以萧红给他进一步解释："因为社会关系都在男人身上，今天在任何地方，都有封建这个坏力量存在。"

骆宾基也是一个富裕家庭出身的人，但他的生活非常平淡，所以很难理解萧红从中学时期就十分叛逆的性格，因此他与萧红的聊天在很长一段时间不得要领。

到香港之后，对英美宣战的日军开始攻打九龙，骆宾基就想离开香港，而这时萧红还在医院里，他临走前与萧红有一段道别的对话。

骆宾基说："今天跟你来道别的，我要走了。"

萧红就问："英国兵都在码头上戒严，你为什么要冒险离开？"

骆宾基说："我要偷渡。"

接下来进入正题。萧红说："那你就不管你的朋友了吗？"

骆宾基说："还有什么？我已经帮你安排好了。"意思是安排萧红住院，由医生护士照顾她。

同时，骆宾基也把萧红的稿子拿到手上，就是萧红的名著《呼兰河传》，至少第一版的版税就是骆宾基得到的。当然，这也很正常，毕竟骆宾基是她的编辑，帮她出版成书，版税只能先放在他手里。

萧红就问："你朋友的生命要紧，还是你的稿子要紧？"

"我的朋友和我一样，可是我的稿子比我的生命还要紧。"

面对要无赖的小朋友，萧红只好说："那你就去吧。"

骆宾基发现萧红埋过脸去，终于沉默安定了下来。

萧红说："面对现在的灾难，我需要的是友情的慷慨，你不要以为我会在这时候死去，我会好起来，会有自信。你的眼光表明你就是把我当一个要死的人来看的，平时也把我当作别的那样的人来看，这是我从第一次见到你时就感觉到的，你是不是也曾把我当作一个私生活很浪漫的作家来看？你是不是在没有和我见面前就站在萧军一方？我知道，和萧军离开是一个问题的结束，和端木又是另一个问题的开始。你不清楚真相，为什么就先入为主，以为他们是对的，我是错的？做人是不是不应该这样对人粗莽？"

这段话也非常重要，是借萧红之口对她与萧军、端木蕻良的关系做了一个总结，但这话是不是萧红讲的，她平时有没有透露过这样的意思，就不得而知了。

接下来，萧红说："我早就该跟端木分开了，可那时候我还不想回家（哈尔滨），现在我想在父亲面前投降了，因为我的身体不行了，想不到我会有今天。端木是准备和他的朋友一起离开香港，他从今天起就不会来了，已经和我说了告别的话，我不是说得很清楚了吗？我要回家。你的责任是送我到上海。你不是说要回青岛吗？那你把我送到许广平那里，就算是给了我很大的恩惠，我不会忘记。有一天，我还会健健康康地出来，我还有《呼兰河传》的第二部要写。至于端木，每个人有个人的打算，谁知道这样的人在世界上要追求什么。我们不能共患难，为什么还要向别人诉苦？有苦你就自己用手遮起来，一个人生活不能太可怜。"

萧红话说到这份上了，骆宾基还是问出了一句幼稚的话："我不理解，怎么和这样的人能在一起共同生活三四年？这不太痛苦了吗？"

萧红估计也是无奈，就跟他讲："筋骨若是疼得太厉害，皮肤流点血也就麻木不仁了。"

在这个阶段，端木只来过一次，在病床前伺候了一番，当时滞留在香港的柳亚子也给了萧红很多帮助，留了一些钱。

接下来，是骆宾基的另一段重要记载：

1942 年 1 月 13 日黄昏，一周后萧红就逝世了。这一天萧红被动了一个错误的手术，被误断为喉癌，喉管开了刀，手术之后萧红平静地靠在躺椅上，当时端木和骆宾基两个人在。萧红说，人类的精神只有两种，一种是向上的发展，追求最高峰，一种是向下的，卑劣、自私。作家在世界上追求什么？若是没有大的善良、大的慷慨，譬如说端木，我说这话你听着，若是你在街上碰见一个孤苦无告的讨饭的，口袋里若还有多余的铜板就给他两个，不要去想给他又有什么用，他向你伸手了，你就给他，你不要管有没有用，你管他有没有用做什么？凡是对自己并不受多大的损失，对人若有一些好处，那么就应该去做。我们生活在这个世界上，不是一个获得者，我们要给予。

这种话对自己的丈夫说出来已经非常尖锐了，接下来萧红又讲："我本来还想写写东西，可我知道我就要离开你们了，留着那半部《红楼梦》给别人去写吧，你们难过什么？人又有谁是不死的？你们能活到 80 岁吗？生活如此，身体又差，死算什么？我很坦然。"

骆宾基听到这里哭了，萧红说："你别哭，你要好好地生活，我也舍不得你们。"

在此处骆宾基又记录了一个细节，端木一边痛哭一边说："我们一定挽救你，宾基你出来，我们商量商量。"然而据骆宾基的观察，在端木身上，这是他很少见的一种有爱的真挚，他们握手并且拥抱，但这份真挚像阳光的闪耀，只存在了一个夜晚就消失了。

1 月 19 日夜里，因喉管手术萧红已无法再说话，只能写字。这天夜里骆宾基写下来的字，就是萧红的遗言。

她先写道："我将与蓝天碧水永处，留得那半部《红楼梦》给别人写。"要说明的是，这里的《红楼梦》应该与曹雪芹的《红楼梦》无关，很可能是类似《呼兰河传》《生死场》这样的小说。

萧红是一个视野开阔、很有力量的作家，且从不利用小说等严肃文学作品来描述自己的苦难，哪怕自己生在黑暗之中，她也想着能够照亮和温暖别人。所以，她说的"留得那半部《红楼梦》给别人写"，也算是她唯一的遗憾，因为生前无法完成了。

最后，萧红才谈到自己的一生，她说："半生尽遭白眼冷遇，身先死，不甘，不甘。"

我们对回忆往往有过滤效能，即过滤掉不好的，留下那些美好的，据说这是精神分析学里的一个自我保护机制。整天想着那些难过的事，精神状态肯定不会好，所以便会不自觉地把那些不好的东西过滤掉。但在我的印象中，通过阅读和一些人生经历，发现人临死时往往想的多是不如意的事，就像萧红的这句"半生尽遭白眼冷遇"。

作为一个来自东北的文学女青年，尽管她很有才华，但在当时的那个时代，受交通信息的限制，真有怀才不遇这种可能的，然而她没有办法。文坛领袖鲁迅能为其第一部小说作序，这是多么荣耀的事，但萧红在临死前对自己的总结还是"半生尽遭白眼冷遇"。

骆宾基有一个最感人的细节，就是因萧红不能说话，他一直坐在床边陪着。萧红就问他，坐这么久很无聊，你是不是想抽烟，你要抽烟到走廊上抽一根就可以了。你是不是没有火？

骆宾基看她情况那么糟糕还在想着自己，就说不想抽烟，其实也没有火。估计他的表情被萧红察觉了，这时候就回他："那我让护士给你拿个火。"这是骆宾基记录的萧红临死的最后一句话。

骆宾基的《萧红小传》虽然充满了张力，有些地方可能会引起读者的不同意见，但我要强调的是，如果想有更详细的了解，还需努力去研究萧红、端木蕻良、骆宾基的生平，以及他们的文学作品，这样才能避免我们掉进文字的陷阱。

我想把萧红一个人从武汉到重庆后说的那句话再重复一遍，来作为她的故事的结束语："我总是一个人在走路，以前在东北，到了上海以后去日本，又从日本回来，现在到重庆，都是我自己一个人走，我好像命定要一个人走似的。"

军衔最高的间谍

——唐生明

第六章

民国全裸出镜的
第一位女星

————

　　徐来，生于上海，18 岁时考入有"中国近代歌舞之父"之称的黎锦晖主办的中华歌舞专科学校，毕业后加入明月歌舞团，并与黎锦晖结婚。徐来容貌俏丽，体态婀娜，她的五官和身材都符合东方女性的"标准"，因此媒体给了她"标准美人"的称号。

　　虽然徐来风情无限，但她自身有一个明显的缺陷，就是声音不好听，所以在明月歌舞团的表演并不多。在黎锦晖的帮助下，徐来开始向电影圈发展，签约明星影业公司，并于 1933 年主演了处女作《残春》，因其在影片中全裸出镜而一炮走红。

　　在此后的"电影皇后"评选中，徐来取代胡蝶，成为新一任"影后"。这让胡蝶很不满，想通过各种关系抵制徐来。最后，经杜月笙出面说和，庆典典礼才得以顺利进行。

　　黎锦晖经营的歌舞团就像一个造星工厂，除了徐来，还出过不少其他影星，如早期共产党员钱壮飞的女儿钱蓁蓁，以及王人美、薛玲仙、胡笳等人。但因为明月歌舞团更像是一个影星跳板，且与员工的合同强制性不够，导致正常的演出无法保证，经营遇到了困难。

　　黎锦晖便与徐来商议，又创办了清风乐艺社，并组建了中国的第一支爵士乐队，得到了上海不少名人的支持，其中就包括孙中山的儿子孙科捐赠的一千大洋。虽然黎锦晖在当时的音乐界很有名气，但乐队舞团的主要收益归当时扬子饭店的舞厅，他自己并没有得到多少。不过，在1935年黎锦晖却发了一笔意外的横财。

此前，黎锦晖借给一个做纸张生意的朋友几千块钱，对方押了货票给他，当时他并没有在意。几年后，纸张价格大涨，黎锦晖便趁机出货，赚了数倍。有钱后，黎锦晖便搬到了蝶村16号的花园洋房，并给徐来买了一辆汽车，徐来也因此成为上海第二位拥有私人汽车的女明星，而车牌号是"7272"，即音符中"7"和"2"的上海话发音（西、唻），与"徐来"十分接近。由此可见，徐来在比她大将近20岁的黎锦晖心中是多么的重要！

后来，黎锦晖在回忆这段时光时说："由于无谓的应酬，无聊的人事纠缠，导致精神不支，有时就以烈酒、鸦片来刺激神经，导致经济上的浪费，也损伤了身体。"除了自己的挥霍，再加上对乐队舞团的艰难维持，黎锦晖的风光日子很快就过去了，被迫又变卖了汽车，甚至抵押了钢琴。

同时，家庭内部也出现了问题，用黎锦晖后来的话说："貌合神离的小家庭，崩溃趋势日渐明朗，徐来成为明星，交游日广，虚荣日增。这一年来的生活刚刚称心，却因为歌剧社的拖累，家庭开支大受影响。徐来认为，不办社，便富裕；一办社，便穷困。这样下去非常危险。"因此，夫妻两人也渐渐产生了矛盾，并最终离了婚。

黎锦晖认为，徐来的秘书张素贞在两人离婚这件事上起到了推波助澜的作用。当然，张素贞也不是简单人物，她后来成了国民党军统特工戴笠的情人。离婚后，黎锦晖将蝶村的一切物品赠送给了徐来，而徐来则归还了明月歌舞团两千块大洋。

黎锦晖内心还是比较憋屈的，他在回忆录中说："我从来不嫖不赌，对于爱人以外的女性，不曾犯过苟且行为。在上海十几年，从来不曾在舞厅中跳过一次舞，从为社会服务直到目前，从未贪污过一分不应得的钱。"可见，黎锦晖对自己的描述还是很高尚的，认为犯错的一方主要是徐来。

老夫少妻的搭配，本身就存在一定的风险，更何况黎锦晖在经济上还走了下坡路。这时，花花公子唐生明出现了。当时他还并不出名，但他的哥哥唐生智比较有名，在国民党中担任要职，是陆军一级上将。

当时，唐家和黎家也是世交，关系不错。而纨绔子弟唐生明与戴笠又是好友，而戴笠的情人张素贞又是徐来的秘书，这些错综复杂的关系让他们在上海相识了，并经常在一起约会玩耍。据黎锦晖的一位好友讲述，有一天半夜唐母给黎锦晖打电话，问唐生明是否在这里。黎锦晖下楼察看，见张素贞的房间亮着灯光，走近才发现唐生明、徐来他们三人躺在一张床上正在聊天。

黎锦晖大怒，在门口痛骂："老四（唐生明），你竟敢在我家干出这样的无耻勾当，我要报警。"

没想到唐生明拿出手枪，抵在他的脑袋上说："你敢！你若走出大门口，我就敢毙了你。你要命的话，现在就给我上楼去。"

黎锦晖当时就胆怯了，他怎么能跟从小就在社会上混的唐生明相比。随后，两人开始谈判。唐生明说："徐来的心早就不在你这里了，现在你欠了一屁股债，她早就想跟你离婚了。今天我就慷慨一次，给你一张支票，替你把债还了，你也答应徐来的要求。"

这么侮辱人的要求，黎锦晖当然拒绝了，死也不能接受这样的条件。唐生明事后也觉得做得不能太过分，便答应给黎锦晖几天考虑的时间。而后，黎锦晖向自己的律师征求意见。律师分析到大势已去，既无法挽回徐来，也斗不过唐生明，便劝黎锦晖放弃。最终，两人才算离婚。

后人是怎样描述这件事的呢？黎锦晖的后人是这样记载的：

　　徐来在银幕上的走红，招来了"色狼"，湖南军阀唐生智的弟弟、有"风流将军"之称的唐生明看中了徐来。唐生明借他学弟和哥们、军统特务头子戴笠之手，威胁黎锦晖让他和徐来离婚。有人寄来子弹，黎锦晖和徐来的女儿突然病死。唐生明还挥着枪说，不离婚就枪毙。徐来深爱着黎锦晖，为了黎锦晖的安全，她劝黎锦晖"去完成你的艺术追求，不要为我丢掉性命"。[①]

　　显然，这里的一些描述颠倒了黑白，美化了徐来。在中国传统观念中，向来喜好忠贞不渝的爱情，很难接受女性的移情别恋。离婚后不久，一位叫梁惠方的北方女子不惜休学和与家庭决裂，追随着黎锦晖生活，使他痛楚的心得到了一丝慰藉。这位当年 18 岁、与黎锦晖相差 27 岁的女子此后一直陪伴在他身边。

---

① 蔡登山《徐来与黎锦晖的离合》，载冯克力主编《老照片》第 62 辑第 38 页，2008 年。

她用"美人计"抗日

    "标准美人"徐来和"中国近代歌舞之父"黎锦晖离婚，除两人年龄差距较大、徐来艳名极盛引发黎锦晖猜忌等原因，更主要的还是因为唐生明的出现。但徐来离婚后和唐生明在一起不只是儿女情长，甚至还参与了抗战期间的谍报活动，受重庆国民政府的委托到汪伪政府去卧底、策反、刺探情报，为抗日战争的胜利立下了功劳。

    唐家是湖南东安的一个世族，唐生明的祖父辈都在地方担任过一些重要职位，他的父亲在民国之后就任过湖南几个县的县长，后又任湖南省政府实业司司长，所以严格说他也算是当时的官二代。

    唐家有四兄弟，唐生智是老大，唐生明是满弟（满弟在湖南话中是指最小的儿子）。唐生智在军界比较有名，参加过护国战争、护法战争、北伐战争、抗日战争，是国民党陆军一级上将。1949 年的时候，唐生智还参加过湖南和平起义，中华人民共和国成立后留在了大陆，曾任湖南省人民政府的副主席、副省长等职务，在国共双方都有较高的地位。唐生智虽是个军人，但终生信奉佛教，所以外号"佛教将军"。

    1937 年日军进攻南京，当时国民党内部分两派意见：一派主张放弃南京，转移到后方；一派是主张死守南京，其中便包括唐生智，且主动出任南京的卫戍司令长官。我们知道，南京保卫战的结局是很悲惨的，军事上的失败，唐生智负有重大的责任，此后便再没得到蒋介石的重用。

唐生明比唐生智小 8 岁，比徐来大 3 岁。唐生明十几岁时在长沙第一师范就读，当时毛泽东就是他的学长。到 20 世纪 50 年代，两人再次在北京见面，有人问毛泽东记不记得唐生明，毛泽东说，那怎么不记得，当时他年纪小，晚上我都给他盖了好多回被子。

不到 20 岁，唐生明就到广州入读了黄埔军校。1926 年，黄埔军校的校长是蒋介石，政治部主任是汪精卫，二人都对他有恩师之谊。唐生明早期为国民党效力，后又去南京代表蒋介石与汪伪政府做斗争，1949 年后又留在了大陆，从他的人生履历来看，也确实够丰富了。

1926 年，唐生明参加了北伐，次年国共决裂，唐生明表示反对，甚至给秋收起义的共产党送了一车武器，因为起义的陈赓在黄埔军校是他的老师。在一系列的反复之后，唐生明后来又回到了国民党，在 1930 年担任了第八军的副军长，次年又当了南京军事参议院的中将参议，这是他一生中的最高军衔。唐氏两兄弟还是很牛的，大哥是上将，弟弟是中将。

在南京军事参议院任职的时候，唐生明经常去上海，其间认识了徐来，并最终把徐来从黎锦晖手里抢了过来。

当时，上海国民党内部有个秘密组织，叫复兴社。复兴社有一个特务处驻地，位于上海的法租界，情报组长的公开身份是上海警备司令部的少校侦察员沈醉，他与唐生明是终生好友。沈醉是湖南湘潭人，与唐生明也是老乡，同时他又是戴笠的手下，因戴笠与唐氏兄弟交好，自然他们的关系也不错。当时，上海正处于黄金十年（1926—1936），繁华又充满魅力，唐生明自然更愿待在上海，而不是南京。

沈醉有个女儿叫沈美娟，后来不但为父亲写了重要传记《我这三十年》，也为唐生明写了传记，第一版叫《风流特使唐生明》，第二版改为《风流秘使唐生明》。沈美娟从小就见过唐生明，中华人民共和国成立后还一直有交往。

根据她的描述，唐生明每次从南京到上海，戴笠总是让沈醉好好接待他，出格的事也没少惹，抢黎锦晖的老婆徐来就是其中之一。

到了抗战初期，唐生明在南京待不下去，再加上父亲病重，便请假回去探亲，正好当时湖南常德警备司令职务空缺，便在戴笠的帮助下担任了这一职务。后来，戴笠把他们这一段的经历写了个回忆录，叫《福将唐生明》，内容很是生动有趣。

唐生明刚任新职不久，长沙就发生了文夕大火。当时日军只是打到了岳阳，但长沙守军慌了，想坚壁清野，就把长沙城一把火烧了，给百姓造成了无尽的创伤，引起全国轰动。事后，长沙的警备司令被枪决了。消息传到常德，与沈醉、徐来、张素贞一起吃饭的唐生明禁不住拍着脑袋说，幸好我在常德，不然这顿饭早就吃不成了。沈醉补了一句，常德的饭菜虽然比长沙差一点儿，但是安全得多。

唐生明虽然是个福将，但他的个性就像一个到处闯祸的蛮子，常常让朋友、上级、亲人十分惊讶。例如，抗战胜利后，国民党审讯汪伪政府的陆军部部长叶蓬。唐生明与叶蓬以前有些交情，认为叶被冤枉了，就多次到南京为叶蓬求情，通过沈醉找到了时任军阀局的局长徐业道。

在当时，如果一个人犯了杀人、强奸、贪污之类的刑事罪，有人为其求情还容易些，可如果是做了汉奸的，除亲人之外，很少有人敢为其讲情，毕竟，出卖民族利益是整个国人无法原谅的。但唐生明就敢这么做。当听到叶蓬要被枪决后，唐生明甚至大发牢骚，还找徐业道说他们枉法。

为了个汉奸，确实能看出唐生明很讲义气，但在这里却是用错了地方。不过，另外一件事更能表明唐生明的义气。

唐生明在桃源担任警务司令时，有天他自己开车带着两个卫士出行。路上的重要关卡都有汽车检查所，沈醉就是这个地区特务工作的负责人，主要防范的是共产党的地下工作者。有一天沈醉接到报告，说警备司令官唐生明自己开车过来了。沈醉以为唐生明有什么私事，赶过来后也没有多问。虽然情报系统归戴笠直接领导，但在地方上还是要听警备司令的，更何况这警务司令还是自己的大哥。

这时，沈醉看见从长沙方向开来一辆小车，唐生明上前看了一眼，马上对车里的人敬了一个军礼，然后把手一扬，让检查人员放行通过。沈醉不知车里是谁，但看到唐生明表情严肃，很有礼貌，猜想肯定是个重要人物，就赶紧打电话让后面的检查站做好准备，说司令要护送一位贵宾过境，你们不要拦阻问询，只管放行。

两个小时后，唐生明才回来，然后拽着沈醉一起回了家。到家后沈醉便问，刚才你护送的是谁？唐生明狠狠吸了几口烟，才用得意的口吻说是周恩来。沈醉当时就傻了，自己作为军统局派驻湖南常德桃源地区的一号人物，竟让周恩来就这样大摇大摆地从辖区过境，这要是被上级知道，可是要掉脑袋的。

何况唐生明也是国民党的地区警备司令，竟然放走了共产党的高层。唐生明说，周恩来是我黄埔军校的老师，其实也是你的老师。我什么样的朋友都交，不管什么主义不主义，只要是我的朋友，那就是掉脑袋也不在乎。

说得好听些，唐生明这个人仗义；说得不好听，就是完全没有原则。在自己的管辖区护送周恩来，在抗战胜利后为汉奸叶蓬说情，他根本没想到中日之间、国共之间的矛盾，而只想到了这是我的朋友，我的老师，我要去帮助他们。

这种纯讲义气、帮亲不帮理的人，在友谊中确实非常让人喜爱。后来，国民党之所以派他去南京负责特殊的使命，也是因为他的这种性格和人际关系。世间总有这么一种人，不管他干了多么荒唐的事，甚至大家认为他大逆不道、破坏原则，但依然会原谅他，甚至理解他，因为也只有这种人才能干出这样的事。这样的人以前有，现在有，未来也应该会有。

唐生明的潜伏

————

唐生明在 1938 年至 1940 年担任常桃警备司令的同时，也兼任湖南省第二局行政督查专员与区域保安司令，但他的心思并不在工作上，而对于他的领导来说，有这么一个中层干部肯定会不舒服，但他的出身在当时又比较高贵，所以对其又显得无能为力。

唐生明并不喜欢常德枯燥乏味的生活，他想离开，甚至想辞职。恰在此时，即 1940 年的春天，戴笠给他发来一封电报，让其辞职安顿好家务后去重庆，说有要事需与唐生明面谈。

因父亲去世，唐生明和唐生智都回了老家料理家事。刚到家没多久，唐生明又接到了戴笠的电报，由军统驻桂林办事处主任派专人送来的。戴笠的电报很简单，就是问他回家的情况，以及什么时候去重庆。唐生明回电说还要等几天，料理家务才能过去。没过几天，戴笠的电报又来催他上路，并让他把他前女友张素贞也带到重庆。同时，蒋介石也发电报催唐生智赶紧回重庆，有要紧事与他面商，希望他立即启程。

一个是大哥，一个是四弟，分别被委员长、军统局长催往重庆，那就没法再在家里待了。当时，按计划是先到桂林，然后再飞重庆。蒋介石着急，便派专机过来接两兄弟，其中还包括另一位重要的桂系军阀白崇禧。

戴笠与唐生明见面后异常兴奋，而唐生明则急于想知道给自己安排了什么工作。戴笠却故意给他兜圈子，聊人生，谈理想，就是不入正题。戴笠说，你未来的工作我帮你想好了，大致符合以下条件才适合你。生活过得很好。贪污腐化、斗鸡走狗、花天酒地的生活才适合你的个性。但毕竟是抗战期间的重要工作，委员长不可能派你去吃喝玩乐，但你又需要做得一鸣惊人。

这时候唐生明彻底警觉起来，不客气地追问戴笠，说别再跟我要花样了，到底想让我干吗？戴笠又把话题扯到别的地方，就这样磨磨蹭蹭过了两个月，戴笠才慢慢说出了实情。

戴笠说，委员长亲自安排你来重庆，是要给你一个很重要、很特殊的任务，因为我们在上海、南京等地的一些秘密组织需要你这样的人才。因为事先我要和你讲清楚，研究好，所以我们过几天再去见委员长。

唐生明的心情非常矛盾，一方面觉得能够再去上海，生活享受方面要舒适得多，毕竟他就是一个纨绔子弟，但另一方面，他也有点儿胆怯，所以没有马上答应，而是反复考虑，犹豫不决。

平时遇到重大问题他就会找大哥唐生智商量，但这次戴笠不允许，总是找各种理由阻止他，毕竟，谍报工作还是需要保密的，不能随便见人。根据后来唐生智的回忆录和传记，蒋介石确实和他谈过这个问题，就是让其同意弟弟去上海。唐生智内心也不太愿意。

但禁不住戴笠天天的软磨硬泡，说兄弟去了绝对没有危险，因为那边有很多他的朋友，再加上你讲义气，他们肯定会非常欢迎你。至于日本人，你自己多加小心，像你这么聪明的人，也绝对会摆平的。

唐生明想了又想，直到第四天他终于提出一个条件，说我只愿意站在朋友的立场去为你工作，绝不做你的部下。唐生明知道，军统组织纪律很严苛，他怕戴笠趁机给他套上军统的圈套，受到组织的约束。

谈好后，两人约好第二天上午九点去见蒋介石。这次蒋介石比过去任何一次都显得亲切和高兴，开口就夸奖了唐生明一番，说你的情况戴笠都给我讲了，这个任务你很适合，孟潇兄（唐生智）那里我会去说明的，令堂方面，我和夫人可以送一张照片，让她放心。

蒋介石这么客气、礼貌，再说别的就没意思了，唐生明便没敢推辞。临走时，蒋介石又嘱咐了几句，让他彻底放心，说以后需要钱或其他任何东西，只管给戴笠讲，他会随时给我报告。戴笠说你很能干，这件事只有你去才能对付那帮人，因为你都认识他们，详细情况跟你戴笠去研究，今后一切责任都归我，你要绝对相信我，我是你的校长，你是我的学生。

蒋介石这不说漏嘴了吗？意思是戴笠说你很能干，这件事只有你去才行。而戴笠说的却是蒋介石钦点。

用人的时候一般都这样，一个基层干部的任命，蒋介石是很难判断的，得让自己的兄弟戴笠来选择。当然，这时他们是代表国家的，就没有什么阴谋可言，没有什么利用可言。国家到了存亡的阶段，在重庆的民国政府、中央政府就是要想尽办法去摧毁汪伪政权，抵抗日军。在特殊时期，甚至用一些非正当手段，也是没办法的事情。如果没有这一切，不能操控人性，那最终什么事也做不成。

奉命"腐化"的特务
唐生明

————

因为重庆和南京不能直接通航，需要辗转异地。唐生明事先想好了，经戴笠安排，一路上尽量不接受军统的安排，表现出逃离重庆的样子，然后去上海享乐。辗转地为香港，其间既没有住旅店，也没有官方安排，而是住在了哥哥唐生智在香港的一个公寓里。

去香港之前，因为发电报的需要，戴笠让唐生明取个化名。唐生明知道戴笠批阅公文时用化名余龙，于是就开玩笑地说加一个字，叫余化龙。

关于具体的日常生活，戴笠说钱你可以随便花，要多少给多少，越腐化越好，这样容易和汉奸打成一片。你奉命腐化，是校长特许的，只要大家都知道你整天吃喝玩乐就可以了。

特务工作，主要在所谓的上流政商圈子获取情报，少不了请客交流、纸醉金迷的生活，整天花钱如流水。这样的生活，也正是唐生明最擅长的。

戴笠很得意，终于找到了去南京的最合适人选。另外，蒋介石也安排了另外一个人接受他指挥，这个人就是张国焘。张国焘原是中共早期重要的领导人，长征期间领导红四方面军，后叛逃跟了国民党。蒋介石把他交给戴笠，主要是想让他策反原红四方面军的人。

接下来，唐生明回到老家，把蒋介石给他的一万元分了一半给母亲。

他母亲知道儿子跑到汉奸大本营非常危险，所以很不乐意，但又没办法，毕竟是为国效力。后来的回忆录里说，老夫人对蒋介石夫妇送的那张照片毫不感兴趣。

在香港，唐生明暗中得到了很多人的帮助，杜月笙到香港时还和他见了一面。其间，唐生明把真实身份唯一告诉的就是杜月笙。首先是杜月笙在上海势力庞大，未来能够帮到他；其次是杜月笙更倾向支持蒋介石，他们以前也是老朋友。

然后，在中秋节那天唐生明、徐来和张素贞搭乘邮轮，从香港去了上海。一到上海，李士群就设宴为他接风。

李士群的履历也不简单。1927年在苏联留学期间加入了共产党，回到上海后在周恩来领导的中央特科工作，后被租界的工部局逮捕。1932年，被国民党中统抓住后叛变投靠了国民党，成为中统上海区情报员。抗日战争爆发后，南京失守，他跟汪精卫合作投靠了日本人，在上海组建76号特工总部，他担任副主任，主任是丁默邨。之后，李士群残酷迫害抗日军民，制造了三千多起血案。

由李士群给唐生明接风，也有考察的意思，因为唐生明是名将唐生智的弟弟，也是官场上著名的花花公子，自然要多加防范。唐生明十分谨慎，把先前想好的客套话说了一遍，无非就是好逸恶劳，无法忍受后方的艰苦生活，要到十里洋场继续享受。

接下来李士群又花了两三天时间调查唐生明，陪吃陪喝陪玩，希望借灌酒多套一些实情，但对过惯了花天酒地生活的唐生明来说，喝多少也能见人说人话、见鬼说鬼话，而且还能借酒故意说假话。这些技巧，受过专业训练的特工不一定有，但唐生明就是有这种天赋。国共两党都有他的朋友，对外形象就是一个智力一般，但很讲义气的花花公子，所以大家都很喜欢他，容易对他放松警惕。

考察了几天后，李士群觉得唐生明无害，真可能是来玩的。但有一天两人独处时，李士群突然对唐生明说，我对你的一切情况都很清楚，你不要着急，也不要害怕，我知道就行了，希望你我能成为好朋友，在未来的工作上多帮助。

这话可以理解为对方已知道了你的底细，也可以理解为在套你的话。唐生明看出了李士群在耍手腕，就装作听不懂，不正面答复。从逻辑上，除了蒋介石和戴笠，外人不知道他此行的任务，老婆、母亲、哥哥知道，但绝不会出卖他。

但李士群还有另外一个逻辑：固然你是花花公子，但要享乐完全可以去国外，为何非跑到汪伪政府这边呢？就算你不参与政治，从大后方跑到沦陷区，就不怕戴上汉奸的帽子吗？而且临行前唐生智专门在重庆的报纸发表声明，断绝与唐生明的兄弟关系，对亲弟弟投敌的行为表示万分愤慨，并要求国民政府在抗战胜利后一定要将唐家的这不孝之子抓起来绳之以法。

因为汪精卫政府也需要人才，李士群做得也不敢太过分，相处了三四天后向汪精卫报告，说唐生明没有问题，就是来享受生活的。汪精卫才邀请唐生明到南京见面，请他吃饭。

在见汪精卫之前，唐生明先跟周佛海见了一面。周佛海当时是南京政府的行政院副院长兼财政部部长，又是伪中央政治委员会和国防委员会秘书长，是当时的红人。那天吃饭的人很多，都是汪伪政府的名人，如陈公博、叶蓬、梅思平、陈德广、罗君强、丁默邨等皆携夫人一同见面，且这些人大半是唐生明以前的好朋友。

周佛海请完客的第二天，唐生明见到了汪精卫。汪精卫说，你来了很好，希望你们这些黄埔同学多来一些，将来我们可以自己建立军队。他这口气和蒋介石很像，因为汪精卫曾是黄埔军校的党代表，于是也端起了老师的架子。但在态度上比蒋介石更亲切、随和，并特意当着李士群谈起自己与唐氏兄弟的关系，估计李士群当时看到汪精卫对唐生明的态度后，也就没有了继续试探的心思。

汪精卫一向很健谈，这次见面跟唐生明聊了很多，说自己也是曲线救国，只是方法不同而已。对于沦陷区的土地和人民，我设法从日本人手中接过来，为什么不行？唐生明听后不好回答，多以沉默应对。汪精卫又继续问他，那边的老朋友和老百姓对我是什么看法？唐生明回答说有些人赞成，也有些人反对。

接下来，就是讨论唐生明具体的工作安排，汪精卫想让他到委员会。唐生明虽然口头说是来上海享乐的，但这样一位国民党的大人物既然自投罗网了，就不可闲居在家，汪伪政府便想借其名声大力宣传东亚共荣。唐生明说要休息一阵儿，过段时间再说任职的事情。

汪精卫让周佛海在上海给唐生明准备了一栋房子。周佛海担任过上海市市长，在当地关系很深，就让叶蓬把他自己在上海的一座花园洋房让给唐生明居住，且一直住到 1949 年。同时，汪精卫还给他配了一辆汽车。

在饭局上，汪精卫喝了几杯白兰地后，带着几分醉意笑着说，我得到报告，听说你与戴笠私交很好，你这次来南京，是不是打算刺杀我？一边说还一边站起身，不停地用手拍着胸膛，朝着唐生明走去。唐生明虽然机智，但确实学问不够，又有了几分醉意，表达错了意思，说杀鸡焉用牛刀，我不是不怕死的人，我一家大小都带过来了，怎么会干这种事。

满座客人都感到十分紧张，这不是当面侮辱汪主席吗？坐在他身边的徐来也吓傻了，大家都不知道接下来怎么圆场了。

此时李士群出面为唐生明解了围，说已经调查过多次，唐生明不是干那种事的人。唐生明这才慢慢清醒过来，说虽然我跟戴笠是好哥们儿，但我从来没有替他做过事。像我这种人，什么都不想干，就想吃喝玩乐，还干什么特务？

　　汪精卫的表现当然也是亦真亦假，没有发现唐生明的破绽，态度就恢复如常，笑着说当然不会相信那些传言了，否则我也不会当面问你，因为我们的关系不同，我信得过你。至此，唐生明打消了汪伪政府的所有猜疑。

间谍的自我修养

————

间谍是一门很古老的职业。

在战争中，想要战胜对手，除了在军事实力、军事战略上尽量强大、高明，更重要的是要知己知彼。知己可以通过自身的修养来达到，知彼就需要分析宏观数据，特别是对方的核心机密，这时候就需要间谍发挥作用，或派间谍打入对方内部，或在对方阵营里发展间谍，所以，间谍战也是一门很古老的工作。《孙子兵法》里就有专门讨论间谍的章节。人类社会几千年，间谍从未消停过。

无论战争状态，还是和平时期，当两方或多方力量旗鼓相当、处于胶着状态时，间谍的作用就越发明显。譬如唐生明现在所处的阶段，有多方势力——汪伪政府，重庆国民政府，共产党，日本人。

虽然全国都在抗战，但并非所有人都接受国民党的指挥，还有一些同情共产党的地方军事势力。哪怕四方势力之间，未必都是非常明确的敌对状态。汪伪和日本之间信任度如何，日本人对汪精卫是否满意，汪精卫是否任日本人摆布，都不容易说清楚。汪精卫和日本的口号是"反共建国"，而共产党虽然支持蒋介石抗日，但在抗日过程中又面临着被剿灭的局面，可见，几方势力间确实存在灰色领域，各方都会派人在灰色领域间进行各种工作，希望获得对自己更好的结果。唐生明就是在这种微妙的状态中，到南京去做间谍工作的。

间谍工作也分很多种，一种是去执行己方的战略，一种是拉拢敌方力量，还有执行具体任务，如刺杀、窃取军事情报、散布谣言破坏对方的计划。还有一种是联络型间谍，因敌国不能直接商谈，需要有居间传递信息的人。在这一意义上，汪伪与重庆需要有联络通道，日本人也需要与重庆对话。综合来看，唐生明就成了最合适的人选。

所谓灰色地带，是难有是非、黑白之分的。譬如说，现在是抗战时期，战略目的就是消灭敌人，惩罚汉奸，而不是去洽谈、交易，抗战就是你死我活的斗争，最坏的结果是玉石俱焚，不可能有妥协。在执行战略目标的过程中，每天的日常工作都可能会违背间谍本人长期以来形成的价值观和道德观，这对人的肉体打击可能不大，但会摧毁人的精神。

哪怕间谍工作的最终目标是光明正义的，但在执行的过程中为了完成目标，可能会做很多前后矛盾不一的事情，例如，有时可能要帮日本人去杀中国人，有时可能要帮汪伪去杀军统的人，有时要根据重庆的指令去杀昔日好友，对付在沦陷区的新四军等。

一个精神正常、价值观稳定的人，是绝对做不了间谍工作的。真正伟大的间谍，愉悦的并不是完成目标的快感，而是享受在灰色地带里不断颠覆各种价值观、充满智力拼杀也没有道德存身之地的间谍游戏。历史上，间谍的下场多比较惨，除了被捕，哪怕最终胜利了，也会失去所有人的信任，也难恢复往日的工作。

从汪精卫的生平经历、做事风格来看，他本质上就是一介书生，对于做汉奸，他的解释是日占区人民苦难多，想在日本人的控制下管理好自己的国土和人民，好好善待他们。这听起来是民族主义的立场。但汪精卫在国民党内地位崇高，远超蒋介石，所以有人分析汪精卫可能是因蒋介石的崛起愤而投向日本。也有人认为他是为了面子和所谓的清高，而不顾国家大义。

　　汪精卫诗词文章方面的造诣颇高，少年时冲动做过刺客，喝了酒问唐生明"你是不是来杀我的"，这不是深沉的政治家能做出来的事，甚至显得有些可笑和幼稚。与蒋介石、毛泽东相比，汪精卫只能算个书生，其他人则是政治家、军事家。

　　汪精卫幼稚，但他的夫人陈璧君却不这样。陈璧君对唐生明的到来曾好好盘问过两个多小时。除了问唐生明，还问他的夫人徐来。

　　徐来和唐生明虽然结了婚，但她也是穷苦人家出身，知道人间疾苦，同时演戏又有天分。间谍本身也要具有一个演员的修养，表演能力要强。同样，一个好的演员去参与间谍工作也是非常有好处的。徐来也不知道具体事情，她认识的唐生明本就是这么一个真实的花花公子，她只要照实说就行了。

　　从此之后，南京方面对他不再起疑。8 月唐生明到达上海，在 10 月 1 日那天，南京的新闻媒体头版头条报道：

　　　　国民政府改组还都以来，革命军人之谙识体治，深明大义者，纷纷来京报到，积极参加和平运动，有如风起云涌。顷悉唐生明将军也已来京。唐将军系唐生智胞弟，毕业于黄埔军官学校，中日战事发生后，任长沙警备司令，长沙大火之后调任常桃警备司令以起于今。因鉴于无抵抗战之非计，乃毅然离去，不避艰难，间关来京，汪主席于赐见之余，至为欣慰，且深致嘉许，已决定提出中央政治会议，畀以军事委员会委员要席，俾得展其抱负云。

　　意思是说唐生明觉得现在这样的抗战搞不下去，与重庆政府发生了分歧，所以弃暗投明，来参加和平运动。汪主席很高兴，所以决定让他升任军事委员会的委员。三天后，南京的中央政治委员会开会，汪精卫以主席身份提交了新任命名单，第四条就是拟特任唐生明为军事委员会委员。

10月10日，重庆也对此作出反应，一直到19日连续十天，唐生智在重庆多家报纸头版用特大字号刊出启示，全文也是字斟句酌：

> 四弟生明，平日生活行为常多失检，虽告诫谆谆，而听之藐藐，不意近日突然离湘，潜伏南京，昨据敌人广播，已任伪组织军事委员会委员，殊深痛恨。除呈请政府免官严缉外，特此登报声明，从此脱离兄弟关系，此启。

其实，这不是唐生智写的，而是军统秘书拟的，戴笠直接审查。秘书开始写了很多坏话，重要人物投敌做汉奸，理应痛骂一番。但戴笠生怕唐生明看了不痛快，最后改成"平日生活行为常多失检"。

选择10月10日发表，也用意颇深。这天是中华民国国庆日，意为希望此去能完成任务，即成一件大喜事。事实上唐生明也算旗开得胜，一去就凭借他的人格魅力和不学而能的表演技巧赢得了汪精卫、李士群的信任，让他一到南京就站住了脚。

历史没有真相

————

刚到南京后，唐生明经受住了考验，在汪精卫、李士群、周佛海、陈璧君等人的试探下最终涉险过关，成为汪伪政府的军事委员会委员。

接下来，唐生明参与了汪伪政府很著名的军事运动——清乡。所谓清乡，就是清理乡间反对日本、反对汪伪政府的军事力量，比如新四军，一些地方起义的游击队，以及受重庆政府领导的忠义救国军。到了1941年，汪精卫对在江苏、安徽等地攻击自己的这些势力很头疼，便专门成立了清乡委员会。

本来唐生明只想吃喝玩乐，并不愿参与汪伪政府的具体工作，但蒋介石听说其成为军事委员会的委员后，就下令让他加入清乡委员会，利用日军和伪军去消灭新四军，并保护军统领导的忠义救国军。

新四军是共产党领导的军队，全名是国民革命军陆军新编第四军。在蒋介石组织第五次剿共战争时红军被迫长征，其中一部分去了陕北，还有一部分留在了南方。抗日战争爆发后，这支军队与各地发展的游击队统编后组建了抗日民族统一战线，成立了新四军。

但成立之后，国共双方因对新四军的领导权、活动范围以及某些战术、战略有不同的看法，因新四军受共产党指挥，并不听命于国民政府，所以蒋介石最终取消了新四军的番号，并派日占区以外的军队对其进行围剿。1941 年 5 月，唐生明就是在这样的背景下加入了清乡委员会。

而汪精卫也有自己的目标，除了消灭新四军，还要消灭忠义救国军，然后找机会建立自己的军队，把江南地区的防务逐渐从日本人手上接过来。同时，唐生明也察觉，汪精卫让他参加清乡委员会也是在考验自己，不但要打新四军，还要打军统领导的忠义救国军，这就是汪精卫需要唐生明交出的投名状。

日本人和汪精卫虽然是合作伙伴，但他们的思路也不完全一样。日本更希望汪精卫能组建培训自己的军队，用中国人打中国人，这样他们就可以抽调兵力去其他战区作战。

清乡委员会由汪精卫亲自出任委员长，陈公博、周佛海任副委员长，李士群任秘书长，负责实际工作。李士群的一个助手汪曼云担任副秘书长，负责日常工作。除了清乡委员会，李士群还主持反情报、反间谍工作，组织与日本人交换情报，十分繁忙，所以委员会下设军务、政务、总务和福利四处，皆由其心腹助手负责，唐生明担任的就是军务处处长。

皖南事变后，新四军不但没有消灭，还很快发展壮大了，活动范围更广，经常在京沪线袭击敌人，在沿路做了很多抗日反蒋的宣传。当时，汪精卫也很重视政治宣传，像"人人参加，各个有责，拥护和平，反共建国，保障和平，拓展和平，肃清匪共，确立治安，反对拖延抗战"等标语印在火车及各种小物件上，但不是被扯掉，就是被新四军换上"打倒汉奸，打倒日本鬼子，欢迎新四军，共产党万岁，抗战必胜"等标语。

日本和汪伪的特务机关主要由李士群负责，天天派大批特务去搜捕，但只抓了一些所谓外围分子，真正的新四军很难抓到，十分头疼。

怎么办？这时情报工作就要发挥作用。唐生明作为军务处处长，并不直接指挥前线作战，但他有他的长处。搜剿新四军、游击队和两军对垒不一样，得有准确、可信、及时的情报，才能抓到人。李士群固然是特工总部的首领，也是清乡委员会的秘书长，实际负责人，但他的情报收集很落后。新四军不好抓，只能在新四军里安插奸细，或是在乡间民众里找愿意通风报信的人。

将欲取之，必先予之。蒋介石取消了新四军番号，把新四军的动向等情报让戴笠做甄别，挑选一些合适的给唐生明，以便其升职受重用，从而获得更重要、更机密的情报。

唐生明在后来的回忆录里讲：当时受到打击较多的是以新四军领导为主的地方人民游击队，而并非新四军。其实，唐生明的情报是同时给日军、伪军、忠义救国军的；忠义救国军有两个纵队，唐生明会及时通知他们日军的动向，避免与日军发生冲突，以保全自己的力量，但同时也提供了新四军的消息给他们，在方便时进行围剿。但情报传来传去，最后发现收效并不大，新四军总能事先安全转移。

其实，最关键人物是李士群，他在苏联受过培训，最开始加入的是共产党，成为中央特科的一员，受周恩来、李克农、顾顺章等这些老前辈领导，后来又把他送到苏联，参加苏军情报总局的培训，学成归国之后，他到底效忠谁呢？在重要位置的间谍往往处于灰色地带，很难说到底是谁的人，行为也难以判定，有很强的迷惑性。

根据档案解密，李士群第一效忠对象应该是苏联苏军情报总局，接下来是中国共产党，且苏联和中国共产党关系更近。所以，新四军总是能安然无恙。

取消新四军的番号，国共再次分裂。新四军渡江北上，离蒋介石越来越远。在这样的背景下，清乡工作取得很大成绩，汪精卫很高兴。

唐生明清乡工作告一段落后，接下来就要完成其他的工作。第一，他立功了，因为拿到重庆给他的情报。另外，重庆也希望他能获取更高级的机密。在汪伪政府里，汪精卫、李士群都与唐生明谈笑风生，重要情报其实他都有所耳闻，能了解、掌握日本人的意图，才显得更重要。

那么，有没有什么契机让唐生明跟日本人接上头呢？当然是有的，因为唐生明在未来立下的大功劳就与此有关。

能力越大，责任越大

———

随着新四军离开汪伪地区，清乡委员会的工作基本告一段落。此时唐生明多在上海，而不是江苏前线，基本已不再过问委员会的事情，多是参加一些仪式、典礼。

这时候，唐生明开始思考下一步的工作，蒋介石、戴笠希望他能尽快与日本人接上头，以了解日军的动向和情况。但唐生明并不认识日本人，也不会日语，以前没有这方面的关系。他迟迟找不到有效路径，直到一件偶然的事情发生。

1941 年冬，汪伪的 76 号特工总部破获了一起大案，把军统局上海区的组织给一锅端了，从区长陈恭澍到下面的人员抓了一两百人。

陈恭澍也是一个传奇人物，祖籍福建，生于北京，少年时离家出走到广东，参加了黄埔军校，是第五期学员，军统局的老大戴笠还是他的学弟（戴笠是第六期）。陈恭澍在军统局是著名的杀手，办事能力非常强，是戴笠手下"四大金刚"之一，其他三位分别是赵理君、沈醉、王天木。

陈恭澍历任天津站站长、北京站站长，现在是上海区区长。他在社会上的公开身份是杀手，主要负责刺杀行动，最著名的是 1939 年率领十八罗汉在越南河内刺杀汪精卫，但没有成功。任上海区区长之后，也再次组织刺杀汪精卫，即王亚樵事件。经他组织的刺杀活动有很多，他有一本回忆录，其中有"北平六国饭店刺杀张敬尧、天津法租界枪击吉鸿昌、毒杀石友三石立被迫流亡、双管齐下制裁殷汝耕、枪林弹雨狙击王克敏"等记载。

1941年10月29日，上海区的组织被破坏，陈恭澍被逮捕。唐生明的回忆录里没有仔细讲陈恭澍的事情，但陈恭澍自己在20世纪70年代晚年写了回忆录《英雄无名》，其中饱含了很多牢骚和不堪为外人道的隐情。

陈恭澍在回忆录里讲到被捕，首先是为自己辩护，他被抓后并没有死，甚至受到日本的以礼相待，于是有人怀疑他叛变投敌了。在陈恭澍与汪伪合作的同时，他与重庆、军统重新取得联系，获得新的密码、电台后继续为重庆工作。1946年，陈恭澍以汉奸罪被判刑12年，但隔了一年就获得释放，还负责了一个新计划。

至于日军、汪伪为什么不杀他，答案很简单，就是杀掉不如留着用更好，实在没有利用价值了，随时随地都可以解决。这是日本人的惯用手法。对汪精卫和陈璧君而言，肯定希望把陈恭澍立即枪毙，毕竟在河内陈恭澍派人暗杀过他们夫妻。陈恭澍被抓后，陈璧君特地从南京跑到上海，当面痛斥他，甚至要把他带到南京去，但被日本人拒绝了，他们夫妻没办法。

就个人来说，陈恭澍的生死自己还是可以选择的。想活着，就要受制于敌手；选择死，拒不合作就够了。陈恭澍回忆说只怪自己年轻气盛不甘心，认为活着才有机会把输掉的捞回来。这虽算不上苟且偷生，但经历多年后才醒悟当初错过了杀身成仁的大好时机。虽然多活了几十年，但论生命的价值，总不如当年成为烈士之可贵也。

这句话确实很珍贵，很多活过一场的人才明白，选择去死比选择活着继续烈士未竟的事业容易得多。陈恭澍晚年终于发现，尽管他后来为党国做了很多工作，但论生命的价值，如果当年拒不合作，一心求死，立马就成烈士，就不再是无名英雄了。

除了对被捕事件的总结，陈恭澍接下来又发牢骚说："如今也不妨敞开来说话，我未能从容就死，也使得我的上级主管大失所望。"为什么？因为有部属壮烈牺牲也是一项工作业绩，陈恭澍没死，所以戴笠也失望。

陈恭澍也提到，大家谈事情，格调都飙得很高，那很容易，事到生死抉择的时候恐怕就没那么简单了。我的处境是既不想死，又不肯辱没自己，还想再做一些有利于工作开展的事。不想死，是人的本能。不肯辱没自己，但不并代表我投敌。虽然话这么说，但毕竟在道德和格调上有了污点，同时又接受李士群的建议与他们合作。若将功补过的话，就只能做些有利于党国的事情。

到底是寻常地去选择，还是做个高尚的烈士？局面微妙复杂，很难在同一维度、同一评判角度讲清楚，在不同的人生阶段回看这段历史，都会有新的评论。这当然也是做人很难的地方，更何况是成为一个间谍、特工。

陈恭澍被捕后，上海区的各种账本、通讯录都被整理出来搜集线索，审讯人员对他们讲，这些资料我们查起来也比较累，希望你们配合解释一下。其中一个叫齐学兵的书记看到在账本里夹着一张小纸条，上面写着"即交张素贞转四弟活动费四千元"。如果这张小纸条被发现，唐生明的身份可能就会暴露，于是齐学兵假装纸上有折叠要把它舒展开，悄悄揉成一小团后吃掉了。

当时，在军统上海的秘密文电里，有一份唐生明发给重庆方面的电报，建议以后不要再在上海等地暗杀日军官兵，因为这种做法完全得不偿失。电报中特别举例，当时军统在上海愚园路附近暗杀了几个日本宪兵，日军立刻把这一地区严密封锁，逐步搜捕可疑人员，还杀死了几十个无辜百姓作为报复，让该区居民不能随意出入，居民生活遭到极大影响，因此产生对重庆政府的怨恨和不满，因此希望重庆不要再做这些无意义的工作，以免失掉民心。

唐生明还转告重庆政府，很多在沦陷区外的人认为在沦陷区的人民过着水深火热的生活，其实日本人和汪伪政府采用了怀柔的政策对待敌占区百姓，并不过分难为他们，甚至尽量保持沦陷前后的生活水平一致。

不幸的是，这份电报被汪伪政府和日军发现了，他们非常重视。这就意味着，在军统上海区之外还有一个极为重要的人物隐藏在上海，重要到可以跟重庆提出这样的建议，且这种建议证明此人肯定是国民党内部的高层人员。

被日本人保护的
中国特务

———————

电报被发现后，李士群、汪精卫觉得这电报只能是唐生明发出的，尽管如此笃定，但还是要有证人才好。这时正好抓住了军统上海区的负责人陈恭澍，他们就想让陈恭澍和唐生明当面对质。

我们今天看到了唐生明和陈恭澍的回忆录，两人都描述了对质的场景，只是说法有出入。

我们先来看陈恭澍的回忆，他说一天早上被提到李士群家里。李士群办事有一个风格，不喜欢在办公室里谈论重要的事情，一般都在自己家里进行。76号特工总部离他在愚园路的住宅并不远，所以陈恭澍很快就到了他家。去的时候还是早上，李士群和一些人还在用早餐。

陈恭澍坐下后发现，根本没人正眼看他，他觉得很奇怪。在场的人多是南京伪政府的头目，陈恭澍注意到其中有个湖南口音的，长得浓眉大眼，身材粗壮，颇具气概，他心想这应该就是唐老四唐生明。陈恭澍在军统的地位比较低，以前没见过唐生明。

这些人先后告辞，唐生明也走了，就剩下李士群和陈恭澍聊天。李士群跟他讲，你给我们的打击太大，迫使我们一定要彻底破坏你们的组织。先不讲政治立场，就算为保障我们所在区人民群众的安全、社会的稳定，也要阻止你们。

　　李士群接着说，你我都是亡命之徒，境遇差不了多少，所以将心比心，每次碰到像你老兄这样的亲信，我的处理原则都是对事不对人，特务工作只要达到政治目的就可以了，不一定非要杀人。接下来就是希望陈恭澍跟自己好好合作。但重点不在这里，而是关于唐生明的事情。

　　这就是那天早上陈恭澍在李士群的寓所经历的事情，关键点是他和唐生明只在早餐桌上匆匆一面，招呼都没打，明显互不认识。

　　唐生明的回忆录里怎么讲的呢？有天夜里，李士群突然打电话让他连夜赶往上海。唐生明问什么事，李士群说你来了就明白了。天亮的时候，唐生明到了上海，由李士群的亲信专车接到家里。当时，在办公室看到了张素贞，正与李士群聊着天。唐生明内心虽然着急，但表面若无其事，先跟李士群开玩笑。李士群见到唐生明后没有寒暄，直接告诉他陈恭澍被捕了，上海军统分部已被摧毁，你也脱离不了嫌疑。

　　显然，除了被吞掉的那个纸条，李士群手下在文件档案中可能还发现了跟唐生明有关的其他材料。唐生明再三解释，说自己过去与戴笠是朋友，现在我并没有替他工作，只是偶尔跟他有联系。李士群不理他，叫人把陈恭澍带来和他对质。局面立刻紧张起来，大家都感到很不安。陈恭澍被带进来后，唐生明一言不发，听李士群盘问他，结果陈恭澍也不承认二人有关系。

　　陈恭澍走后，李士群跟唐生明讲，有关系也不要紧，只是希望你平时做这些事不要躲开我，最好也把我当成你的好朋友。唐生明的那套江湖做派这次又派上了用场，说哪怕杀了我，我也承认同戴笠是朋友，但你说的那些我确实没做过。李士群也就没有再追查下去。

　　这就是陈、唐两人回忆录不一致的地方。陈恭澍说根本没有对质的过程，但唐生明却说有。

　　过了一会儿，李士群又跟唐生明说，虽然我相信你跟戴笠只是朋友关系，给他提一个正常的建议，且对南京这边有好处，但汪先生已经知道了，他打电话让我把你送到南京去，你当面和他聊一聊。

当晚到达南京火车站后，唐生明突然看到几个日本军官来接他，他心想这次完蛋了。唐生明一直害怕与日本人打交道，如果这件事日本人插手，意味着局面将失去掌控，随时有生命危险。但日本军官的脸色非常好，李士群也陪他一起去了，并通过翻译和日本人聊了几句，然后再三安慰他放心，好好聊聊就行了。

日本军官把唐生明带上汽车，一直开到派遣军总司令部。日军的势力主要分三派：情报机关、作战部队和驻军总部。唐生明先被带到驻军总部的参谋部，几位大佐、中佐在那等着他，让他非常意外的是，这些人都特别客气，热烈地跟他握手，这让紧绷的神经稍微放松了些。

参谋部的负责人说："我们很久以来找不到与蒋介石阁下有关系的人，今天总算碰到了你，所以特别请你来谈一谈。"因为唐生明能给戴笠发电话提建议，证明蒋介石也能看到，这自然会引起汪精卫的重视。而日本人在汪伪政府里安排有不少耳目，在得知消息后就抢先在火车站截走了唐生明。

日本人声称对唐生明做的事会全力支持，南京政府绝不敢为难你，一切我们说了算。唐生明一下蒙了，本以为到南京后会受到汪精卫的责备，却不想中途被日本人拦住，而且还全力支持自己，甚至要给自己新的电台使用。开始他不敢回应，怕是对方给自己下的套。日本人却非常有诚意，就带他去见总参谋长河边正三中将。

河边总参谋长也很客气，说得也更直接，意思是日本人没办法才与汪精卫合作的，现在唐生明能与蒋介石对话，就希望他能从中帮助直接商谈中日合作。河边的态度越说越谦和，还对蒋介石大大恭维了一番，反复强调日本对中国没有野心，绝不会长期占领，我们应当合作反共。

唐生明问他们为什么会找到自己，为什么发现自己跟重庆有关系一点儿都不生气。河边正三说，你建议重庆方不要在沦陷区杀害日本人的事情让我们认为你非常有见地，如果重庆能够接受，就表明我们双方还是有些事情可以聊一聊的。

经过这个突如其来的变化，唐生明的情绪波动比较大，但他脑子转得很快，开始慎重考虑如何答复对方。在目前的情况下，既不能否认与蒋介石的关系，也不能立即承认，所以唐明生的回复还是颇有艺术：我在重庆方面认识的朋友的确很多，我愿意先和你们研究一下，然后再去同他们商量，看他们的态度如何。

河边正三对这样的答复很满意，接下来又陪唐生明去见了总司令。总司令的意思很明确，你并非为我们工作，只是我们认可的重要人物，汪精卫已经管不了这件事了。然后，参谋长又招待他吃了顿饭，并安排了住处。唐生明借机到李士群家与徐来见了一面，李士群听他讲了经过也放下心来，且表现得更亲热了。

第二天跟汪精卫见面，唐生明的心情完全不一样了。虽然汪精卫对他瞒着自己与重庆保持秘密联系不快，但因为与日本人搭上了线，唐生明也没太在意汪精卫的牢骚，听他抱怨了一通就告辞了。

回家后，唐生明赶紧向重庆报告，说与日军负责人见了面，希望能跟重庆合作。戴笠大喜过望，但唐生明却纠结无比，因为他不想成为一个汉奸，总想给自己留些余地。

日本甚至还专门派了一个大尉松井大佐住到唐生明家，负责联络与保护。松井每天一大早来报到，晚上睡觉的时候才离开。时间久了，汪精卫知道了，李士群知道了，很多跟他认识的人也知道了。家里天天有个日本人，不管穿不穿军装，唐生明的身份其实就公开了。尽管蒋介石不让唐生明以他的名义对外活动，但大家都心知肚明。

接下来还有一些趣事，松井到唐生明家后，电台可以公开使用了。以前，电台放在郊区某个地方，发电报时就让通讯员或张素贞去那边发。现在直接把电台从郊区搬到了自家三楼。三楼原是叶蓬借给他的洋房，这个区域因在战时电力供应不能长期保障，会轮流停电，从而影响电报发送。唐生明跟松井提到这些后，日军司令部立即命电力公司通宵供电。邻居知道后竟然跟他开玩笑，说沾了你的光，我们在沦陷区还能沾重庆政府的光。其他的煤、米、汽油等各种日常生活物资供应困难，有时有钱也买不到，但唐生明具备这层身份后，就有军部特批，不但自食有余，每月还可周济他人。

唐生明成了日占区里对日军最重要的一个中国人。1944 年秋，日军攻陷湖南，企图打通通往越南的道路，准备和印度支那半岛以及南洋的日军连成一片。这时唐生明面临一个考验，日军提议他去湖南当省长。这是一个很大胆的建议，唐生明回复说考虑一下，需要先向重庆报告，蒋介石听后非常赞成。

在这一问题上，日方、蒋介石和汪精卫的意见可谓不谋而合，这样湖南就会成为日军、汪伪政府和重庆政府间的缓冲地带。戴笠在复电中除转达蒋介石的指示，还说可以把湖南、广西的军统情报机关和武装部队交给唐生明，改编成伪军，由他指挥。除了抗日，对于重庆来说，防共、剿共也是重要任务，没有一支武装力量肯定不行。

唐生明也是个有血有肉的人，他经过慎重考虑后决定不去，主要原因是什么？

唐生明在后来的回忆录中说：我是湖南人，家在湖南，亲朋好友都在湖南，他们肯定反对我。以前做地下工作，家里人不太清楚，除了了解真相的哥哥，其他亲属均表示反对。如果当了省长，明面上就成了日本人的棋子，出面干坏事的就是自己，不成汉奸才怪呢！

唐生明不答应，三方都继续做他的工作。日本参谋部派人说，不要急于表态，你先去湖南了解下情况，愿意的话我们会立刻通告全国，不愿意再回来。唐生明认为，日本人急于任命他是想诱降蒋介石的一种手法，暗示可以把占领区变相的地还给蒋介石。当时日本本土已受到美军攻击，太平洋战场节节败退，日军想尽快结束在中国的战事，但又不能草草收场，希望能达成既定利益的合约再走。

而汪精卫已经到了生命尽头，身体条件很不好，后来去日本养病了。陈公博代理他工作的时候，态度也很懈怠，唐生明根本不理他，他的对策就是多方敷衍，一直拖到抗战结束，也拖掉了很多事情。

在这段时间唐生明利用日方给予的特权办过不少事：军统的一些特务被汪伪政府逮捕，他让松井替他保释出来；美国飞机在沦陷区被日军击落，飞行员被活捉，他根据重庆的指示营救了这些飞行员，并让松井告诉军部不要杀害虐待他们。抗战胜利后美军派人到上海接走这批美国人，还特别向他道谢。

唐生明事后回忆说觉得很滑稽，在抗日战争时期，我却像和平时期派驻别国的人员一样得到优厚的待遇和特权，向日方提出交涉，保释被捕人员，公开建立电台，甚至还有专人保护。

唐生明在历史上被称为"福将"，看他的这段感慨，虽说是自嘲，但也确实这么回事。他享受的待遇，比重庆的大多数人还要好。

这就是唐生明在汪伪政府卧底的故事，他在回忆录里他写还了一段关于松井的事情：

> 松井大尉是在日本宣布投降后才回国的，我在他向我告辞时问他有什么事情需要我帮助，他只向我表示想早点回日本去，因为他是长崎人。他告诉我，他一家人都在长崎，被美国人的原子

弹炸死了。由于他给我做过不少事，也尽心尽力地保护过我，所以在胜利后第一批遣送日本人的时候，我通知上海港口司令军统大特务谢浩林把他安排进去。动身那天，他还依依不舍地和我以及我的家人告别，带着懊丧的表情走了。[①]

---

① 唐生明《蒋介石派我参加汪伪政权》，载纵横精品丛书编委会编《民国政要百志》，中国文史出版社，2002年，第372—373页。

民国第一外交家
——顾维钧

第七章

一个不该被遗忘的外交家

————

　　关于中国近代史有很多经典而简练的评论，其中有一句叫"弱国无外交"。大家一直对这句话信奉不疑。咸丰年间，清政府成立了总理衙门，这是外交部的雏形，接下来就是北洋政府、国民党政府的外交。总之，中国一百多年的外交史多是丧权辱国的条约，后人对当时的外交成果基本是一笔抹杀。

　　弱国无外交，这一说法在近二十年受到一些怀疑。弱国，真的就无外交吗？来自台湾地区的学者唐其华先生，在对清政府、北洋政府和国民政府的外交做了深入的研究后提出，"弱国无外交"是错的，哪怕在积贫积弱的晚清政府、北洋政府，在外交上都取得过很好成绩的。

　　当然，这里的"很好"是指在政府软弱无能的情况下，外交官们通过自己的努力做出了贡献乃至牺牲，通过其他部门的协助，在动荡的国际局势中把握机会，为清朝、民国在外交上争取了最大的权益，这样的外交成果和功绩绝不能忽视，如果不竭力争取，结果只会更糟糕。

　　我一直强调，对历史的评价没有恒定不变的结论，我们对自己、社会、国家和世界在不同阶段的不同认识，会导致我们对历史的看法随时变化。

　　顾维钧是江苏嘉定县（今上海嘉定区）人，十几岁就来到上海。他的家世比较迷离，在回忆录里他讲到顾家是嘉定县仕宦的首户。如果是这样的家庭，按说很容易考据出其祖上名人，可地方志或其他资料均无记载。

顾维钧在回忆录里提到：祖父死于太平天国战争，因当时他家是县里首户，结果祖父被太平天国绑架，要求拿钱赎人，他们家耗尽家财救出了祖父，但没多久就去世了。全家变得一贫如洗，后去了上海，靠外公家的接济从事外贸工作，后又去了交通银行，通过自己的打拼和人际关系成了首任总裁。

顾维钧12岁时在上海的育才中学念书，同年，其父给他订了娃娃亲，女方叫张润娥，比他小两岁。张家主人张衡山是顾维钧父亲的好友，家境比顾家自然好得多。

中学读了四年后，顾维钧自费去美国留学，先在纽约的库克学院学英语，过了语言关后第二年考上了哥伦比亚大学，接下来就是文学学士、政治学硕士、法学博士。

1907年，20岁的顾维钧受父亲的催促回国完婚。和当时的很多青年人一样，顾维钧见识了自由的世界，追求个性解放，就想悔婚，父亲以绝食相威胁，他才勉强答应，在举行婚礼后带张润娥去了美国。可去了美国后，顾维钧依然没有打开心结，据说从婚礼当晚到四年后协议离婚，两人根本就没同过房。

后来，张润娥出家做了尼姑。在那个时代，很多被离婚的所谓旧式女子都会选择出家，或在家终身守寡，做善男信女。当然，这些选择也是迫于传统、社会、舆论和家庭的压力，他们没有办法去应对这样的生活，更不要说反抗。

顾维钧追求自由、有真爱的生活，这当然没有错。可对张润娥来说，那是一生的磨难。我们不能把这些完全归咎于某一个人的个性或喜新厌旧，而应该归咎于传统与现代、中与西、城市与乡村、开明家庭与保守家庭等各种各样的矛盾碰撞。虽然他们都没有做错，但却要承受时代带给他们的苦痛。

第一段婚姻就这么结束了。

顾维钧学成归来，于 1912 年去了北京。此前他在美国已经认识了时任国务总理的唐绍仪。1913 年，顾维钧在上海与唐绍仪的女儿唐宝玥结婚。婚前，唐绍仪给他介绍了一份工作，做袁世凯的英文秘书，并深得袁世凯信任。婚后的第二年，中日两国进行"二十一条"的谈判。

由于孙中山在民国建立之初没有得到北洋政府对其临时大总统身份的承认，举国民意还是希望袁世凯担任首任总统的。孙中山为了挽回局面，便利用临时大总统的身份去日本求援，与日本的一些财团达成了某些承诺，比如将东北、汉口、湖南及蒙古的一些矿产资源让给日本独享，并签订了《中日合办汉冶萍借款案》。后来，孙中山下台了，但日本人还要求中国继续履行相关协议内容，并提出了新的解决方案——"二十一条"。

"二十一条"的主要内容分为五部分：

（1）承认日本继承德国在山东的全部权益，并加以扩大；

（2）延长旅顺、大连的租借期限及南满、安奉两铁路的期限为九十九年，并承认日本在"南满"及内蒙古东部的特权；

（3）汉冶萍公司改为中日合办，附近矿山不准公司以外的人开采；

（4）中国沿海港湾、岛屿不得租借或割让给他国；

（5）中国政府须聘用日人为政治、财政、军事顾问，中国警政及兵工厂由中日合办，日本在武昌与九江、南昌间及南昌与杭州、潮州间有修筑铁路权，在福建有投资筑路和开矿的优先权。

从这些内容来看，中国从政治、经济到军事，全要求由日本人操作，具体的包括煤矿、铁路，以及与文化事业有关的学校、寺院、医院等。如果同意这样的条约，那中国几乎就是日本的殖民地了。

无论是鸦片战争、甲午战争，还是后来的义和团事变导致的"庚子赔款"，都不及"二十一条"这么过分。以前的不平等条约以赔款、割让租界为主，国外的权力基本限制在一个局部地区。像日本这次的全面介入，从中央政府到地方资源全部染指，这可比以前的半殖民地半封建吓人多了，简直就是全面地殖民中国。所以，哪怕史书上说的窃国大盗袁世凯也不敢接受。

但日本人十分凶悍，在谈判之初绕过外交部，直接向袁世凯提出了条件。双方来来回回谈了二十多轮，三个多月。1915 年 5 月 7 日，日方发出最后通牒，如果中国政府不予答复，将会采取必要的手段，即所谓的军事侵略。

最终，袁世凯还是签订了这一条约，但并未满足日本的全部要求。在谈判过程中，顾维钧的发挥起到了关键作用。谈判开始前，当时的中外媒体提前泄露出了条约内容，招致中国民众骂声一片。

签约当天，一个叫彭超的湖南学生投江自杀。北京 20 万人到中央公园示威、游行、集会，包括当时在南京读中学的 17 岁的周恩来，也上街演讲，号召人们振兴中华，雪此国耻。当然，顾维钧的目的不只是要激发国人的民族主义情绪，更重要的是把这些消息传递给美、英、俄、德等列强。日本在中国的权益一家独大，受损的就是其他列强，所以他们坚决不能接受。

在谈判过程中，西方列强也有技巧，他们不敢公开得罪日本，而是在中国民众情绪高涨之际，提出中国应平等对待各国，保证各国在中国的所获权益。美国发表严厉声明，不承认条约内容。事后，有人认为是顾维钧提前与美国做了沟通，因为事后他就被派去做了美国大使。

当时顾维钧才 24 岁，能在这样的大事中敏捷地把握局势，尽其所能，为政府、国家最大限度地争取降低伤害和侮辱，争取一些实际利益的损失，不得不说他在中国外交史上还是有一定贡献的。当然，更为知名的是他于四年后率中国代表团参加了巴黎和会。

西方各国的外交官多出身名门贵族，这是欧美传统，美国总统派驻各国的外交官多是在选举中为其提供重要帮助的人，另外就是社会地位很高的商人、学者或律师。在欧洲，当时还保有爵位制度，外交官多出自皇室和贵族，总之，经济条件都不错。

外交，并非只是有事时大家才见面，没事时也要多联络感情的，或者收集一些情报，哪怕喝酒聊天，敏锐的人也能捕捉到很多信息。但平时聚会总得有买单的时候，但顾维钧家里穷，夫人唐宝玥的父亲唐绍仪虽贵为总理，但也没有多少财力支持，北洋政府也缺钱。你总不能清茶一杯谈一天。欧洲各国的那些外交官也都是平时享受惯了，所以顾维钧非常痛苦，不仅是因为穷，没脸面，更是因为好多工作无法开展。

可就在这时候，发生了一件改变他命运的事，唐宝玥因病去世了。

受够了屈辱的
首富之女

———————

　　唐宝玥去世后，在欧洲的顾维钧于凡尔赛的和约签订大会上狠狠出了一把风头，也迎来了他人生的又一个关键转折点。

　　家庭生活方面要不要续弦？作为外交家，没有妻子在身边也不太合适，毕竟他当时只有 29 岁，有新任妻子也在情理之中。

　　另外就是未来的职业生涯怎么办？唐夫人是前总理唐绍仪的千金，顾维钧当然获得了唐绍仪的赏识，在自己的外交生涯里自然也获得了岳父的帮助，但现在妻子去世了，跟唐家的关系自然就会淡下来，后面再从唐家获得政治或其他方面的帮助就会越来越难。

　　比在政治、外交上给他帮助，更重要的是经济支援。顾维钧现在已在中国政坛和国际外交界立足，但同时又饱受经济窘迫的拖累。接下来续弦的话，如果对方是一个在政治、经济上都具有雄厚实力的家族，那才是上上之选。这时，黄蕙兰出现了。

　　黄蕙兰在 20 世纪 70 年代出过一本自传，名为《没有不散的筵席》。其实，在更早的 40 年代她就写过一部自传，因当时顾维钧还是公职人员，内容需要政府审核，结果被蒋介石否决了。

　　黄蕙兰的父亲黄仲涵是印尼首富，被称为南洋糖王，在印尼、新加坡都有产业，黄蕙兰从小就在这两个国家长大。当时，新加坡是英属殖民地，印尼是荷属殖民地。黄蕙兰从小接受的是中西合璧的教育，在语言方面，不仅会荷兰语、英语，也会法语，骑马、射箭、跳舞、游泳等西化的活动，也都有专业的家庭教师。但遗憾的是黄蕙兰没有去欧美留过学，就很难进入殖民地的顶级社交圈。

当时，种族歧视在殖民地还是很严重的。有一次在新加坡，黄蕙兰骑马累了，便独自去市区放松，想乘坐公共交通工具电车，但那时新加坡的电车分前后两节车厢，前面的只准英国人和其他与英国有邦交的人坐，华人只能坐后面。虽然黄蕙兰用英语交流没有问题，但她还是被司机赶到了后面的车厢。受了委屈的黄蕙兰回家后大哭了一场。

黄仲涵有十几个子女，但他最钟爱的就是黄蕙兰，看到女儿受了委屈，怎能咽下这口气！黄仲涵便打电话给新加坡电车公司总经理，问他每天的营业额有多少，得到回复后他说，从明天开始这钱我出，但条件就是废除按人种区分乘客的规定。虽然电车公司没权修改这个规定，但此后华人乘车受歧视的情况确实少了。

当时，公共泳池是由英国殖民者的会所俱乐部组织开办的，也只准白人入内，不招待华人和土著，黄仲涵为此花钱建了一个从外观到设施均不亚于西洋的游泳池，同时规定只对华人开放，不许洋人入内。

冥冥之中，很多人的相遇和邂逅都好似上天安排。顾维钧和黄蕙兰相识前，顾维钧个人优秀但又非常缺钱，可以说是贵而不富；黄蕙兰则是非常富裕但缺少政治和社交上的地位，即富而不贵。所以，黄蕙兰和顾维钧的结合也可谓各取所需。

在与顾维钧结婚前，黄蕙兰有过一次婚姻。蒋介石的侍从张令澳在回忆文章中提到，黄蕙兰为摆脱富而不贵的处境，曾贸然同意与在新加坡的一个英国商人结婚，企图利用这层身份进入欧洲上流社交圈。但随英国商人回到伦敦后才发现，她的这个老公无非就是个去远东做生意赚了些钱的暴发户，根本不属于上流社交圈，所以黄蕙兰的这段婚姻很快就结束了。

这段短暂又冲动的婚姻，在后来让黄蕙兰遭受了另一层侮辱。嫁给顾维钧后，她就成了公使夫人，在与英国王室的交往中，严谨的英国人查出了黄蕙兰在新加坡嫁给过英国商人，这样的人不适合与尊贵的王室交往，就拒绝了她入宫。

二十年后，顾维钧再次担任驻英大使，黄蕙兰以为这次总算有机会去白金汉宫跟英国女王见面了，而且当时中、英、美、苏是同盟。但到英国后才发现，虽然以前皇家的各种繁文缛节都取消了，但战时的规矩还是不允许，她依然没有如愿。黄蕙兰执念很深，平时经常看到英国女王救济孤儿、慰问伤兵等方面的新闻，认为女王个人时间是有的，就是因为自己曾跟英国商人结过婚才故意刁难。

回想起这些年的经历，黄蕙兰对英国人的态度自然不会好，甚至认为英国就是自己的天敌。她心底自觉受尽屈辱，便想把这些经历表达出来，就找了一个女作家为她整理自传，后来随顾维钧去纽约时想在那里出版。当时的国民政府驻美使馆知道了此事，便报告给蒋介石，说自传里有某些内幕，暴露后会有损顾大使及中国人的形象。

外交无小事。国民政府以战时驻外使节不得擅自对外发表言论或文章的规定为由，认定该自传在美国不宜出版。蒋介石后来也批示："此书不要出版，魏大使商洽少川大使设法收回。"魏大使是魏道明，少川大使就是顾维钧，意思就是不能出版，且书稿也要封存起来。

没有不散的筵席，
只有伤感的故事

———————

黄蕙兰的自传名叫《没有不散的筵席》，书的第一段话是这样的：

> 中国有一句老话："人不能抬自己的轿子。"换句话说，就是切勿自吹自擂。在我们中国，有钱有势的人与同等地位的人说话时自称"鄙人"，我的父亲是东南亚最富有和最有权力的人。他在同等地位的人中，自称"鄙人"，而他们称我，一个小女孩，为"千金"。①

这段话表明黄蕙兰在童年时期就受到了中国传统文化的教育。尽管是远离故国的富商家庭，但十分讲究儒家礼仪。而且黄蕙兰有很多妙语，她说当一个西方人解不开绳结的时候，就会不耐烦地拿着剪子、刀子将它割开，而中国人就耐心地解，直到解开为止，这也体现了东西方文化的区别。

黄蕙兰还谈到与顾维钧的初遇，她说："我嫁他是顺从母亲的愿望，

———————

① 黄蕙兰. 没有不散的筵席 [M]. 北京：中国文史出版社,2018.
本章后面关于黄蕙兰的回忆引文，也皆引自本书。

而他娶我是因为他看到一张漂亮的面庞，此外就没有什么了。"这句话说得云淡风轻，一个是顺从母亲之命，一个是知慕少艾。如果我们能多了解一些真相，就会对这些话有更深入的理解。

黄蕙兰声称由于妈妈的培养，其深谙欧洲社交习俗，爱跳舞、开名车、豪赌，从父亲那里有源源不断的金钱。但事实并非如此，她确实想极力进入欧洲高层社交圈，但未能如愿。她说"爱跳舞、开名车、豪赌"，一位二十几岁的大使夫人，在社交圈当然还是很吸引人的，她说："我用赌博作为对不幸婚姻的逃避，我只在公开赌场和不相识的人，或者那些把钱不当一回事的军阀们赌，如果是家里请客，我绝对不会跟他们赌，因为赢客人的钱对我来说是不可想象的，在我父亲家里如果客人们输了，那我有责任补偿他们的损失。"

从时间上推断，黄蕙兰突然迷上赌博，应该不是刚跟顾维钧结婚的时候，而是隔二十年再回到欧洲，或者在美国担任驻美大使期间的事。

> 外交家和重要人物为我作诗，试图与我调情，我记得在我们新婚后的一次欢迎会上，我大声向我丈夫叫道："维钧，那个老头想知道中国话怎样说'我爱你'。"

这个情景非常有意思，但她要强调的是：虽然我好喝酒，喜欢开快车，喜欢赌博，也结交各路异性，但我还是一个各方面十分谨慎的妻子，避免任何微小的不守妇道的迹象，可就是这样一个中国女性，竟还被怀疑有情人，真是令人哭笑不得。

> 我不主张离婚，除非妻子要求，中国男人不能遗弃他的合法妻子，除非他的妻子犯了七出之条，我有我的过错，但不属于这

些，虽然分离了十八年，我仍自认是顾维钧的夫人，我确信只要
我活着，我的儿子们谁也不会离婚。

这就是非常彪悍的顾前夫人对婚姻的宣言。她虽然一直身处中国以外
的社交圈，但内心一直认为自己是遵守传统中国道德、信奉儒家礼仪的中
国女性。

所谓七出，一是无子，没有养育后代；二是淫佚，有婚外情；三是不
事舅姑，对公公婆婆不孝；四是口舌，好搬弄是非；五是盗窃；六是妒
忌，认为妻子的凶悍嫉妒会造成家庭不和；七是恶疾，有传染病。

当然，自传中的这些都是黄蕙兰的一面之词，我们虽然不能尽信，但
也大致能了解到她的为人。

一个是富而不贵，一个是贵而不富，两人的婚姻原以为是天作之合，
但事实上并非那么幸福美满，也会遇到新的麻烦，所以我们才看到黄蕙兰
在书的前言里的那些抱怨。最终，两人结婚三十年后又离了。

关于婚后的生活，黄蕙兰说："以前我会通宵跳舞，从不怕参加没有
任何熟人的晚会，因为我善于结识朋友，能找到各样的舞伴，不论在哪
里，我都担任着国际社交界的角色，我认识那些伟人和接近伟人的人，有
时只结识那些仅能讨人喜欢的人。"

妈妈带我到英国后，我就开始过社交仕女的生活，如果我们
留在爪哇，我作为一个未婚中国女孩生活会受限制，并且没有寻
欢作乐的机会。但在英国就不同了……我在伦敦最受欢迎的服装
师那里买衣服……那位服装师是埃莉诺·格林的姐妹，埃莉诺著
的书当时被认为是"性书"……服装师开的价贵得离奇，也许因
为我未经世故可欺，她才乱开价。

　　我从未学过西方所谓的"交际舞"，但我能与舞伴步调一致，所以不久人人都知道我的舞跳得极好。当时，艾琳·卡斯尔是交际舞的大师，并且树立了跳舞时服装打扮的榜样，所以我剪掉我当时拖到足踝的长发，像卡斯尔夫人那样头发短短的。我精力充沛。我用妈妈的罗尔斯－罗伊斯轿车和司机，开到福克斯通、布赖顿或当时其他流行的跳舞场所，我的伴侣在那里等着。我每场舞必跳，黎明才乘车回家，兴奋得忘了疲劳。这是我的家庭教师琼斯小姐读过《闲谈者》所向往的那种生活，这样的生活和代表三宝垄社会精华的那种乏味的荷兰社交集会差别太大了。我爱惜每一分钟。

　　我们当时即将跨入摩登女郎的年代，而我恰好神奇般地适应这个年代。我具有合适的身材，娇小，胸部不高，并且充满活力。如果你能想象一位中国摩登女郎的模样，那就是我。此外，父亲的亚洲糖王的声誉并无损于我的名气，英国上层社会的朋友一定将我，糖王的女儿，当成偿清他们家族城堡抵押债款的一种潜在希望。

　　所幸，黄蕙兰剪去长发后的照片我们今天还能看到，那是她在青涩少女时代的最后一张留影。

在珍珠堆里长大，
在孤独中泯灭

如果只记得那些惊心动魄的历史事件，那些光彩照人的历史人物，而忘了他们背后的伤感、不安、痛苦、沮丧、尴尬，甚至羞辱的细节和情感，那我们对历史的理解未免就过于浅薄了。当然，哪怕理解了这一切，我们也很难从历史中学到什么，但至少在这一刻，我们会有一些同情心，至少能试着去理解他人，理解自己。这种心灵上的同情，可能比实际从历史中学到些什么、让自己过得好一些更重要。

最近看了一部讲丘吉尔首相的电影《至暗时刻》，电影展现了一个多疑、易怒、不自信的丘吉尔，个人的生活和国家的前途都被他用来放手一搏。可见，哪怕是高高在上的首相，甚至女王，在他们的日常生活中也会因为与工作、家人、亲朋的关系不佳而感到痛苦。这种紧张的关系，也导致黄蕙兰几乎终日不快，就像丘吉尔一样。

如果说我们与历史伟人或名人有什么相通的地方，那无非是生活细节和一些私人情感，在这些方面我们能体会到人生来平等。但出于好奇心和求知欲，我们也可以通过探究他们的细节和情感，来深入了解那些改变世界的时刻，甚至能深入了解人与世界如何相处的有趣教益。

顾维钧的第二任妻子逝世后，在参加黄蕙兰的姐姐举行的一个社交聚会上，看到了钢琴上黄蕙兰的照片，就表示出了兴趣。那时的黄蕙兰正好在意大利玩得很开心，有不少意大利的追求者，天天跟着她吃喝玩乐。可姐姐和母亲通知她赶紧到巴黎去相亲，而相亲对象是一个鳏夫，由此可知她当时的心情并不愉快。但出于孝心，她还是去了。

到巴黎后的第一天晚上，黄蕙兰就与顾维钧见了面，她在书是这样写的："顾维钧只有 32 岁，作为代表团的第二代表，真是非常年轻。而作为中国驻美公使而言，实在是太年轻了。不过，与追求我的英国人和那些我在威尼斯遇到的善于献殷勤的意大利人比起来，他并没有什么特别夺目的地方，他留着老式的发型，衣着和我的男性朋友们经常穿着的由英国高级裁缝制成的也相形见绌，后来我才知道他穿的是在美国买的成衣。"

这就是并不富裕的顾维钧在初次见面时给富豪千金黄蕙兰留下的印象。不能说黄蕙兰势利，因为从后来她对顾维钧的印象来看并没有这样的表现，这只是她从审美角度做出的客观评价而已。黄蕙兰的母亲经常表扬顾维钧很帅，但她说我从未觉得他很帅。言外之意，黄蕙兰对这位未来夫婿的颜值打分不高。然而在第一次相见时，她确实觉得自己低估了顾维钧的天才。

> 不管我说什么、做什么，都不能使他失去勇气。他不谈自己或他从事的工作，而是让他自己关心我的生活天地。宴会还没有结束，我已经觉得有些陶醉了。我们在一起友好而不感拘束。

当天，两人就约好次日一起郊游。顾维钧用英语告诉她，明天我来接你，我有车。但顾维钧不会跳舞，也不会开车，这也是让黄蕙兰不满意的地方。但因为顾维钧是中国公使，有法国政府给他的配车。两人一起坐车看歌剧的时候，黄蕙兰感受到了顾维钧善于言谈外的另一种魅力。在歌剧院，他们坐的是由政府保留的国事包厢，黄蕙兰知道这个包厢很可贵，因为"不管我爸爸花多少钱也买不到这个包厢的座位，因为这是专门要为人们保留的"。

尽管黄小姐看到顾先生多少有些失望，很难让她下定决心嫁给他，但她内心却一直在方方面面做着比较。黄蕙兰的父亲虽然是印尼首富，但还影响不到中国，所以顾维钧对其家世背景并不了解。但顾维钧的魅力，黄蕙兰的姐姐一清二楚。黄蕙兰的姐夫也出身于印尼名门，在欧洲受的教育，能说流利的英语和优雅的法语，但在她姐姐看来，丈夫是无法和参加巴黎和会的顾维钧相提并论的，他没有这些外交家的头脑、姿态和声望。

于是，姐姐决定通过妹妹在这个不完美的社会环境中树立自己的地位，她不可能与自己的丈夫离婚，但她可以尽力为妹妹挑选一个好妹夫。

与此同时，顾维钧发动的攻势也非常猛烈。当时，代表团在巴黎待的时间并不长，他已经下定决心要在短时间内跟黄蕙兰确定关系，即便不能订下婚姻，至少也希望这位少女能够接受他的求爱。

除了语言上的攻势，顾维钧也有实际行动，就是带着黄蕙兰领略白金汉宫、爱丽舍宫和白宫的风采，而这个世界让黄蕙兰非常心动，她从来没有奢望过会被邀请到这些地方。歌剧院里的包厢都是作为印尼首富的父亲不能花钱买到的，更何况这些代表世界权力的中心。

黄蕙兰的母亲对顾维钧的印象也特别好，得知顾维钧的两个子女是女儿的牵绊时，黄母便做保证将来会请保姆，不用女儿操心。甚至威逼利诱的手段都用上了，说自己有糖尿病，万一死了，你和你姐夫关系又不好，姐姐你是无法依靠的。至于你老家的父亲，姨太太成群，她们更是对你心怀恨意，父亲也未必能保你周全。最终，黄蕙兰向母亲妥协了。

很快，顾维钧在中国驻法公使馆的一个舞会上宣布了两人订婚的消息。但这个订婚仪式并没有让黄蕙兰感到高兴，第一件事是：黄蕙兰在巴黎订了一件礼服，设计师向她保证这是世上唯一一件，但在舞会上她看到另外一位女士穿着和她一模一样，主角光环被夺，让她非常愤怒、失望。另一件事是：在舞会上她没法跳舞，因为顾维钧不会，也不赞成她跳舞，只是交换了订婚戒指。于是她明白，结婚后将不能再为所欲为，要照顾丈夫的感受，因而心情有些沉重，意识到此后将进入成年世界。订婚仪式，也是她真正的成年礼。

订婚后顾维钧因公去了美国，然后再回欧洲举办婚礼。在美期间，顾维钧和黄蕙兰从未单独相处过。黄蕙兰心想：我和这么一个不解风情的人订婚，是不是太草率了？我们彼此真正了解吗？他最关心的是国家，是世界大事，而不是我个人。他虽然可敬、有才华，但他并不是我想要的丈夫。

更让黄蕙兰伤心的是后面的婚礼。两人的婚礼是在布鲁塞尔举办的，外交界来了很多人，包括几位中国驻外大使，还算正式而隆重，但黄蕙兰的父亲没法过来，顾维钧的家属也没有。而真正让黄蕙兰伤心的是，晚宴后回到旅馆套房，顾维钧连头也没抬一下，他正在忙着办公，口述备忘录，指示四个秘书手持笔记本围着他做记录。黄蕙兰找了把椅子坐下，顾维钧处理完公事才看到她，而讲的第一句话是，让她赶紧收拾行李，他们要连夜赶去日内瓦，国联大会第二天就要召开。

多年以后，黄蕙兰对婚礼的回忆就是非常的疲倦，不是新婚快乐后的疲倦，而是为国事操劳的疲倦。

到了日内瓦，顾维钧立即开会去了，旅馆里只有黄蕙兰和她的母亲，她们一起吃饭、逛街，就像没结婚一样。

顾维钧与黄蕙兰之间
有爱情吗?

————

　　如果把人生比作一场赴宴,那宴席上最风光的人自然是顾维钧,如果黄蕙兰没有留下《没有不散的筵席》这本传记,很多人可能都不会知道她的名字。即便有专人研究顾维钧,考察其家史、婚姻,也可能只会发现她只是夫人之一,至于她的家世,再加一句"印尼富商黄仲涵之女"就完事了。

　　顾维钧有 13 册回忆录被翻译成中文出版,之后还有很多以顾维钧与北洋外交、抗战外交、民国外交为题的专著与论文,以及很多他的朋友、部下、门生、国外同事为了回忆、悼念他,写了很多追忆的文字,其中包括一些顾维钧生平的传记。

　　通过这些文字,我们可以全面深入地了解顾维钧以及他对中国的贡献,在世界外交史上的地位。而对黄蕙兰,却只有《没有不散的筵席》这本传记。

　　关于黄蕙兰,除了吃瓜史学的史观本身促使我去了解这些不为人知的故事,以满足好奇心,另外的动机,就是通过他们的婚姻生活,以表明他们的婚姻自始至终几乎就没有爱情。

　　顾维钧和黄蕙兰的第一次见面,是由黄蕙兰的母亲和姐姐促成的,她们看中的是顾博士的身份和地位,而顾维钧也希望未来续弦的夫人能在经济上帮助自己,所以,两人见面聊的多是外交生活,比如经常出入的皇宫、总统府、外交晚宴等，这些都是当时世界上最荣耀的场合，代表着人类社交的顶端。顾维钧介绍说这些地方以后可以经常光顾，黄蕙兰自然很感兴趣。可当顾维钧讲到自己的两个孩子需要一位母亲时，这又让黄蕙兰十分诧异，因为顾维钧既没有说爱不爱她，也没有问黄蕙兰爱不爱自己，就开始了赤裸裸的求婚，所以，他们在开始时的爱情成分就很稀薄。

在自传中，黄蕙兰说在三十六年的婚姻里，很多时候她都在忙完事后于深夜反思，为什么我的丈夫对我没有爱情。显然，顾维钧对黄蕙兰确实没那么深情，且在婚内与其他女性保持着密切的关系。那么，是不是就此认定顾维钧是个无情、利用黄蕙兰的人呢？

首先，顾维钧在工作上所处的局面十分复杂难解，他既要代表中国与美、英等国保持好关系，又要对抗日、俄等国；在北洋政府期间，顾维钧是"外交系"（那些在英美留学、从事外交工作，后又回到国内政坛的人）成员，他们虽然没有紧密的联系和组织，却几乎垄断了中国外交势力，甚至包括内阁的几个职位。其他派系感到了威胁，就排挤打压顾维钧，这让他处理事务更复杂、更艰难、更危险。在劳心劳力的过程中，顾维钧对家庭、妻子不可能照顾得那么好，也可以说是另外一种形态的身许国家心许你。这算是可以谅解的地方。

还有，顾维钧隐约甚至是提前感受到了黄蕙兰的虚荣心。当时，在英国的顾维钧还只是公使，地位比大使低。简单说，大使相当于派出国的国家元首或领导人的私人代表，而公使只是传递信息的办事员。如果是大使，身份级别比驻地的首相还要优先，像美国、日本等国大使去晋见英国元首乔治五世，或参加国王举办的舞会、茶会，其社交地位比首相还要高。而公使就不行，在社交上的地位比英国的公爵还要低，这些从座次上也能看出来，所以黄蕙兰对此很不满。

有一次参加某开幕典礼，顾维钧夫妇只能排在最后，时间又长，很是疲惫，回到使馆后黄蕙兰大发脾气，说不愿一辈子当个小小的公使夫人，还问顾维钧何时能当上大使。

顾维钧回复黄蕙兰："如果你对现在的情况不满意，以后也不可能如意的，因为我无论怎样努力，都不可能比现在的驻英公使更高，因为中国不强大，就无法派出大使级人员。"

作为公使夫人，在社交上无法满足自己的虚荣心，黄蕙兰就集中精力装修破旧的使馆，让其尽可能的光彩照人。当时，中华民国驻伦敦的使馆沿用的是以前清政府遗留的，已经非常破旧。虽然顾维钧对这一切毫不在意，但黄蕙兰无法忍受，作为使馆的女主人，她化抱怨、遗憾为力量，用来装修这个破旧的老使馆。

虽然装修费用高昂，但钱对黄蕙兰来说最不是问题，她给父亲提到这事，很快就收到了 5 万元，相当于现在的 50 万元左右。因为装修所累，黄蕙兰甚至还流了产。

孙中山与顾维钧、黄蕙兰也特别有缘。后来冯玉祥邀请孙中山到北京共商国是，政府没有好住处，便想租下顾家的房子作为孙中山在北京的行馆。顾维钧没要钱，说孙先生住在我家是荣幸。但孙中山当时身体已经非常差了，到北京后先去协和医院治病，出院后就住在了顾家，直至 1925 年 3 月 12 日逝世。所以，冥冥中好似注定的缘分，在伦敦的使馆里，顾维钧夫妇保留了孙先生遇难处，而北京顾家又成了孙中山的寿终处。

关于出席盛大的场合，顾维钧在伦敦时也没有食言，他们夫妻参加了由国王和王后主持的一次舞会。黄蕙兰对乔治五世的妻子玛丽王后印象特别深，但一来皇室舞会前的仪式过于冗长，二来顾维钧不会跳舞，黄蕙兰也就无法进入舞池，只能旁观，有些无聊的她当时再次怀孕，竟然就在这样一个她梦寐以求的盛会中打起了瞌睡。所以她在回忆中说，这是她生命中的一件憾事。

一个虚荣的人，一生都在追求那种排场，追求所谓闪亮的、决定性时刻，但各方面因缘际会可以实现梦想的时候，反而因为各种原因留下了遗憾。

另外，还有一件事让黄蕙兰对自己的人生有了比较前瞻性的深刻认识。顾维钧驻英期间，他们到华盛顿开会讨论山东问题，即日本归还中国在山东各种权力的问题。会议很成功，可在美国使馆发生了一件事，当时美国有很多中国留学生，他们以为政府派的外交官又会丧权辱国，便激烈地冲进使馆，要求顾大使出面讲清楚。

黄蕙兰吓坏了。这时候顾维钧出现了，他非常平静地回答了学生的问题，接着发表了自己的即兴演说，不仅让年轻人平息了怒火，还让他们转而赞成和支持他。

黄蕙兰从来没有见过能够这样平息纷争的时刻，哪怕以前她见过父亲在印尼的商业谈判，在欧洲见过年轻人之间的各种争斗，但从未见过在这么一个混乱、对抗性很强的场合，仅凭一个人的口才就把事情化解了。

> 我以前从没有见过如此出色的场面。他如此出色的表现，给我以极为深刻的印象而且引以为骄傲。此刻我才真的理解为什么年长的人们佩服他，为什么他如此年轻就担当这样重要的职务。
>
> 这时我明白……顾维钧和爸爸一样，具有令人不能忽视的天赋。虽说中国的未来对我还是个谜，但是我有一种直觉，他必将在其中担当一个角色。我还明白，不论他想不想要，我定能给他以帮助。这是一个令人激动的预期，对未来的挑战。

黄蕙兰的自传是请一位作家帮她写的，所以我认为她在当时的感受可能不会如这段感想那么明晰。但这位作家写得非常好，总结出了他们家庭生活中对黄蕙兰来说非常重要的转折点。既然夫妻在生活中已经找不到爱情，总得有点儿事做，虽然这个丈夫不能给她爱情，但能给她别的东西。

人生是很宽阔、很丰富的，并不仅仅只有爱情。黄蕙兰虽然渴望丈夫的爱情，但她也明白这个道理，所以她非常爱自己的父亲，在自己的丈夫身上发现了跟父亲一样的光芒，这让她很欣慰。而同时，她发现自己的丈夫又是这么一个具有优秀品质、有天赋的人，未来肯定有所成就，甚至是对国家、世界都有重要影响的。因此，完全可以把对没有爱情的遗憾转化为帮助丈夫在事业上取得成功。

上海仅是个海，
令人喜欢不起来

———

秋天，无论在什么地方的秋天，总是好的，可是啊，北国的秋，却特别地来得清，来得静，来得悲凉。我不远千里，要从杭州赶上青岛，更要从青岛赶上北平来的理由，也不过想饱尝一尝这"秋"，这故都的秋味。

江南，秋当然也是有的；但草木凋得慢，空气来得润，天的颜色显得淡，并且又时常多雨而少风；一个人夹在苏州上海杭州，或厦门香港广州的市民中间，浑浑沌沌地过去，只能感到一点点清凉，秋的味，秋的色，秋的意境与姿态，总看不饱，尝不透，赏玩不到十足。秋并不是名花，也并不是美酒，那一种半开、半醉的状态，在领略秋的过程上，是不合适的。[①]

这是郁达夫的名篇《故都的秋》开头的两段，为什么突然要用郁达夫的一篇文章作为开头？因为想介绍一下黄蕙兰对当时中国最重要的两座城市北京与上海的观感。

郁达夫是浙江人，而黄蕙兰祖籍福建，生长在印尼，但她对北京的观

———

① 郁达夫. 故都的秋 [M]. 北京：作家出版社,2015.

感更好，而对上海，则是一种厌恶的印象。

黄蕙兰跟顾维钧从美国回到中国，那时顾维钧已经担任了外交部部长，还代理了总理，对黄蕙兰来说，算是达到了社交地位的顶峰，是最好的一段时光。

黄蕙兰在自传里面也特意比较过北京与上海，且毫无掩饰地表达了对上海的厌恶。顾维钧是上海人，黄蕙兰嫁给她后在上海也住了很长时间，她的穿着还引领了沪上时尚。有一回她不穿袜子，在当时上海的时尚圈、社交圈引起轰动，大家竞相模仿，各位名媛都学她，但黄蕙兰还是不喜欢上海。

最主要的原因就是，黄蕙兰与婆家的关系无法协调。黄蕙兰在传记中说：

> 香港到上海航行四天。我对要见到维钧的母亲和哥哥们感到紧张不宁。不过等我们一望到上海，维钧就活泼起来。上海是他的家乡。他是个使用英语和法语的国际性人物，又是一个能说起官话和广东话和他的家乡上海话一样好的中国人物，可是再没有比住在上海能让他感到最快乐、最无忧无虑了……他并不讨厌来自他的地位的权势和荣誉，但是在那种气氛中他从来没有像在上海这样回到家园的感觉。只要看到他和老朋友们一起坐上麻将桌，看到那些羡慕他的年轻媳妇们叽叽喳喳地议论他，就能看到一个称心如意的男人。我早就理解了这个事实，正像我知道这个喧嚣而现代化的上海城市不适于我一样。北京才是我的城市，我一度属于它，并且盼望在我有生之年有那么一天事情起了变化，我又回到它的怀抱。

初次跟自己的丈夫回到上海，黄蕙兰感受到的不仅仅是鸿沟，甚至还有伤害。顾维钧更愿意与家人交流，与自己的朋友打麻将，也不关心她的住处。比如，顾家为她准备的住处很小，床很硬，床上用品也不怎么样，她便带着儿子去酒店开了一个房间，为此还与顾维钧发生了一些冲突。黄蕙兰做得确实有些失礼，这无疑加深了顾维钧对她的不满，觉得这样的老婆不懂事，可这个老婆又很重要，还不能得罪。

当然，光讨厌上海，并不表示黄蕙兰就会爱上北京。她之所以爱上北京，是因为北京有她的家，有她喜欢的人。

我小时很喜欢北京，然而直到我作为一个去过巴黎、伦敦、纽约、华盛顿、威尼斯各地的成年妇女来到北京，才真正领略到它是最美的城。我想不到颜色和尺寸比例能达到如此完美。而和上海及丑陋的天津对比，格外显出它可爱之处。以我看来，北京和巴黎是世界上最美丽的城市。我认为威尼斯更浪漫，纽约更使人惊奇，但就纯粹的美而言，巴黎和北京是无与伦比的。由于后来我在巴黎度过的那段不愉快的日子，北京就在我心目中数第一了。

这段不愉快的日子是指在巴黎顾维钧直接婚内出轨了。"因为在巴黎过了段不愉快的日子，北京在我心目中就是不可置疑的第一名。"她这句话也透露了不喜欢上海的原因，就是让她不愉快。一个人如果在那个城市度过不愉快的时间，不管那个城市的建筑有多美，风景有多好，气候有多怡人，她也不会喜欢那个地方，这个大家都能体会得到。黄蕙兰对这个城市虽然有客观评价，但主要还是以心情为主，这很正常。

黄蕙兰在北京的家位于铁狮子胡同五号，即今天的地安门东大街，现已改名为张自忠路 23 号。从明代到民国一直是座完整的府邸，在明代叫天春园，是英国公张辅的住宅，后来又是田贵妃（明朝末代皇帝的贵妃）

的父亲田弘遇的住宅，而田弘遇跟明清之际的名人陈圆圆有过际遇。陈圆圆也曾在这里居住过，后来吴三桂进京，与陈圆圆同居于此。到了清代，改名增旧园，成为一个公爵的府邸。到顾维钧和黄蕙兰决定购买这所房产的时候，这里已经是一座位于城内的巨大房产，占地 10 英亩，有 200 间房子。当时这房子属于一位前政府官员，因时局动荡，丢了官职，为了人身安全，急于离京，便以 10 万大洋贱卖给了顾维钧夫妇。

之后又进行装修，总共花了 15 万，让整座宅子焕然一新。其中，新装了一套暖气系统，冬天每天要烧一吨煤。黄蕙兰在这座明代建筑里改造了很多房间，如新式浴室，把几间小屋子打通做成客厅、跳舞厅。

买房和装修的钱虽然都是黄家出的，但房契用的是顾维钧的名字。黄蕙兰说："在那个时代如果房契用我的姓名，作为一个中国男人，她的丈夫就会被别人笑话。"

北平时期的
黄蕙兰

———

　　黄蕙兰外语好，地位尊贵，可谓当时北平的第一夫人，参与社交，组织聚会，与不少军阀打过交道。接下来，聊聊黄蕙兰对当时在北平的几位著名军阀的观感

　　第一位是张作霖。首先，黄蕙兰对军阀有一个整体评价，即军阀的权力非常大，是一方的领袖，有自己的军队，实际上是所管辖地区的军事独裁者，这些人往往出身微贱，多是从士兵、土匪、普通役兵做起。但他们凶恶、残酷，终于成为军队的领袖。其间最著名、最有实力的就是张作霖，控制了东北三省。

　　但张作霖不喜欢跟女人打交道，瞧不起女性，所以黄蕙兰就要克服这些困难与他处好关系，等于是在帮丈夫顾维钧的忙。虽然北洋政府的文官表面上管理着国家、政府的运作，可一旦军阀胡来，政客们往往也束手无策，所以黄蕙兰若能从中处理好关系的话，至少对丈夫的事业也是一个帮助。

　　黄蕙兰在回忆中说张作霖是一个相貌平平的矮胖子，留着浓密的胡须，异常狂妄自大。抵京后，张作霖就去天坛祭天。以前只有皇帝才能祭天，而张作霖又不是中国政府的元首，按说是没有资格祭天的，在古代这被称为僭越。离开天坛时，张作霖仿照过去的皇帝，在路上洒满了黄沙。

他的姨太太睡的床装有精致的黄金做的脚轮，室内的地板铺满了金钱。张夫人（即张学良的母亲）死后，张作霖并没有续弦，而是以最典型的旧世中国人的态度对待妇女，认为妇女不是一个完整的人，最多算半个。

有一次，黄蕙兰和张学良的夫人于凤至参加晚宴，张作霖的手下看到她们没有节目单，就站起来拿了份节目单给她们。张作霖知晓后对手下破口大骂，意思是没必要对娘儿们这么好。

当然，北京的军阀并非都像张作霖这样粗蛮无礼，歧视女性。有次顾维钧宴请黑龙江督军吴俊升，吴俊升带着礼物过来，是四条白熊地毯，熊皮已经很珍贵，更何况是白熊皮的地毯。每张地毯都能铺满一间面积不小的房间。后来，黄蕙兰的纽约寓所，还铺着一张熊皮地毯，其他的三条她送给了别人。不过，黄蕙兰在自传里很虚伪地提到："我不赞成杀生，但这些地毯的确美丽，我对这些礼物甚为欣赏，便向来人道谢收下。"

吴俊升后来又来讨论公务，临走问候夫人，见黄蕙兰不在，便问夫人去哪儿了，顾维钧说到天坛骑马去了。因为黄蕙兰从小受到的是西化教育，马术也是西方贵族生活的一部分，而当时的中国女性会骑马的很少。吴俊升作为军人，听后又惊又喜，觉得顾夫人真是厉害，便准备再送一份大礼。几天之后，黄蕙兰在外面兜风回来，坐车回到家门口时，看见自己的门房非常惊恐地向她汇报，请她先不要开车进去，因为吴督军送来一份重礼——东北战马80匹，它们正在院子里兜圈子，大家都不知道该怎么办，怕汽车惊到它们。

当然，后来黄蕙兰将这些战马都送给了军队，但由此可见吴督军的憨厚。虽然战马不能接收，跟她骑的马品种也不一样，但吴俊升的这份心意还是让她很感动。

另外一位军阀是冯玉祥。吴俊升不太喜欢冯玉祥，因为在社交场合他的表现非常粗鲁。有一次，美国前总统的遗孀西奥多·罗斯福夫人访问中国，顾家为罗斯福夫人举办宴会。彼时冯玉祥在北京权力很大，刚把清室驱逐出故宫，可谓如日中天。那时候张作霖的东北军阀已经离开北京，局势很乱，这时最有势力的就是冯玉祥。宴会有统一的着装要求：男的要白领带佩戴勋章，女士们要穿夺目的长袍，戴上贵重的首饰。而冯玉祥不仅迟到，还穿了一身皱巴巴的旧军装，脚踏沾满尘土的军靴，像刚刚挖过壕沟似的。在富丽堂皇的宴会上，绝大部分人都用英语交谈，而冯玉祥只会说中国话。作为女主人，黄蕙兰看到冯玉祥着装不雅，既迟到又无礼，就想捉弄他一番，不帮他做翻译，让他一个人自讨没趣。

另一位大军阀是山东的张宗昌。在所有军阀里，黄蕙兰跟张宗昌的交情最好。张宗昌恶名昭著，在认识他之前，黄蕙兰曾说：传说张大帅体力如象，脑子如猪，脾气如虎，平时都是一问三不知，不知自己有多少钱，有多少兵，有几房姨太太。张宗昌喜欢赌博，黄蕙兰曾参与过他的赌局，有时一局下来能输三五万大洋，而且当场结算，所以成麻袋的银圆就在顾宅支付。但黄蕙兰说自己输赢不大，一个星期从未输过一千元以上。

黄蕙兰称张宗昌"三不知"，在回忆中她说："三不知"很喜欢我，就好比一个大的猛兽也会喜欢一只小鸟，为保护我不受伤害而尽其所能。

黄蕙兰对张宗昌也很尊重，每逢请他到家吃饭，总要用鱼翅、燕窝来招待，还特地摆出那套价值五万美元、从比利时购买的水晶玻璃餐具来款待。而走的时候，黄蕙兰也会带上她的京巴狗。她当时在北京的府邸养了特意从英国运来的纯种京巴，不知怎么回事，这事被媒体捅了出来，说顾夫人骄奢淫逸，养的狗有专门的房子，还有专人打理；而北京城里很多人受冻挨饿，高官夫人却根本不管民间疾苦，对她抨击得十分猛烈。

迫于舆论压力，黄蕙兰不得不把小狗崽送人或紧急处理，最后就留下两只，她去张宗昌家做客时就会带上。那时候，张宗昌不仅对顾夫人好，还对仆人讲，你们先别管给顾太太上菜，首先要保证照顾好她的小狗。按常理，我们很难理解张宗昌这样的心态。当然，你可以说里面有暧昧的成分，但黄蕙兰没有在她的自传里明说。

黄蕙兰在北京的交际以张宗昌结尾，她说：

> 他是个可笑的人物，他也有点恃强凌弱的勇气。他的结局也是突然的凶死。当局面转恶，他来找我丈夫，请维钧为他弄一张护照以便出国，维钧给他办了。然而张宗昌在火车站被枪杀了。我听到这消息感到伤悲，不过这样结果也许对他更好些。他从一个码头苦力出身，从来不回头想想。我很难想象他能安然度过他的退休生涯。

最后的婚姻，
最后的骄傲

在中国的外交舞台上，有一位与顾维钧同样出名的人物，其经历甚至比顾维钧更曲折传奇。顾维钧是大学毕业后直接进入政坛，而这位是从学界转向政界，从一个历史学家转而成为中国驻苏联、美国大使，这个人就是蒋廷黻。

蒋廷黻是湖南人，在长沙的明德学堂求学后转入益智学堂，他后来在清华大学担任文学院历史系主任。蒋廷黻在美国读完中学后，进入俄亥俄州的欧柏林学院，后又在哥伦比亚大学获得博士学位，回国之后担任南开大学、清华大学的教授，和胡适一起创立了《独立评论》杂志，更重要的是在1930年代初就出版了非常重要的著作《中国近代史》，时隔七八十年，他的这本书仍然是今人了解中国近代史的一本简明扼要、颇有帮助的著作。

1935年，蒋廷黻离开清华大学，进入国民政府，成为行政院的政务处长，第二年又担任驻苏联大使，后来在1945年又担任中华民国驻联合国的常任代表。1961年，又改任驻美国"大使"。

在蒋廷黻之前，驻美国"大使"就是顾维钧，为什么不再让他继续担任？据说，黄蕙兰通过顾维钧的下属向蒋介石告了一状，说他搞婚外恋，有损国格，不宜再担任驻美"大使"。可真要说个人婚姻、名声不好等方面的影响，接任的蒋廷黻比顾维钧可谓有过之而无不及。

黄蕙兰在谈到顾维钧出轨的时候，特别记录了当时外交界的很多怪现象，她有一句非常严酷的批评："在我看来，中国男子比其他任何民族的男子更耽于色欲。"

她还举例说：我们夫妻有一个好朋友，也是一位大使，比顾维钧大一些，他总是把情妇安排作为他夫人的护士，外出时也带上，终于这个女人有了两个孩子，于是被收房，而这两位女士谁也不觉得难堪，因为那个时代的中国妇女过的就是这样的生活。许多其他中国官员也把自己的情妇带到所驻国，列入人员名册，给他们以秘书或管家的名义，有时某个情妇施加压力，这位官员索性就让他妻子离开，尽管他的妻子是在国务院注册的正牌夫人。然后，他会在一家中餐馆设宴，当众把情妇作为夫人向大家引荐，而她以后就算是正式夫人了。

虽然每个国家的外交官可能都有对待爱情和婚姻不太严肃的地方，但像中国外交官这样公然恣意妄为地处理家庭和婚变情况的，在当时确实比较罕见和骇人听闻。所以，黄蕙兰才愤然讲出"中国男子比其他任何民族的男子更耽于色欲"这句话。

在传记中黄蕙兰提到：外交界的这种做法曾遭到蒋廷黻夫人的抵制。这位女士受过良好教育，英语流畅，但既不年轻也不漂亮，她一无朋友，二无财产，年轻时她曾出资供丈夫上学，后来丈夫抛弃了她，收了一个管家做夫人。她眼见丈夫无可挽回，就背上一块标语牌站在联合国大厦前向公众宣示，她丈夫犯了重婚罪。她的照片被登在纽约各家报纸上，她在大楼门前等待前来参加联合国大会的外交部部长叶公超，向他递交申诉信，诉说自己受到的伤害。叶公超客客气气把信收掉，回到华盛顿中国使馆就嘲笑这位可怜的夫人，说她肩扛标语牌的样子实在太荒唐。黄蕙兰说："我却不觉得可笑，但也不知道能够为她做些什么。"

　　这就是黄蕙兰描述的蒋廷黻的婚姻变故。蒋廷黻的原配叫唐玉瑞，和他生了两个儿子、两个女儿。在抗战胜利前，蒋廷黻在重庆担任联合国善后救济总署的中国代表，同时也是行政院善后救济总署的署长，联合国给了很多物资救济中国、帮助中国。中国拿了这批物资后要发放、监督、核查，回头向联合国报告，这两个职位让蒋廷黻一个人担任，当然是便于工作，但权力也过大了，所以当时蒋廷黻油水很大。在国难期间参加打桥牌、跳舞这些娱乐活动，从中认识了一位叫沈恩钦的女士，她的老公叫沈维泰。

　　沈维泰是蒋廷黻在清华的学生，虽然没有直接上过课，但当时蒋廷黻在清华担任教授、主任。沈维泰也是善后救济总署的一位职员，任新闻处处长。蒋廷黻特别喜欢打牌，所以他们夫妻经常陪上司打牌，一来二去，蒋廷黻就跟这位沈夫人好上了。这也难怪蒋夫人唐玉瑞要去联合国抗议了。

　　与前后两位蒋夫人都认识的清华同事、重庆著名教授蒲薛凤在回忆录里说：抗战初期，从长沙的临时大学前往云南西南联大的时候，我在香港见到了沈恩钦。这位女士亭亭玉立，容貌秀丽，顾盼生姿，早就知道她在南京的交际场中是很著名的一位女性。后在重庆又见到了沈恩钦。而这时候沈恩钦已经跟蒋廷黻产生了不伦之恋，因为根本不避嫌，所以跟顾维钧还有一定的区别。

　　当时，媒体也专门对唐玉瑞的行为讽刺地评论道：

　　　　中国驻联合国机构首席代表蒋廷黻之夫人唐玉瑞女士，因遭乃夫遗弃，今日要求罗斯福夫人主持之联合国委员会主持公道。蒋夫人曾向美国最高法院控告乃夫通奸之罪，但被驳回，理由为蒋氏享有外交特权。夫人今日要求人权委员会稍缓讨论全世界人权，且看看联合国代表的家务。夫人指出，蒋氏逃避家庭责任，使伊失去妻子的权力并失去合法的保护。

　　最终这事怎么解决的？当时蒋经国正好从苏联回国，由他来聚众谈判，让唐玉瑞和蒋廷黻离了婚，而蒋廷黻当时年纪也不小了，因为这事导致他精神非常不好，本来想完成的回忆录也没能写完，就逝世了。

　　这就是蒋廷黻的故事，也是黄蕙兰自我代入的充满情感、充满控诉的一段故事。那黄蕙兰和顾维钧最终又是因为什么分手的呢？

　　早在顾维钧担任驻法国大使的时候，黄蕙兰就发现丈夫不对劲儿了。结婚这么多年，她对顾维钧有一个评论："他存在一个可笑的弱点，喜爱明显而笨拙的谄媚，听了能使他兴奋得脸红而痴痴地傻笑，在中国的时候尽管有些年长的妇女暗示我，但我总觉得顾维钧不至深深陷入不正当的男女关系，因为他对自己的形象估计得非常高。但在巴黎我发觉我太天真了。"

　　有一天顾维钧招待使馆的人员茶叙，转而玩起扑克，黄蕙兰就先去睡觉，但他们在小客厅里一直打到深夜。第二天早上，黄蕙兰埋怨他们吵得自己睡不好，顾维钧就反唇相讥，说你在北京时通宵达旦的舞会也经常让我无法入睡。几天之后，黄蕙兰从外面回到使馆官邸，看到那对夫妇又和顾维钧在客厅里打牌，她没有跟他们打招呼。过了一会儿，那位丈夫回家了，妻子却留下来陪顾维钧继续玩扑克。第二天一早，顾维钧埋怨黄蕙兰对那对夫妇不讲礼貌。这时黄蕙兰一针见血地对他说，难道我应该欢迎你的情人？顾维钧非常愤怒，否认那位女士是自己的情人。

　　又有一次，他们一起外出到歌剧院看演出，黄蕙兰在日记里写道："我真是烦恼而又不幸，看着这位风流大使，穿着燕尾服，打着白领带，满面笑容地跟那位女士交流，她穿着一件廉价的外套，我穿着我的貂皮斗篷，摄影记者纷纷来给顾维钧和我照相，不理睬那对夫妇。"

　　这可能稍微让黄蕙兰心里好受一点。当时民国政府的另外一位大佬孔祥熙也在欧洲，她和孔祥熙及其夫人宋蔼龄关系不错，把困惑给两位讲了。最后，身为部长的孔祥熙想了一个办法，他就把这对夫妇调回国内，这样就接触不到顾维钧了。

虽然黄蕙兰没有在回忆录里点出这对夫妇的名字，但我们根据未来事情的发展还是知道了真相。

那位女士也是一位名媛，叫严幼韵，祖籍宁波，生于天津，家庭、学业都在上海，是复旦大学理科的第一位女学生。严幼韵的父亲在上海开有一绸缎庄，非常富有。严幼韵于1929年和来自浙江湖州的才子杨光泩结婚。杨光泩的履历也非常好，清华毕业，是美国普林斯顿大学的博士，回国后进入外交界，20世纪20年代末到30年代在伦敦和巴黎工作。但有一点，在这期间顾维钧和严幼韵是否逾越了正常朋友的关系，到目前为止并没有证据，不像蒋廷黻，人证都有了。

抗战期间，杨光泩被调到菲律宾的马尼拉担任总领事，后被日军抓捕杀害。

十几年后，顾维钧在华盛顿任职时与在联合国工作的严幼韵再度相逢，这时两人经常在一起。黄蕙兰讲，在美国时顾维钧在华盛顿办公，但联合国驻地在纽约，每到周末顾维钧就会离开华盛顿，去纽约度周末，直到下一个周二才回来。

顾维钧一直要求和黄蕙兰离婚，但黄蕙兰没有答应，直到1956年顾维钧突然被黑手陷害。顾维钧的下属周书楷与其亡妻的侄女有婚约，深得信任，但他暗中向台北写信说顾维钧不适合再担任驻美"大使"。

因为这件事，顾维钧回到了台湾，而黄蕙兰不愿去台湾。不久，顾维钧又被推荐出任海牙国际法庭的法官，这时他已与黄蕙兰完全分居，坚持了两年多的黄蕙兰于1959年终于答应了离婚。同年，顾维钧与相爱多年的地下夫人严幼韵结了婚。

黄蕙兰晚年总结与顾维钧的夫妻生活，首先她不认为自己离了婚，尽管有法律上的手续。她说，按照中国的传统，"七出"自己一条都没犯，丈夫没权力、没资格跟她离婚。其次，包括顾维钧亡妻的子女都与她关系非常好，一直保持着往来。用她自己的话说，虽然我们在法律上离了婚，但我没有让家散掉。最后，黄蕙兰也检讨了自己的问题，虽然离婚的主要原因是顾维钧的外遇，但她也觉得自己太独立自我，对顾维钧过于冷淡。

晚年的黄蕙兰觉得，自己不需要再有什么样的婚姻，虽然她男性朋友很多，但她认为自己一生恪守了妇道；虽然她很现代、前卫，支持女权运动，但她骨子里又坚持着中国女性的优良传统，没有做对不起顾家的任何事，甚至她认为在家庭中就应该让男性有主人的感觉和地位，而女性愿意主动配合，才能使一个家庭和谐、完整。

离婚后黄蕙兰搬到了纽约，最重要的工作就是整理了《没有不散的筵席》这本回忆录。在离婚很久之后，黄蕙兰写了一段话，作为回忆录的开端：

> 我不论选择什么地方度过我的余生，我知道儿女们会支持我，尊敬我，在这个世界上，我看到西方儿女们忽略他们的父母，将他们搬在退休村或养老院……我对自己的家庭地位感到满足，这是因为我始终以保持家庭完整作为主妇的责任。